理性的疯狂梦

The MANIAC

Benjamín Labatut

〔智利〕本哈明·拉巴图特 著

耿辉 译

人民文学出版社

著作权合同登记号　图字 01-2024-1392

"Hadewijch" adapted by Eliot Weinberger from Angels & Saints, copyright © 2020 by Eliot Weinberger. Reprinted by permission of New Directions Publishing Corp.
"Photograph of Lee Sedol," copyright © 2016 by Geordie Wood.
THE MANIAC
Copyright © 2023 Ex Libris
c/o Puentes Agency
All rights reserved.

图书在版编目(CIP)数据

理性的疯狂梦/(智)本哈明·拉巴图特著;耿辉译.—北京:人民文学出版社,2024
ISBN 978-7-02-018611-2

Ⅰ.①理… Ⅱ.①本… ②耿… Ⅲ.①中篇小说-小说集-智利-现代 Ⅳ.①I784.45

中国国家版本馆 CIP 数据核字(2024)第 067805 号

| 责任编辑 | 卜艳冰　邰莉莉 |
| 封面设计 | 钱　珺 |

出版发行　人民文学出版社
社　　址　北京市朝内大街 166 号
邮　　编　100705

印　　刷　上海盛通时代印刷有限公司
经　　销　全国新华书店等

字　　数　210 千字
开　　本　850 毫米×1168 毫米　1/32
印　　张　8.5
版　　次　2024 年 5 月北京第 1 版
印　　次　2024 年 5 月第 1 次印刷

书　　号　978-7-02-018611-2
定　　价　79.00 元

如有印装质量问题,请与本社图书销售中心调换。电话:010－65233595

献给胡安娜、胡列塔、卡利和皮纳

我看见一位女王,她身着金袍,袍上满是眼睛,所有眼睛都透明,像燃烧的火焰,又如同水晶。她头顶的王冠上也有许多王冠,一顶叠着一顶,跟袍子上的眼睛一样多。她以极快的速度靠近我,踩住我的脖子,用可怕的声音厉喝:"你知道我是谁吗?"我说:"知道!你令我悲痛已久,在我灵魂中司职理性。"

布拉班特的哈德维希
十三世纪诗人和神秘主义者
摘自《天使与圣徒》,由艾略特·温伯格改编

保罗

无理数的发现

1933年9月25日上午，奥地利物理学家保罗·埃伦费斯特走进扬·沃特英克教授位于阿姆斯特丹的病患儿童教学研究所，射杀自己十五岁的儿子瓦西里，开枪击中了他的头部，然后又把枪口对准了自己。

保罗当场毙命，可是患有唐氏综合征的瓦西里又在痛苦中度过了几个小时，才被同年1月入住以来一直照顾他的医生宣布死亡。瓦西里来到阿姆斯特丹是因为他父亲断定，随着纳粹掌权，过去十年大部分时间都在照护他的诊所已经不再安全。那家诊所位于耶拿，就在德国的中心地带。在短暂的一生中，瓦西里——或者说瓦西克，几乎所有人都这样称呼他——不得不忍受严重的精神和生理缺陷。阿尔伯特·爱因斯坦跟这个男孩的父亲情同手足，常到埃伦费斯特位于莱顿的家中做客，戏称他为"耐心爬行的小家伙儿"，因为他难以四处走动，有时候膝盖会承受巨大的痛苦，导致无法站立。然而即使在那时，这个孩子也没有失去看似无限的热情，拖着累赘的双腿在地毯上匍匐，到门口迎接他最喜欢的"叔叔"。瓦西克大部分时间都生活在医疗机构，可他依然是一个快乐的孩子，常常给住在莱顿的父母邮寄德国奇趣景观明信片，或者写信描述自己的日常生活。他用不稳的手写信，告诉他们自己新学了什么，好友如何生病，自己怎样按照他们的教导好好表现，他有多爱班上的两个女孩（不是一个），以及他的老师戈特利布女士，她是他遇到过的最体贴善良的人。他的父亲读到这个想法后眼含热泪，因为保罗·埃伦费斯特首先也是一名教师。

保罗一生遭受极度悲伤和严重抑郁症的折磨，跟儿子一样，保罗也曾是个体弱多病的男孩。他流鼻血，哮喘咳嗽，受到霸凌者欺负嘲弄时——"猪耳朵、驴耳朵、犹太佬，都长着"——逃得头晕目眩、上气不接下气，除此之外他还会装病，也许是发烧、感冒，或者肚子疼得受不了，只是为了留在家，被母亲抱在怀里，靠她安全的臂弯躲避外界。似乎在某种程度上，五兄弟中年龄最小的保罗可以从内心深处预见，母亲会在自己十岁那年去世，之前他承受的所有痛苦仅仅是一种先兆，母亲的去世他预见得到但又不敢对自己或别人言说，他害怕假如大声说出口，假如有勇气用语言来表达，母亲的死亡就会以某种形式加速迎向他。所以他保持沉默，陷入恐惧和悲伤，承受孩子不应承受的负担，这个不祥的预知困扰着他，直到经历母亲的去世和六年后父亲的去世，随后又像丧钟一样，伴他走到五十三岁这天，他才亲手解脱。

无论跟自己和世界陷入了多大的矛盾，保罗仍然是家族中最有天赋的一员和从小到大的同学中最优秀的那个，广受朋友的喜欢、同学的尊敬和老师的欣赏，可是这些都没法让他相信自我的价值。不过，他一点都不内向，反而会讲述自己领悟的一切，愉悦周围的人，他能够精妙地展现学识，不可思议地把最复杂的构想转换成任何人都可以理解的形象和比喻，串联起不同领域的概念，而这些概念都是他如饥似渴地不断阅读书籍、用自己的智慧提取出来的。保罗能够无差别地消化理解周围的一切，他的思维具有充分的渗透性，但或许缺少某种关键的过滤膜，他不怎么在意世界，因为他已经被世界的众多形式所侵扰。没有任何保护，他暴露在来回不停穿越血脑屏障的信息流之下，甚至感到刺痛。即使他获得了博士学位，在莱顿大学继承亨德里克·洛伦兹的理论物理学教席后成为实至名归的杰出教授，唯一真正引发保罗心中快乐的事情只有向别人奉献自己。能到什么程度呢？正如他众多爱徒之一所说，"埃伦费斯特散播心中所有的生动与活跃的思想"，有时候甚至"不等构建起自己的根基，就毫无保留地给出自己发现或注意到的一切"。

作为一名物理学家，他没有惊天动地的大发现，但是赢得了尼尔斯·玻尔、保罗·狄拉克和沃尔夫冈·泡利这些顶尖物理学家的充分尊重。阿尔伯特·爱因斯坦见到保罗·埃伦费斯特没几个小时就写道，他觉得"我们的梦想和抱负似乎注定为彼此而生"。让保罗这些朋友羡慕的不仅有他的决断力和智力，还有些颇为不同的东西，科学巨人通常缺乏的优点：科学伦理，个人品格，以及对于理解和领悟事物精髓深深的渴求，甚至有人形容为无法抑制。埃伦费斯特孜孜不倦地寻求自己所谓的"跃动点"，即问题的本质，因为对于他来说，通过逻辑方法得出一个结果从来都不够。"当问题的本质在于认清每个方向的关系、意义与联想"，他会说，"那就像用一条腿跳舞"，就埃伦费斯特而言，真正的理解是全身心体验，牵扯到你的整个存在，不仅仅是你的思维或理性。他是无神论者，没有宗教信仰，持怀疑的态度，具有极其严格的真理标准，以至于有时候会在同僚中显得滑稽可笑：1932年，三十六位欧洲顶尖物理学家在哥本哈根的尼尔斯·玻尔研究院召开会议，为了纪念歌德逝世百年，会议在结束前上演了一出《浮士德》的滑稽戏，保罗扮演了不起的学者海因里希·浮士德本人，不愿相信沃尔夫冈·泡利扮演的魔鬼梅菲斯托费勒斯的看法，后者认为存在一种新的假想粒子中微子。大家称埃伦费斯特为"物理学的良心"，虽然这其中也暗含挖苦，因为他毫不妥协地反对包括物理学在内所有精密科学在二十世纪最初十年表面上走过的道路，但是他的许多同事会定期到与莱顿大学一河相隔的他家里，找他和他妻子进行学术讨论，因为塔季扬娜·阿列克谢耶芙娜·阿法纳西耶娃本身也是一位杰出的数学家，她与丈夫共同撰写了他最重要的部分论文，包括成名作（可是这对她的职业生涯几乎没有产生影响），并最终促成他被指定为备受尊敬的洛伦兹的继任者：那是一篇统计力学的综述文章，他的导师、命运多舛的路德维格·波尔茨曼钟爱这方面的课题。波尔茨曼是原子假说最有力的拥护者之一，真正的先驱，第一个发现了概率在原子行为和属性中体现出的重要性。类似埃伦费斯特，波尔茨曼在动荡不安的一生中也经受了巨大的痛苦，难以控制的躁狂症和糟糕的抑郁症严重发作时，他就像个废人一样。他的革命性思想在同僚中引发恶毒的敌意，还会令他的病情雪上加霜。坚定的实证主义者恩斯特·马赫主张，物理学家谈及原子时只能把它当成理论上的结构——因为当时没有原子存在的直接证据——他无休止地纠缠嘲笑波尔茨曼，还用一个恶毒的问题打断他的课堂："你见过原子吗？"因为肥胖和固执，波尔茨曼的朋友们称他为公牛，他因为受到马赫的猛烈批评而感到绝望。尽管他推导出一条现代物理学的基础公式，为热力学第二定律提出了统计学解释，但是在私人生活中，他无法避免自己的精神状态缓慢而持续地恶化，仿佛跟他用方程精妙体现的宇宙之熵一样，他的病情不可逆转地持续发展，注定会导致思维的混乱和衰退。他向同事们承认一直生活在恐惧中，害怕自己可能会突然在课堂上失去理智。临近生命终点时，他因为哮喘几乎无法呼吸，视力下降到连书都读不了，头疼和偏头痛完全无法忍受，甚至他的医生命令他彻底放弃科学研究。1905年9月，在的里雅斯特附近的杜伊诺度暑假期间，波尔茨曼用一根短绳系住普莱斯大酒店的窗框横木上吊自杀，当时他的妻子和年幼的女儿正在平静碧绿的亚得里亚海中游泳。

波尔茨曼的座右铭是：忠实表达、清晰记述、至死捍卫。他的弟子保罗·埃伦费斯特也把这句话铭记于心。埃伦费斯特在众多杰出物理学家中德高望重，是因为他能够敏锐地关注到别人的思想并捕捉到其中根本的精髓，用无比的热情和活力传达这种见解,让他的受众仿佛中了咒语一样被引入他的思维。"他像大师一样讲课,我几乎从没听过有谁像他那样讲,妙趣横生,才华横溢。重点描述、机智观点和辩证关系,他都以一种不同寻常的风度挥洒自如。他懂得如何把最难的内容讲得具体、直观、明确。数学论证经由他的转达,都变成易于理解的描述。"了不起的德国物理学家阿诺德·索末菲写道,作为物理学的伟大研究者,埃伦费斯特的声望令他既欣赏又担心。保罗不惮于指出别人论证中的错误,同样无情的批评他也会施加在自己身上。他这样的角色在决定性的 1927 年索尔维物理学会议期间发挥了至关重要的作用,当时经典物理和量子物理相互交锋,永久地改变了这一科学分支的基础。埃伦费斯特在两位主要竞争者之间调停,新兴的量子理论引入可能性、非决定性、概率和不确定性,爱因斯坦不认为这有什么重要意义,玻尔却寻求把本质截然不同的亚原子物理学推上王座。一度曾有三十多位诺贝尔奖得主用法语、英语、德语、荷兰语和丹麦语互相咆哮,埃伦费斯特走上他们混乱不堪的讲台,在黑板上写下《圣经》中的语句:耶和华在那里变乱天下人的言语。① 所有人都笑起来,不过激烈的争论又持续了好几天,尽管完全有悖于常识,但量子力学胜利压倒物理学的经典体系,尽管完全有悖常识,但这点也许是它获胜的原因。尽管埃伦费斯特坚定地站在新兴理论这一边,而且对于玻尔、海森堡、玻恩和狄拉克提出的革命性理论,他比自己的朋友爱因斯坦开放包容得多,但是有种感觉他挥之不去,那就是一道基本的界限已经被跨越,一个魔鬼,或许是精灵,正潜伏在物理学的思想中,无论是他这一代还是以后任何一代,都无法把它重新关进神灯。假如一个人要相信支配原子内部空间的新颖法则,那么整个世界就会突然变得不像原来

---

① 出自《圣经·旧约·创世记》第 11 章。

那样真实可靠。从索尔维返回莱顿后，保罗在给爱因斯坦的信中写道："炼狱里当然会有一个特别的位置留给量子力学的教授们。"然而所有幽默的尝试都无法延缓他坠入黑暗的深渊，他似乎正越来越快地盘旋着下坠，这尤其应该归咎于他神圣的学科走上了怪异的方向，此刻已经充满无法向学生解释的逻辑矛盾、不确定性和非决定性，因为他自己都无法理解。1931年5月，埃伦费斯特在信中向尼尔斯·玻尔承认自己的隐忧："我已经完全跟不上理论物理的发展，我无法再阅读任何材料，感觉自己甚至一点儿都无法理解，涌现的论文和图书中有哪些内容说得通。也许我再也无法得到帮助。每一期新出版的《物理学杂志》或《物理评论》都会令我陷入盲目的恐慌。我绝对是一无所知！"玻尔回信安慰他的朋友，指出不仅仅是埃伦费斯特，而是整个物理学界都难以应对最新的发现，没想到他又收到更长的回信，信中保罗反驳说，他感觉自己像一条狗，精疲力尽地追逐着乘坐汽车远去的主人。有人把量子革命看作变幻莫测的火焰，步履不停地激发出新颖的结果，埃伦费斯特却在这些领域看到停滞和衰退："那些讨厌的抽象概念，对于花招和技巧无休止的关注！抹掉所有想象力的数学瘟疫！"他在莱顿的学生面前痛苦地疾呼。理论物理跟他背道而驰：真实的物理直觉正被暴力证明所取代，数学公式占据了物质、原子和能量的位置。匈牙利天才少年约翰·冯·诺依曼拥有"强大的数学武器和复杂得难以理解的方程工具"，保罗厌恶这种人，就如同他鄙视"海森堡—玻恩—狄拉克—薛定谔这个庞大的学术观点输出组织"给他造成的困惑。他痛惜自己年轻学生的态度，他们"不再注意到自己的大脑变成了交流散发惊人物理学消息的电话网络中继器"，甚至不曾觉察出，如同所有的现代新发展，数学不利于生活："跟每种真正的邪恶机器一样，数学缺乏人性，没有在这场运动中折腰的每个人都会被它抹杀。"他已经走向极端的自我批评和复杂的自卑情绪,令他完全无法忍受。因为尽管他懂得数学,那对他来说也不简单。他不是计算机,无法轻松计算。他无法跟上时代,结果这推动了始终伴随并折磨他的自毁倾向,也就是那个向他低语却又接连背叛他的心声。到了1930年,他在写给朋友的信中只提到死亡和绝望:"我显然觉得,如果不能振作起来,我就会自杀。每当有机会审视自己的事务,我都会在眼前看到一团乱麻——跟赌徒或酒鬼在清醒时看见的一样。"他内心的焦虑也反映出开始撕裂欧洲的经济和政治动荡。根据公开消息,他不信仰任何宗教,在奥匈帝国,犹太人不允许跟基督徒结合,他和塔季扬娜在1904年都放弃了各自的信仰才结婚。可是反犹主义在各地兴起,他开始产生了一些可怕的想法。1933年他写信给朋友塞缪尔·古德斯米特,提出用一个骇人听闻的死亡计划警醒沉迷于纳粹的德国社会:"如果为了刺痛德国人的良心,一批上了年纪的杰出犹太学者和艺术家集体自杀,但是不展示仇恨,也不提出要求,那会怎么样?"古德斯米特厌倦了他的朋友对自杀的迷恋,反感这个绝对荒谬的想法,愤怒地回信给他:"一群死去的犹太人起不到任何作用,他们的死亡只会让日耳曼人① 高兴。"保罗写那封信的三天前,刚刚上台两个月的希特勒政权通过了《恢复专业公务员法》,所有为政府工作的犹太人都岌岌可危。这一变化让埃伦费斯特确信"明显公开和精心策划的从德国艺术、科学、法学和医学界清除犹太'瘟疫'的计划,很快就要取得百分之九十的效果"。在生命的最后一年里,哪怕已经对自己可能的未来失去信心,他还是利用自己的人脉和影响力,帮助犹太科学家在德国以外找到工作。他在心里愤怒地思前想后,但是从没有把资金抛在脑后:他把莱顿的房子抵押了多次。他渴望结束自己

---

① 原文为德语 das teutonische Volk。

的痛苦，但又不忍心抛下妻子，让她独自照顾可怜的瓦西克——因为第一次世界大战和俄国革命，她赔上了在俄国股市的所有投资——或是把终生照顾瓦西克的负担强加给两个年长的女儿塔尼奇卡和加琳卡，或大儿子保罗二世。以前只局限在他自己身上的自杀幻想，开始纳入他的小儿子。"我希望加琳卡和塔尼奇卡在将来不用为了养活傻弟弟而累死累活，你肯定能理解吧？"他在给艺术史学家奈莉·波斯蒂默斯·迈耶斯的信中写道。他们两人之间的炽热恋情给他带来一点点快乐和幸福，但也恶化了他已然混乱的精神状态。

这段婚外情始于他妻子的默许：在关系的初始阶段，塔季扬娜甚至问候奈莉，因为她跟别人一样，担心自己丈夫精神崩溃，觉得一场婚姻之外的艳遇虽然明显存在风险，但或许可以慰藉他的心灵，让他不再迷恋象棋和那些没完没了的爱好——手工模型飞机、枯萎腐烂的香草种植园、放弃的邮票收藏、自制的望远镜、地下室的手工精酿——保罗在这些事情上耗费时间，不去完成他的物理学研究和拖延已久的论文，因为一想到坐下来认真工作，他常常就会陷入不断加剧的恐慌。在那之前，塔季扬娜一直是保罗曾经渴求的全部，尽管她会长期在外，跟家人一起待在俄国，但是基于互相的深入理解和众多共同的智识兴趣，他们的婚姻一直都很幸福。塔季扬娜思维敏锐，受到保罗所有同事的尊敬和欣赏。然而保罗的情人奈莉不仅聪明，还有一种忧郁的倾向，可以匹敌埃伦费斯特的求死之心，但她似乎可以控制这种倾向。保罗第一次见到她，是她在哈勒姆①的泰勒斯博物馆进行演讲。保罗不仅被她的智慧与美貌迷得神魂颠倒，她谈论的主题：涉及世界不

---

① 哈勒姆（Haarlem），荷兰西部北荷兰省的首府，位于阿姆斯特丹以西20公里，是一座充满历史文化的小城。

和谐与发现无理数的毕达哥拉斯学派神秘事件，也深深吸引了保罗，甚至还成为他在生命末年最痴迷的研究内容，完美反映出他因纳粹在德国崛起而日益加剧的忧虑。

在自然界中，奈莉说，有种存在超越比例，无法同其他任何东西等量齐观，不可进行测量，拒绝被分类，处于包含其他所有现象的秩序之外。这些离群者、奇异点和大怪异之处绝对不合理，无法受制于或比作一个数字，因为它们存在于这个世界混乱不羁和失衡的根基之处。她解释说，对于希腊人而言，无理数的发现罪大恶极，是难以原谅的亵渎行为，是对那个知识的泄露，可以按死罪论处。关于违抗这个基本戒律的毕达哥拉斯学派智者①，奈莉谈到两种流传下来的描述：在一个版本中，发现无理数的人从他的团体中被放逐，他的朋友为他立起一块墓碑，仿佛他已经去世一样；在另一个版本中，他被自己的家人淹死在海里，抑或被几位神灵，只是它们扮成他妻子和两个孩子。奈莉解释说，如果你在自然中发现了某种不和谐，完全否定自然秩序的某种存在，你永远不该说出来，甚至都不要对自己说，而是应该想尽办法把它从你的思想中剔除，肃清你的记忆，小心自己的言辞，甚至警惕自己做的梦，以免神灵的震怒殃及了你。保护自然的和谐高于万事万物，因为它比巨人还古老，比先知还睿智，比奥林巴斯山还庄严，跟赋予这个和其他所有世界活力的生命之源一样，神圣不可侵犯。哪怕是承认无理数的可能、认可不和谐，都会把现实的组成置于危险之中，因为不仅是我们的现实，还有这座宇宙的方方面面——不论是物质的、精神的，还是虚无缥缈的——都取决于把一切约束在一起的隐形脉络。奈莉解释，这个禁忌不仅对

---

① 指希帕索斯（Hippasus），活跃于公元前 5 世纪的古希腊哲学家和数学家，毕达哥拉斯的得意门生，发现无理数第一人。

古人来说是一种担忧，而且还存在于西方哲学和科学的核心：康德曾写道，科学要求我们把自然看作一个整体。你先是给世界的最简单方面——蔓生植物颤动的卷须、甲壳虫斑斓的身体——分类，然后为这些现象按照种、属、科、目、纲、门、界、域进行排序，始终遵循这样一个前提：每一种可能的翅膀、羽毛、根系、流纹、卷须和副肢都要落在那个序列中的某个位置，在包罗整个宇宙的体系中占据恰当的一席之地，这样一个晦涩深奥的智慧成果，构建和支撑起已经昭示和尚未展现的存在形式。然而实际的情况也许并非如此，奈莉提醒她的听众，自然也可能是绝对混乱的，没有规律能归纳显而易见的异质性、没有概念能削弱自然不断增长的复杂性。如果自然无法被认作一个整体呢？我们的文明尚未接受这个令人惶恐不安的可能，奈莉也对它能被接受表示极度怀疑，因为那将是对科学、哲学和理性的致命一击。与此同时，奈莉说，艺术家对此已经欣然接受：她相信无理数的再发现是所有先锋运动背后的驱动力，这些运动即使在外行的欣赏者看来，也明显充满了浮士德式的无尽能量、仓促草率之感和一切皆被允许的悲剧性堕落。现代艺术不认可任何规则、方法和事实，只是一股盲目且不可遏制的爆发和一连串不为任何人和事物停留、一路驱使我们前进甚至直到地球尽头的疯狂。

保罗为此着迷。他走近奈莉，甚至不等她拿起自己的论文，就用问题轰炸她。他们讨论了整整一天，逐渐被对方的聪明才智所倾倒。那天晚上他们在附近的一家旅馆过夜。也许是因为新生的爱情产生了奇怪的化学效应，或者是由于他终生抑郁导致大脑可能严重受损，保罗开始相信，奈莉讲述的传说中的毕达哥拉斯学派智者跟自己有某种程度的联系。他无法再分辨自然界中任何类型的合理秩序、任何自然的法则或重复的模式，只能感受到一个庞杂的世界，它无法测量，混乱无章，混沌荒谬，背后缺少一种有意义的讯息。电台大肆播放希特勒青年团毫无意义的口号，贩卖战争的政客夸夸其谈，有人盲目拥护无限发展，保罗能够从中感受到非理性的崛起，但是也能更加明确地在他同事的论文和课程中区分出来，那些内容充斥着所谓的革命性观点，但在他看来只不过是物理学的工业化应用罢了。他写信给爱因斯坦描述自己的焦虑——爱因斯坦的小儿子爱德华患有精神分裂，曾多次入院治疗，所以保罗觉得他的朋友部分承受了跟自己一样的负担——谴责他觉得正缓缓潜入科学体系的不为人知的黑暗力量，在这个体系中，理性正因其对立面而变得有些混乱不清："理性已经脱离了我们心智中其他所有更深入、更基础的方面，我担心我们被它引导，就像一头喝醉的骡子被嚼子控制。我知道你跟我一样也有觉察，可大部分时间我感到孤独，仿佛人类中只有我见证了我们深深堕落。我们双膝跪地，向错误的神灵祈祷，它孩子气地藏在一个堕落世界的中心，对这个世界既无法掌控，又无法理解。抑或是我们按照自己臭名昭著的样子，创造了这个神灵，可是后来又忘记自己的所作所为，仿佛小男孩臆想出噩梦中吓唬他们的怪物和魔鬼，却不曾发觉这都怪自己？"奈莉对保罗内心的想法感到担忧，就鼓励他写下所有关于童年的记忆，旨在找寻他抑郁背后的驱动力，然而他觉得跟别人和自己日益脱节，所以无法做到这点。他的记忆、过去、家人和朋友，所有这些联系和珍贵的回想，现在属于另外一个他有时会在镜中瞥见的人——身形稍小，戴着眼镜，体格结实，剪短的发型像刺猬一样，浓密的胡子下边是似乎在相互回避的龅牙——这个人他已经认不出来。他想对妻子保持纯粹的忠诚，同时内心痛苦的喜悦又被奈莉激起，两种情绪撕扯着他，可是这两个女人都无法让他摆脱某种无形力量为他选择的道路，路的尽头有一颗子弹等待着他。"为什么我们这种人必须得继续苟活？"他在自己的最后一个夏天给情人写信说，

"假如你或塔季扬娜要问我是否爱你,那么答案只有一个,塔季扬娜已经知晓:在绝对的无助中,我渴望与你亲近。如果那种渴望既无法给我温暖,又无法给我力量,那么我会被孤寂所吞没。爱情具有强大的离间作用,所有的痛苦都是它带来的!一个人在酿成可怕的恶果之前,毫无疑问有责任尽早结束自己的生命。"见保罗丝毫没法应对心魔,塔季扬娜便要离婚。保罗恳求她重新接受自己,她也终于同意停止已经办理到最后阶段的离婚手续,条件是保罗离开奈莉。保罗同意了,但是既做不到跟情人一刀两断,又无法恢复跟妻子的关系。让两人相守三十多年的情感在几个月的时间里消耗殆尽,最后保罗放弃了婚姻,自己申请离婚,他没有向塔季扬娜坦白的是,他已经写好了遗书——但是还没有寄出,他最亲密的朋友们将在沃特英克研究所那场骇人悲剧发生几天之后收到遗书:"我最亲爱的朋友们,玻尔、爱因斯坦、弗兰克、赫格洛茨、约飞、科恩斯塔姆和托尔曼!在接下来的几个月里,我实在不知该如何继续撑起已经难以承受的生活负担,也受不了白白浪费我在莱顿的教职,我必须腾出这里的位置。也许我可以在俄罗斯充分发挥余热……不过,假如那样的前景无法很快明朗,那么几乎可以确定我将会自杀。你们的友谊在我生命中起到了至关重要的作用,如果真有那一天,那么我想明确自己已经平静从容地写信通知过你们……近些年,我已经越来越难以在理解的基础上追随物理学的发展,经过努力之后,我愈加疲惫和摇摆,终于在绝望中放弃,这令我完全厌倦了生活……我被迫苟活主要是因为孩子们还需要经济上的照顾。我尝试过其他事情,但那只是短暂地有所帮助,因此我越来越专注地思考了自杀的精确细节。除了自杀,除了在了结瓦西克之后自杀,我再也无计可施。原谅我……祝你们和你们的至爱亲朋平安幸福。"

1933 年 5 月,他乘坐一列火车从莱顿前往柏林。在那里,他看见纳粹党员袭击工会、劳工银行与合作社,他读到的新闻报道称一群义愤填膺的学生袭击了性学研究所,他走过国家大剧院前方残留的灰烬,两万册图书曾在那里被焚烧殆尽,火光照亮了狂热男孩和女孩的面孔,他们都是德意志学生联盟的成员,正是他们劫掠了自己大学的图书馆,搜索所有"非德国"出版物、报刊,然后一边把书籍填入巨大的篝火,一边歌唱、呼喊、咒骂。与此同时,纳粹党的高级成员不断地低声念着口号,戈培尔对数千人叫喊,反对堕落和道德腐败!崇尚礼节以及家庭与国家道德!保罗看见街上的军人随着所有广播电台大声播放的军乐行进,但乐声又会被德国新任总理阿道夫·希特勒的尖叫声打断,他支持罗斯福的世界裁军提案,要求立即修改《凡尔赛条约》。到5月底,德国已经把优生绝育合法化,不到两个月后,纳粹的《预防遗传性疾病扩散法》获得批准,如果医学经验表明,遗传疾病患者的后代极有可能携带严重的身体或心理遗传缺陷,那么国家有资格通过外科手术给患有遗传疾病的人绝育。这段法律宣言不仅涵盖了先天精神缺陷、精神分裂症、躁郁症、遗传性癫痫、亨廷顿氏症、遗传性失明、失聪或其他任何遗传性残障的患者,甚至还包括严重的酒瘾患者。此时保罗来到耶拿的约翰内斯·特吕佩尔青年疗养院,带着年轻的瓦西克前往阿姆斯特丹,让他开始在沃特英克研究所接受治疗。在《预防遗传性疾病扩散法》实施的第一年,超过六万四千人在由法官、军医和执业医生各一人组成的法庭上被判身心不健全,被强制绝育。

7月,当夏日的阳光开始照亮莱顿家中的天空,保罗的阴郁情绪缓解,得以规划如何开始跟亨德里克·卡西米尔共同研究经典物理学中一个著名的未解之谜:湍流。平稳流淌的液体分解成相互嵌套的多重旋涡,变得极其紊乱,同时向多个方向极速流淌,连模型都无法预测其流动,这种突然发生的现象就是湍流。在自然界中，湍流无处不在，其实十分普遍，就连在溪流激起的浪花中玩耍的小娃娃，都对它的机理有些未察觉的见解，哪怕他们不清楚自己幼小的心脏泵入血管的血液洪流也有湍流；湍流可以在大多数日常物质中出现，落入咖啡中的一滴牛奶或者只是吐出的一口烟雾都能够引起湍流，然而在数学上它艰深难懂。某些最杰出的头脑曾尝试驯服它，但是无一例外都失败了，所以保罗非常惊奇地发现，自己的思维尽管狂躁分裂，却对流体方程突然展现出一种非常奇妙的喜好，这种喜好强烈得不仅占据了他清醒的时间，而且还渗入他的梦里。在夜间，他会看见周围是一片黑水，他裸露的身体正受到激流的冲击，被吸入巨大旋涡中间深不可测的虚无。受到这些梦魇的折磨，他醒来便会莫名其妙地呆住，不是因为看见可怖的海洋景象，而是因为醍醐灌顶之后妙不可言的宁静心情，因为他在内心深处毫无保留地确信，出于他无法理解的原因，他的妻子和情人、儿子和女儿、朋友同事和学生，甚至他的祖国都会平安无事，因为无论他自己的情况当时看似多么绝望，周遭的一切却都受到了保护，各就各位，安然无恙，被一股结合苦与乐、明与灭、乱与序的力量罩住，同时生与死被困在同一个迷乱的旋涡里，在很多方面交织在一起，让人无法区分。他仿佛是一场海难的唯一幸存者，一醒来就浑身是汗地跳下床，兴奋地在书房中工作，给卡西米尔发出大批信件，甚至明白他的同事会发觉难以跟上他的思路，因为一封信很快就跟下一封信矛盾，然后被另一封信取代，他的论断已经在其中调转了一百八十度，推翻了初始的内容。他试图平静下来，沉着地阐明自己的想法，可是没有了忧郁症的严重困扰，他的热情以及再次投入工作的乐趣还是过于令他难以承受。正是这项工作，也仅仅是这项工作，令他名留青史：他找到了不规律且不可预测的湍流现象的答案，隐藏在湍流无法化简的随机性背后的规律。他在整个职业生涯中一直无法取得的成就眼看唾手可得，他把其他事情都抛在脑后，完全沉浸其中。然而即使如此投入，他也还是担心。为什么他突然获得这件奇怪的礼物？为什么是他，为什么是这个时候？他没有与之相匹配的付出。他生命的最后几年已经被浪费掉，自从遇见奈莉，他的整个意识就被浪漫爱情中大量的琐碎烦忧所消耗，不过那也许就是这一切的关键：附体，一种来自外部的突然入侵，并非思维或意识之产物的工作，而是希腊人颇为了解的出自狂热和激情的成果。他需要任其自然，把自己作为途径，接受改变。他在纸上奋笔疾书时擦掉眼泪，他的方程式一项接一项地轻松变换，这种力量激发的所有想法没有经过深思熟虑，直接进入他的脑海，这样的能力不曾为他所知，但是也如到来时一样突然地离他而去。热情冷却下来，他整理好书房里到处散落的凌乱纸张，但是随后好几天都不敢接近它们。他明显害怕自己的顿悟是假的，甚至不需要坐在桌前就认识到，自己的错误数不胜数，追求过于高远，不够脚踏实地，推导的方程存在错误，不够完备，以至于永远无法被实验证实。

8月来临时，他有好几天都在斯希蒙尼克奥赫岛的国家公园里独自漫游。9月初他去哥本哈根拜访了尼尔斯·玻尔，并在那里主持了一场会议。在会议尾声，他敞开心扉，向可能的倾诉对象中最不合适的英国物理学家保罗·狄拉克谈起自己的抑郁和自杀念头。这位不谙世故的疯狂天才被同事描述成"世上最奇怪的人"，完全无力理解埃伦费斯特性格中的复杂和矛盾。可保罗还是向他敞开心扉，谈起自己对家人，特别是对小瓦西克的未来的恐惧，这当然是因为受到纳粹主义的影响，对犹太人的憎恨、伪优生学、对所有异己的残忍仇视，很快就会从德国倾泻而出，泛滥到所有邻国，一股无意识的黑暗冲动助推纳粹主义，正把我们逼进犹太人被赶尽杀绝的未来，我们的种族迟早会被绝对邪恶残忍的东西所取代。他们无处可逃，保罗说，无处藏身，因为后来的杀手已经把斧子磨得锋芒利刃，要砍掉或修剪他们眼中德意志这棵大橡树上的病枝，尽管保罗从他们的魔爪中救出儿子，可他仍然觉得无法保护儿子免受自己冒然冲向死亡和自毁的伤害，他知道没法在周围正形成的奇异新理性中保障儿子的安全，那种非人的智慧形式完全不在乎人类最深层次的需求；这种疯狂的理性，这种困扰着科学精神的幽灵，可以说几乎被保罗看作一个无形的鬼魂，或者是恶灵，在大大小小的会场盘旋于同事们的头顶，隔着他们的肩头窥视，或者在他们写下方程式时轻推他们的手肘，虽然轻得不能再轻，但是造成了真正致命的影响，既受逻辑推动，又完全没有道理，尽管仍然处在初生潜伏的状态，但不可否认它正在积蓄力量，极其渴望侵入这个世界，准备用悄悄承诺的超人力量和神级权限迷住最聪明的世间男女，通过科技闯进我们的生活。保罗感受到它萌生的影响，能够听见它缓缓向我们延伸时卷须轻微的移动，却不能确定或认清它，几乎也不敢大声谈论它，因为他怎么能判断这种可怕的想象，他有责任制止的莫名烦扰，是真正有预见性的结果，还是缓缓侵蚀他意识的幻觉又一次恶意滋生？困惑的狄拉克听了埃伦费斯特坦承的一切，却不知道该说什么，最后不假思索地说了几句无意义的鼓励，称赞他作为物理学界的调停人，起到了无与伦比的作用，简直是当代苏格拉底，没有他的探询，一些基础性的内容注定迷失。狄拉克要尽可能地表现出支持，却又要悄悄地从这位奥地利物理学家身边溜走，可是保罗已经紧紧抓住他的手臂，泪流满面地说，自己无法想象如此赞扬对于一个完全失去生存意愿的人意味着什么。

1933年9月25日天刚亮，保罗睁开眼睛，草草吃过早餐，穿衣戴帽，从家走向莱顿火车站，衣兜里还揣着一把手枪。他买了一张前往阿姆斯特丹的车票，不过因为发车时间在九点半，他还有一个小时要打发，于是便去找他之前的博士研究生，家住附近的阿伦德·吕特赫斯。他们喝水（保罗讨厌喝酒，甚至拒绝饮用咖啡或茶）并谈论物理和宗教，保罗承认，尽管他自己很小就失去信仰，但是一直欣赏吕特赫斯这样虔诚的信徒，如果不是常常跟活跃的信徒聚会，他无法活下来，因为他们对神圣秩序的信仰支撑着整个世界，无论多么天真和盲目，他都从中看出了些许希望。埃伦费斯特不仅珍视他们的亲近，而且还认为所有真理的追寻者为失落的灵魂形成了一个共同体，形成某种庇护，他说那提供了我们因为理性的毁灭性影响而失去的家庭温暖，那种影响已经毁掉了我们活下去的能力。把所有信仰都倾注于物理学的保罗，此时感到令人失望，量子力学不断加剧的影响和数学瘟疫难以抑制的扩散把他逐出了天堂，于是他要退却到比原子内部深渊更加深邃的黑暗之中。吕特赫斯尽力安慰——问他想不想留下来吃午饭——可是埃伦费斯特回答那样就太迟了，然后匆忙离开，几乎是冲出房门，还落下了自己的帽子。

其实他还有时间，也许还有很多。他来到火车站并坐下等候时，突然产生了返回的冲动，回到他朋友的住处，或者回到自己的家，逃到当下之外的任何时刻。他看着轨道另一侧的钟面，它的指针似乎停止转动，固定在一处。保罗闭上眼睛，几乎可以看见内部机构的齿轮一动不动；当他还是个孩子，祖母弥补了父亲拒绝给予他的爱与关注，她会在保罗来访时递给他满满一箱坏掉的钟表，都是一家停业的钟表店不要的，那个瘦弱、紧张、礼貌、好奇的小男孩保罗整个下午都会玩那些齿轮、发条、游丝，尝试再把它们组装起来，尽管他从没有成功修复过一只钟表，但是从来都是乐此不疲。那些为数不多的幸福时光在他的记忆中凸显出来，像狗身上的虱子一样折磨着他。每段记忆都是一个不可逆过程的范例，透过小小的窗口，他能看见以前的自己在1896年的冬天，经哥哥阿瑟的指点，画出自家公寓的平面图，阿瑟似乎知晓关于世界需要了解的一切，当时保罗跟现在的瓦西里、可怜的小瓦西克、可怜的爬爬怪同龄，正经历"日历狂热"，收集所有可以染指的历书、年鉴、日历，或者在废纸和食品包装上画出来，整齐地排列日期，快速拂过页角，让年年月月瞬间滑过，时光永不停歇地持续流淌，他又想起读书时拉比教他的逾越节歌曲《一只小羊羔》，当年的很多夜晚，睡眠似乎只归别人享有，他就给自己唱这首歌，用儿歌的节奏讲述一位父亲花半便士买一只羊羔的故事，可是后来羊羔——贤人说它代表最纯真无辜状态下的以色列——被猫杀死，猫被狗咬，狗被棒打，棒被火烧，火被水浇，水被牛饮，牛被人宰，一条无法打破的因果链就这样形成，孽与赎，罪与罚，一直延续至天堂，全能的主，那位宜将称颂的圣者亲自击溃死亡天使，建立天国。他至此才明白这首歌的真正含义，这时钟的指针又开始移动，他掏口袋确保车票还在时感到浑身颤抖，莫名其妙的寒冷，他担心，或者也许是希望，车票丢在了沿途某处，然而它就在兜里，一切都各就各位，等待火车到达，这时，这时，这时，当下的任一时刻，尽管他听不见火车，也感受不到它在远处微弱的轰隆声中行驶，他还是知道火车会来，没法阻止，其实它正好到达，保罗能看见它缓缓驶入站台，鸣笛时他周围喷洒得到处是蒸汽，可即便在那个时刻，他仍然来得及回头，狗、棍、起身、迈步、猫、死亡天使、离开，他还来得及，可他僵硬地站定，被一股他既不认识又不理解的力量推动，用机器人一样僵硬的双腿迈出五步，登上车厢，在其他乘客中找好座位。

他将在十点钟到达。

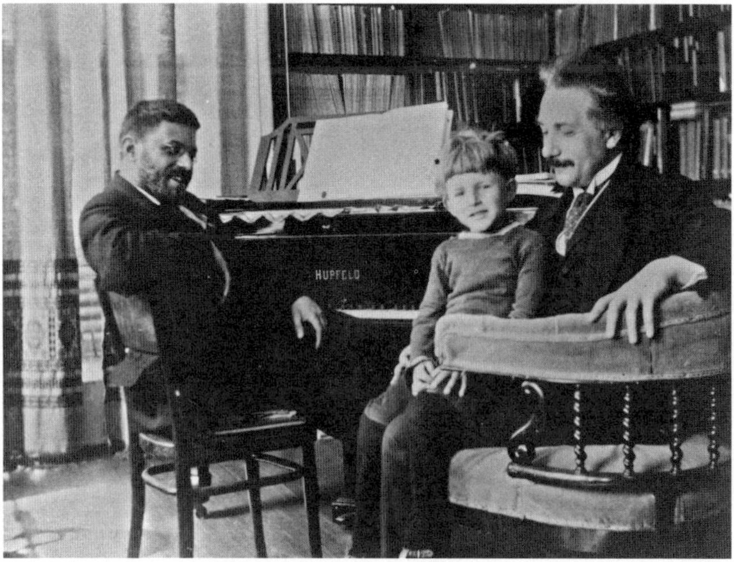
HUPFELD

约翰

理性的疯狂梦

十九世纪四十年代的一个下午，乔治·布尔①漫步穿过唐卡斯特附近的一片田野，脑海中的一闪念让他相信自己经历了宗教般的体验。布尔突然弄清如何用数学揭秘人类的思考过程。同样在代数中应用的符号可以随着一条思路描述人的思维活动，把所有的转念和切换用简单的二进制形式来表现，若这样就那样，若那样就不这样。1854年他出版了《思维规律的研究》，引起轰动。这本书的目标是"研究思维运转的基本规律，也就是展开思考的依据"……布尔觉得上帝允许他匆匆瞥见人类意识的真相，并且被这个几近先知般的信仰所驱使。但也有人对此表示怀疑，哲学家伯特兰·罗素惊叹于布尔的数学才华，但认为布尔的发现跟人类思维没有任何关系。罗素说，人类不那样思考。其实布尔所做的是另外一方面的工作……

纪录片《我终究无法放下你：当代情绪化历史》，
导演：亚当·柯蒂斯

---

① 乔治·布尔（George Boole，1815—1864），英国数学家和哲学家，数理逻辑学先驱。

他是二十世纪最聪明的人类。

我们之中的异类。

大卫·希尔伯特，二十世纪的数学教主，坐在博士学位答辩现场，本该质询那名二十二岁的匈牙利学生，却吃惊得只问了一个问题："请问，这位博士候选人的裁缝是谁？"

癌症扩散到他的大脑并开始摧毁思维时，他被美国军方隔离软禁在沃尔特·里德陆军医疗中心。两名武装警卫站在他的门外，没有五角大楼的明确许可，谁都无权见他。具有绝密权限的一名空军上校和八名空军士兵被指派全职协助他，哪怕有些时日他像个疯子一样只会发狂。他是一名五十三岁的犹太裔数学家，已经于1937年从匈牙利移民美国，然而任原子能委员会主席的海军少将路易斯·施特劳斯、国防部部长和副部长、陆海空三军部长和参谋长坐在他的床边，认真地聆听他说的每一个字，都等待他最后灵光一现，再提出一个想法。此人始创了现代计算机，确立了量子力学的数学基础，写下了原子弹内爆方程，出版了《博弈论与经济行为》，预见了数字生活、自复制机器、人工智能和技术奇点的到来，向他们承诺可以像上帝一样控制地球的气候，如今却跟常人一样，在他们眼前日渐衰弱、痛苦尖叫、精神恍惚。

他名为诺依曼·亚诺什·拉约什。①

---

① 此处依匈牙利人名顺序,姓在前,名在后。

又名约翰尼·冯·诺依曼。①

---

① "约翰尼"是"约翰"的昵称。

第一部分

逻辑的界限

尤金·魏格纳

只有他完全清醒

这个世界上有两种人：扬奇·冯·诺依曼和我们其余这些人。
他在法索利高中比我低一年级，那是布达佩斯的路德教会中学，也许是当时世界上最严厉的一所，隶属于卓越的国家教育体系，专为精英设计，培养了不少最高水平的科学家、音乐家、艺术家和数学家，以及一位真正的天才。我清楚地记得第一次见他，因为他在1914年入学，同年第一次世界大战爆发，于是这二者——扬奇和一战——在我记忆中不可分割地联系在一起。那个自带光环的男孩像彗星一样落在我们中间，仿佛预示着可怕的凶兆，跟漫步在我们太阳系黑暗之中的彗星信使一样，总是被迷信的人跟大灾难、祸端、瘟疫或社会动荡联系起来。1910年哈雷彗星经过时，我记得它亮得我们仅凭肉眼就能看见，我的母亲尽管坚守理性，但无比虔诚，她关闭了一些房门（地窖和我们曾经的婴儿室，后者被父亲改成书房），好几天都不让人打开，拒绝吃下从外面带回来的任何食物，只是一小口一小口地饮用极少量的水，直到彗星最终从天空中消失，因为她害怕彗星往地球倾泻有毒的蒸汽。她对此深信不疑，甚至真的逼父亲为我们所有人购买防毒面具，当然，这个要求被父亲拒绝了。说来相当奇怪，我母亲也从来没喜欢过扬奇，哪怕是在我们成为最亲密的朋友之后。我确定她直到去世都不了解，我们的友谊至少在一定程度上要归因于她，因为是她第一个让我知道了扬奇：我的一位资深教师加博尔·塞格是广为人知和受人尊敬的匈牙利数学家，也是我母亲的密友，他受雇于扬奇的父母（在那个古老的国家，约翰尼在他的朋友之间仍被称为亚诺什或扬奇）在学期开始前给那个男孩补课。根据我母亲在晚餐时转述的说法（她完全无法隐藏对扬奇母亲的羡慕或掩盖对她的嫉妒，她生了个了不起的孩子），见完年轻的天才回家之后，塞格眼含泪水，跌坐在扶手椅中呼唤妻子。妻子发现他手拿着褶皱的纸张哭泣，那个十岁的孩子没怎么费力就在上面解出加博尔苦心钻研数月的问题，任何一位能干的成年数学家遇到那些问题都会绞尽脑汁。加博尔不眨眼地盯着那些纸张，沉思上面的每个符号和数字，仿佛它们是从《摩西五经》上直接撕下来的。我只以为那不过是另外一个传说——关于扬奇的荒诞说法有很多——不过多年以后我有机会跟塞格谈论，他相当局促地向我承认，那几张纸他还留着，是扬奇在他父亲的银行信笺写下的字迹。他告诉我，即使无法想象具体的方式，但他当时立即明白，冯·诺依曼将改变世界。我问他是什么让他相信那样的臆想，他说只要一看见我朋友硕大的头颅，就感觉是在面对着绝对的异类。

也就是说我们之中存在一个外星人，真正的神童，学校里人人都在不停地谈论他。他们说他两岁学会阅读，会流畅运用拉丁语、古希腊语、德语、英语和法语，六岁时就能心算两个八位数的除法，在某个夏天，他因为点燃了击剑老师的头发而被父亲锁在自家的书斋，由于感到烦闷无聊，便自学了微积分，然后背诵了威廉·昂肯所著的全部四十五卷本《通史》。原来这些轶事都是真的。不过你可以想象，当我终于看见他摇摇晃晃地穿过操场向我走来时，我有多么失望，他尽管没有后来那么肥胖丰满，可是走起路来仍然笨拙迟钝，仿佛是为某顿大餐养肥的神气活现的鸭子；他迈着小步往前走，随机地加速，然后突然停在我面前，似乎在跟别人都看不见的对手专心进行一场复杂的比赛。现在回想起来，那就好像是他在尽力模仿常人走路，但以前又从来没见过他们怎么走。他非常礼貌地做了自我介绍，并告诉我塞格建议我们见面聊一聊，因为我们有共同的兴趣，然而我当即有种避开他的冲动——我比他大一年，刚满十一岁，唯恐跟这个奇怪的男孩做朋友会遭人排挤——可是又发觉自己立即喜欢上他，因为他的怪癖和举止，以及众多有别于同学的奇特之处，让我觉得他极其可爱。

你一下就能看出，扬奇身上有些不太对劲儿，可是直到数十年后，他的思维能力开始展现，他开始思考不仅十分不合理而且非常危险的想法，我才觉察出他有多么出类拔萃。我不确定是否有人真正了解他是怎样一个人。他的父母当然不了解，他的首任妻子马里耶特尽管爱他，但实际上他们就像表兄妹，更像是一对酒友，而不是夫妻。他的女儿玛丽娜跟他一样固执，而且极具天赋，所以他们到最后一直都有很严重的分歧。女儿设法成功摆脱了他的阴影，不过尽管知道他非常尊重女儿，但我也同样确定，他从没有让女儿理解自己内心的想法。他还有两个弟弟，追随他的可怜孩子迈克尔以及他像儿子一样爱着的小弟尼古拉斯。当然，接下来是克拉莉，美丽动人却饱受折磨的克拉莉，对他一见钟情，嫁给他之后又为此痛苦一生。他们俩在很多方面相互折磨，最终还能在一起那么久，在我看来简直是个奇迹。我知道约翰尼的确是一位糟糕的丈夫，可虽然克拉莉是我认识的最聪明、热情和迷人的女性之一，但是她也深深地陷入忧郁，跟约翰尼一样神秘、封闭和冷淡。我知道亚诺什·冯·诺依曼的内心在思考什么吗？不，我说不上知道。我只能说自己一开始就被一种奇怪的亲近感跟他联系在一起，这种连结仍然牢固，哪怕他已经去世。当初在学校里，我是他唯一的朋友。扬奇从来"不属于那些男孩"，不过他的确非常努力地尝试融入。其他很多孩子在他身边都感到不适,你也完全不能责怪他们,因为他有时候会表现得不像我们一样是来学习,而是来研究和观察我们。他有点儿吓人,棕色的大眼睛散发出智慧之光,就连最迟钝的家伙都能看出来,因为扬奇无法用自己糟糕、低级的议论来掩盖,也不能靠刻意选择的意第绪语愚蠢笑话敷衍过去。

尽管后来一生投身物理学,但求学期间我是颇有抱负的数学迷,所以仅凭直觉我勉强了解扬奇令人难以置信的天赋:他用颇为简单和聪明的方式向我解释集合论——现代数学的基础——我仍然难以相信,他还没到剃须的年龄就能有如此深刻的理解。在极少数的时刻,当他放下伪装,诚挚交流,我能看出他到底有多么投入。他几乎被追求理性的激情所耗尽,整整一生,那种奇特的天赋让他把事物看得清清楚楚,赐予他夺目的图景,以至于对别人而言,他的观点看似完全无法理解,因为他们被情感方面的顾虑和偏见模糊了焦点。扬奇努力理解世界,寻找绝对的真理,他真的相信自己会找到现实世界的数学基础,找到一个没有矛盾和悖论的领域。为了达到这个目的,他决心从万事万物中汲取领悟,如饥似渴地阅读,日夜不停地研究。我曾见他带着两本书上厕所,因为他担心自己没解完手就读完一本。在学校里,对于我们相对平庸的老师而言,他是一个灾星,对于别的好老师,他是一个福星,后者让他担任课程助教,可是他从来都不炫耀,与此相反,他似乎羞于展现自己的天赋。我不止一次见他假装愚蠢无知,只为了让跟他交谈的人感到更加自在。他早早涉猎大学水平的数学内容,读书期间就在《数学期刊》发表了关于最小多项式和超限直径的论文——迈克尔·费克特作为他这篇论文的共同作者,后来整个职业生涯都致力于研究他们提出的想法——可他还愿意把这些成就抛在一边,跟同学们一起学习初等代数,而且似乎真的乐在其中！全情投入的时候，他会集中精力，形成一种奇观：如果有人问他一个有趣的问题，他会悄悄溜到墙角，背对跟他说话的人，那样子就像被动物避险本能所驱使。他在墙角会进入一种出神的状态，把下巴埋在脖颈里，向前缩紧肩膀，仿佛立刻就要缩小不见。他会盯着地面左右摇晃，继续轻声嘀咕，然后像魔术师一样忽然转身，完整、准确、字斟句酌地做出回答。见证了数次这样的神奇表演——在此期间扬奇的五官呈现出令人不安的机械表情，几乎没有了生气——之后，我估算他通常需要不到三分钟的时间，从来不超过五分钟，就能得出结论，无论问题多么麻烦和复杂。不过如果没有全情投入，他的思维总是在东游西荡，从不沉迷于某个特定的想法太久。他还有一种极端的健忘性：四十岁时，他能一字不差地引述六岁读过的一本书，但是可以迅速忘掉朋友和同事的名字，或者被问及早餐吃了什么时完全不知道该如何回答。在我看来，显然扬奇只是没法停止思考，他的思维处在一种持续的饥渴状态。在他的职业生涯中，他敏捷地从精密科学的一根树梢跳到另一根树梢，从不休憩，仿若那些可怜的蜂鸟，必须不停进食，否则就会死掉。

　　如此近距离地在他身旁长大成了一种负担。我的自卑情结就连诺贝尔奖都不能抚慰一丝一毫，我常常好奇那是不是因为我早早认识了冯·诺依曼。更糟糕的是，他对我极好，渴望讨我欢心，因为如果要讲出全部真相，我就得承认，最初把我吸引到他身边、随后又留住我的，是一种自豪感：我自负地明白，他这个特殊的存在，独一无二的富家子弟，对我产生了强烈的兴趣，仿佛一只宠物，愿意随我去校园的任何一个角落。成长过程中，他不害羞、内向或对自己的身体感到不自在，如此看来他不同于我见过的任何一位天才，可是作为一个孩子，最不同寻常的事情困扰着他，那些事情绝不会困扰一个普通男孩：他承认无法理解自己是如何丝毫不使用理性思考就学会了骑自行车——一种包含了平衡、均势以及协同驱动作用的真正技艺。他的身体怎么能够自己思考？怎么能弄清为了不摔个狗啃屎而需要执行的复杂动作？这些必须停止思考才能够完成的简单动作会令他终身为之着迷。尽管小时候热爱体育，可他长大成人后逃避所有形式的强体力活动。克拉莉曾带他去滑雪旅行，青少年时代，克拉莉曾是布达佩斯的花样滑冰冠军，她动作优雅，扬奇跟在她身旁就像一个小个子司机或者旅店门童。扬奇答应了邀请，足够顺从地跟随着她，可是滑了第一次之后他就以离婚相威胁，然后整个周末都在酒醉中思考一个异想天开的计划，要把地球天气变热，让全球都处于热带气候，与此同时，一只名为"颠倒"、在他教导下学会数到五的可怜小狗，睡在他的大腿上，偶尔会抽动一下身体。

我常常对动物的意识感到好奇，它一定比我们的更加模糊梦幻、稍纵即逝，微弱的想法如同燃烧不充分的烛火，从来没有形成清晰的轮廓。也许我们许多必须竭力清晰思考的人也是一样。我一生认识特别多的智者，我认识普朗克、劳厄和海森堡。保罗·狄拉克是我的妻弟，利奥·西拉德和爱德华·泰勒都曾是我最亲密的朋友，阿尔伯特·爱因斯坦也是我的好友。可是他们都没有亚诺什·冯·诺依曼那样聪明敏锐的头脑。这话我在那些人面前说过多次，没有人曾提出反对。

只有他完全清醒。

玛吉特·卡恩·冯·诺依曼

娇生惯养，蛮横无理

1903年圣诞之后第三天出生，天生与众不同
医生拍打也不哭
令人紧张不安
看起来更像中年人而非新生儿
正对着我笑
四五岁时见我在窗口盯着外边抽烟，便问，妈咪，你在计算什么？
早熟
快乐但是孤单
自己制作玩具汽车/火车/枪支
不腼腆但是总在我旁边
没朋友，后来朋友太多
出洋相
爱弟弟
强壮/健康但是发烧导致呕吐恍惚。每件事都得重复。告诉我你说什么，妈妈。再说一遍你之前说的。再说一遍！再说一遍！跟之前一样，跟之前一样！你之前说的！反复不停
喜欢虫子猫猫狗狗
礼貌，过于慷慨：把穷苦孩子带回家送父亲的手表
有时睡在仆人的房间

嫉妒

风流

爱上所有的女佣/表姐妹

昵称：小王子

整日进食整夜读书

鲁莽

好管闲事

淘气

娇生惯养

古怪

蛮横无理？

尼古拉斯·奥古斯特图斯·冯·诺依曼

一马当先

一切都始于一台机械织布机,我必须得跟你说,那台设备是个庞然大物,看起来完全就是弗朗兹·卡夫卡在小说《在流放地》中,设想把犯人的罪孽缝在他们背上的机器:一只巨大的万足金属昆虫,像一只上了年纪的畸形蜘蛛吞下指令并吐出丝线。父亲把它带回家,让我们观看。他解释说这是一台能够编织挂毯和锦缎的自动机器,根据存储在成套打孔卡上的图案织造面料。他允许我们往机器里插入几张卡片——上面微孔星罗棋布,仿佛被饥饿的毛毛虫啃噬过,可是因为机器没有启动,所以另一端也没有产出什么,我很快便觉得非常无聊。然而亚诺什被它深深迷住,没完没了地问了父亲一连串问题。孔洞如何传递信息?卡片如何变成织物?他能留下织布机吗?他能拥有这台织布机吗?它只能织出几种特定类型的图案吗?这个过程能反向进行吗?他能自己试着织一块地毯、垫子或帘子吗?我哥哥以后会把同样的打孔卡方法用于他的计算机存储,可是还没等他——至少在理论上——弄清织布机的工作原理,那台庞大的机器就迷住了他。因为他想在我们的室内住宅有更大的空间摆弄织布机,所以我们得找人帮忙才挪走了桌椅、沙发和地毯,不出所料,他一连两天都把心思扑在那台机器上。通常父亲的银行投资什么产品,他就把什么带回家,然后我们会在饭桌上一起讨论盈利方法、新技术的优劣、商业投资和其他类似项目,可是这一种——织布机——是所有产品中最令人惊叹的。如他所述，单单制造一块织物就需要用大约四千张打孔卡。他告诉我们，这台设备的发明家是一位名为约瑟夫-玛丽·雅卡尔的法国人，他曾见过此人的人像，是用两万四千多张卡片织出来的。他说最神奇之处在于，一旦设置好合适的指令，一台雅卡尔织布机不用工人干预，就可以生产出无数块同样图案的织物，所以它对纺织工业产生了重大的影响。父亲说因为数十万劳动者突然失业，雅卡尔差点儿被一群愤怒的暴徒处死，亚诺什听了高兴地尖叫。父亲告诉我们最初的织布机有很多被砸碎、焚烧和毁坏，这只是更加助长了我哥哥的兴趣。我真的不明白父亲为什么对十九世纪初发明的一台机器小题大做，可是亚诺什被惊呆了，一心一意地观察和摆弄织布机的各种零部件，停都停不下来，而这样的心思他通常是用在我们最年长也最漂亮的表姐莉莉身上。他摆弄玩耍织布机，把它一个零件接一个零件地拆开，彻底沉迷其中，以至于第二天他都不来喝茶和吃晚餐，我放弃说服他抛下织布机、睡前出来跟我玩一会儿的时候，他还在钻研，手脚着地在主机构下方爬行。那天夜里，他惊慌失措地把我叫醒。努力尝试之后，他还是没法把织布机再组装起来，而且非常担心如果到早晨还不能恢复，如果无法弄清如何修复自己的破坏，父亲一定会从他手中拿走织布机，归还给银行，他可能再也见不到了。亚诺什受不了这个想法，他说自己实在无法跟这台机器分开。于是我安慰他，擦掉他的眼泪，我们整夜摆弄织布机的无数齿轮、弹簧、手柄、杠杆和链条，直到天明。至少我觉得，在那个年纪，我们俩面对的明显是一项不可能完成的任务。哪怕困得眼睛几乎都睁不开，我还是陪他熬夜，因为亚诺什总是在我需要时陪伴在我左右——在我一生中最需要他的时候，他总在我身边，他真的是我能期望的最好的哥哥，对我有极强的保护欲，而且给我带来很多快乐。跟他在一起我感到安全，这在一定程度上是因为，在我见过的人里边只有他似乎知晓一切，能够理解和解决我向他提出的任何问题，无论我问什么，他总会给出答案。在他旁边我感觉受到很好的保护，挨着他我就不会受到伤害，哪怕我们在做那些最愚蠢而且真正危险的事情，比如骑马追火车，他想办法收集火柴头和避暑住宅的园艺化肥来自制炸药点燃，或者骑着拆掉车闸的改装自行车在布达冲下被战争蹂躏的古老山冈——我有什么理由要减速呢——飞速超越敞篷四轮马车，穿着丝绸的妇女和穿着红色制服的轻骑兵坐在马车上，每当我们试图用紧实的雪球砸掉他们的皮帽子，就会被他们咒骂。那天夜里，为了不让他老想着会被父亲惩罚（亚诺什有多爱母亲，就有多怕父亲。尽管他们对我们都很支持，而且特别为他感到骄傲，但是母亲觉得难以应对他的强烈感情，会避开她所谓的亚诺什的"过度亲近"，而亚诺什则会在父亲召唤他或看向他的时候立刻目光低垂，微微耸起肩膀，仿佛小时候受过虐待的流浪狗灰溜溜地夹着尾巴到处走，永远也摆脱不了最初的创伤），我让他解释织布机的工作原理，因为他在那时必然已经推断出来。他告诉我，莱布尼兹早在十七世纪就已经证明，逻辑和算术运算只需要 1 和 0。我哥哥说利用这种意义深远但是操作简单的抽象过程，任何图案，不管是自然的还是人造的，都可以被分解并转换成织布机"语言"，以小孔的形式打在卡片上，它决定了织布机要把哪些丝线挂在超过四百个钩子上，一行接一行地编织挂毯。哥哥说，那些卡片以最纯粹和抽象的形式存储了最终产品的所有相关信息，这种工作方式决定了完全不用改变机器就能织出新的图案，你只要改变卡片就行。虽然我知道这都是真的，知道它从诞生就已经改变了世界，可我还是无法相信，用一个孔——一处虚无——你就能创造出许多花环和玫瑰、狮子与羔羊、天使和恶魔，来装饰像我家这种欧洲最奢侈家庭的墙壁和地面，以现代标准来衡量，织布机既简陋又原始，我无法相信它的工作原理中蕴含了另一种技术的种子，不论是好还是坏，那种新技术将改变人类体验的方方面面。那么利用这种原理还能做什么呢？挡住外界寒冷的窗帘间射入黎明的第一缕曙光时，我问了哥哥一个当时没法回答的问题，他飞奔上楼，蜷缩在床上，用床单盖住头，而我坐在原地，手拿着一把螺丝，已经准备替他承担责罚，不过我相信，为了解答我的问题，他的贡献几乎大过任何人。我们当时无法知晓后续如何发展，以及他在其中扮演怎样的角色，然而我相信，他看过织布机，便模糊但强烈地感受到未来的一种预兆。一幅美好的愿景牢牢地吸引住他，像危险游戏和爆炸一样，激起了他内心深处可怕的兴趣。当然，我没有如此具体的感受，而且脚边散落的织布机残骸令我不禁有点排斥，这种感觉从那时起一直伴随着我。我对那台特殊的设备没有自主的恐惧，对于任何技术都没有普遍的排斥，于是出于我无法完全理解的原因，在成年生活中我总是重复做同样的噩梦，我家那台织布机活了过来，疯狂地穿过客厅冲向我，它的腿部纷乱，钩子锋利，血红的丝线拖在后边，我的哥哥骑在上方，如同蒙古征服者，一马当先。

马里耶特·克韦希

门口的魔鬼

我骑着三轮车闯进他的生活时只有两岁半,当时他肯定,呃,不超过八岁。我是个富家千金,不过话说回来,他也是富家公子。所以这是我们的共同之处。第一次世界大战导致欧洲四分五裂之前,我在成长过程中见过他一两次,要提醒你的是,那场战争没有给他和我造成多少苦痛。我可以发誓,他把那段可怕的时光都用在地图上移动想象中的步兵、坦克和炮兵阵地,利用从报纸上收集的消息,在战争游戏的棋盘上重演索姆河战役无情的屠杀或者伊普尔战壕充满毒气的恐怖。他真心痴迷那种可怕的战争游戏。毫无意外,他总会获得胜利,因为数学计算决定了结果。这种战争推演在一个世纪之前就被普鲁士军队采用,在世纪之初我们帝国知识分子中拥有大批拥趸,以至于我常常觉得,那些替代战争的无用模拟和导致中欧陷入武装冲突的疯狂之间存在某种联系。扬奇和弟弟们会身穿仿制的德国军服,用好几周时间紧盯着棋盘,似乎对流血和战争的桌面微缩重现比整个大陆上演的真正屠杀更加重要。我羞于承认自己羡慕他们变得如此沉浸于想象的能力,因为我只是故意不去了解周围更大的世界,尽管知道这块大陆正处于战火之中,但是我作为一位在布达佩斯娇生惯养的千金小姐,正忙于享受这种身份带给我的快乐,无暇担心战局对自己的影响。没错,这很差劲,但是重要的战争没有在我们的国土上打响,匈牙利是奥匈帝国的谷仓,战时物资短缺大幅抬升了谷物价格,富人其实变得更加富有。所以我们许多人表现得仿佛无事发生一样，我知道也许这看似令人震惊，可它早早就教会我一个简单的人间真理：你甚至可以跟来敲门的魔鬼舞蹈。因为我就是这么做的，我们很多人就是这么做的。你怎么能责怪我们呢？我出身的匈牙利是一个正在经历美好时期的财阀国家，布达佩斯是欧洲发展最快的城市。我们有六百家咖啡厅、欧洲大陆的第一条地铁和一家媲美维也纳的歌剧院，我们周围的工业正爆炸式发展，可城市仍然充满春日紫罗兰的芬芳，我们无所不能，日新月异。科学新发现、农业生产新纪录、要购买的新产品、要穿戴的新时尚，新事物总是带来新的激情，所以我们只好投入其中，享受快乐，愉悦人生，伴着一场接一场的战争醉酒和起舞。否则还能怎么办呢？我们都知道曾为我们建立起来的奇妙世界行将终结，所以我们的消遣很迫切也很必要。我们只是不得不享乐，否则也没有别的事情，因为我们知道有什么要降临。我不知道这是怎么回事，但我们就是知道，男人和女人，富人和穷人，犹太人和异教徒，所有人都知道。所以我们表现得像孩子，做孩子们最擅长的事情，假装一切正常，不停玩乐。世界可得照顾好自己了。

  作为高度同化的犹太裔大资产阶级的成员，约翰尼一家兴旺发达，所生活的公寓占据了佩斯州核心区一栋公寓的整个顶层，就位于高雅的利波特瓦里住宅区的瓦齐大道上，奢华程度不逊于我家。我们两家都会在首都附近宽敞的山间别墅度过夏天，我们会乘坐浩荡的车队，带着女仆、管家、厨师、家庭教师、宠物和保姆，拖着塞满裙子、泳装、晚礼服和华丽服饰的行李箱和衣柜，以及足够在荒凉沙漠走上两周所需的食物和美酒，哪怕我们的应许之地距离城市里的公寓只有八公里远。不过我们俩早期生活的相似性差不多就到此为止：我是家中独女，他有两个弟弟；他母亲是一杆消瘦的大烟枪，约翰尼一生都很爱她，我母亲是一位疑病症患者，哪怕我每次提高音量跟她讲话，她都会假装生病，卧床数周；约翰尼的父亲很固执，但是既善良又热心助人，把我养大的父亲却是一个长期沉迷女色的瘾君子，暴力的男人，作为布达佩斯犹太人医院的负责人，总是忙于工作，我很少见他，我只要在宵禁后晚回家一分钟，他就会用外科医生的准确度扇我耳光，除此之外他一下都不会碰我。所以对于曾经的生活，或者跟约翰尼结婚带给我们的颇多快乐，我不会感到羞耻。我们前往美国之后，我为了一个年轻男人离开他，对此我也不会感到一丝愧疚。我们和平相处，甚至根据赋予我一定自由的协议，共享女儿玛丽娜的抚养权，护佑她幼小的灵魂：她小时候跟我一起生活，十六岁时搬去他那里。这是约翰尼的主意，我得提醒你，这对当时的任何女人来说都不同寻常。这样的安排我觉得对孩子大有裨益——她成了一名天才经济学家以及通用汽车公司的第一位女性高管，她还担任总统顾问和外交关系委员会的主管，负责过更多我不愿记住名字的委员会——哪怕这意味着她得忍受约翰尼的第二任妻子，那个疯女人克拉莉，以及她歇斯底里的爆发。我从来不是因为聪明才智爱上约翰尼，那是她的错误所在，我跟约翰尼结婚是因为他那个傻瓜让我开怀。我们一辈子互相渴望，即使这激怒了我们各自的配偶。可我无法跟那个男人维持婚姻，对，说的就是他，伟大的冯·诺依曼，多么了不起！科学技术之神！咨询顾问之王！计算机之父！逗我开怀。真希望他们像我一样了解他。那个男人不会系鞋带，废物一个，连婴儿都不如。我敢肯定，假如我把他留在家里几天，他会在炉灶前饿死，或许这正是直到他去世，我都一直格外关心和担忧他的原因。我甚至考虑过再婚后保留他的姓氏。约翰尼的父亲，了不起的老麦克斯，曾被弗朗茨·约瑟夫皇帝以"经济领域杰出服务"的名义授予过一个世袭头衔，以这种不太含蓄的方式感谢他捐钱资助匈牙利参加第一次世界大战。那项荣誉让他有资格在姓氏前加一个"冯",我们来到普林斯顿大学的时候,我亡夫尽管把名字从亚诺什改成了约翰尼,但还是保留了那个姓氏,尽管他痛恨纳粹的怒火一直燃烧,但他喜欢跟德国的联系,因为那个"冯"字给他带来了餐厅和零售店的优质服务。哪怕约翰尼的大多数玩笑没法逗笑听众,他还是喜欢开自己的玩笑,其中有一个他总是讲起,早已经不再有趣:波兰的一座小村庄里流传着一个可怕的传闻,一个基督教女孩被人发现死于谋杀,担心很快会遭到报复的犹太人群体聚集在会堂,计划在当前形势下如何保护自己,就在会议紧急召开的过程中,犹太会堂负责人激动地跑进来,上气不接下气。兄弟们,他高喊,兄弟们,我得到了绝妙的消息!被杀害的女孩——被杀害的女孩是犹太人!

　　短暂的童年相识之后,我们在年近三十的岁数再次相遇,当时他已经在德国功成名就。我无聊到了极点,迫不及待想脱离父母,所以答应了他的求婚,当时甚至还不知道即将踏入怎样的生活。我父母要求像他们多年以前一样,他得在结婚前皈依天主教,就好像他们真的因此获得了幸福。我怒不可遏,不是因为在乎自己的犹太人出身,而是因为他们过于专横跋扈。约翰尼一点都不在乎,完全世俗化,对于犹太人身份既不自豪也不羞耻。我可以发誓,他跟我们犹太人唯一真正的联系,在于貌似永不枯竭的意第绪语段子,他常常用在非犹太人身上,奚落讨厌的家伙或者他认为说蠢话的人,当然蠢话可以指很多种。他一直最喜欢的一句贬损就是——窝囊废!

乔治·波利亚

这是何等男孩？

我绝不会忘记头一次亲眼见他，永远不会。假如我闭上它们，闭上眼睛，我仍然能看见他，即使现在我都能看见。尽管过了很久，时隔多年，那段记忆如此清晰明确，现在有多久了呢？二十年？三十年？四十年？这我已经忘记，没法知晓。可是他，我会一直记得，永远不会忘记，长久地记在心里。

我正在布达佩斯教一堂研讨课，一堂非常特殊的研讨课，只针对特别有天赋的学生，亚诺什·冯·诺依曼就在其中，坐在我课堂的后排。加博尔·塞格已经跟我讲过，可我还是没预料到。我没有准备，对他的聪明才智没有准备。开始他很安静，安静中带着笑容，那家伙总是面带笑容。可是后来我讲到一个重要的定理，我说这个定理非常难，还没有被证明，没有被任何人证明。很多人都尝试过，没错，试过之后失败。我自己就尝试了几十年，用这门课来验证我的证明。我知道，自己就要成功，我能感受得到。这就是数学，明白吗？一种感觉，你感觉到，甚至在得到答案之前你就有那种感觉。噢！你说，没错！这感觉对了！可是你不知道，不到最后不知道。即使到了最后，有时候你还是不知道，或者你不理解。所以我向课上的同学介绍问题、定理和我做的工作，以及它为何没有效果，暂时没有。然后我对所有人说，讨论，讨论！聪明的男孩子，非常聪明的男孩，全都大声交谈。我就是这样教学，你明白吗？有人不行，我喜欢那种嘈杂，提问，争论！那就是我的最佳工作表现。可是冯·诺依曼没有参与，一个字都不说，他不参与讨论，只是闭上眼睛，然后举手。我叫他的时候，他走到黑板前，写下了一个绝对惊艳的证明，很快完成，不费吹灰之力，甚至不假思考，只做证明。我无法相信。多少年来，我多少年来所有的工作，片刻即被超越。而且他做出的证明……如此漂亮、优美。我记得问过自己，那是怎么回事？这个男孩……这是何等的男孩？我还是不明白，不过在那之后，我开始担心冯·诺依曼。

二十世纪二十年代初，大卫·希尔伯特提出一项雄心勃勃的计划，要确定能否从唯一一套公理构建起整个数学体系。该计划寻求建立一套完备自洽的基础，避免在激进的新想法大范围拓展数学领域但又威胁摧毁整座大厦时，无法解决的悖论被发掘出来。

年轻的冯·诺依曼无法抗拒希尔伯特的计划，这不仅因为他深信科学原理应以永恒不变的数学真理为基础，还因为他惧怕一种危险的非理性，开始从基础缓缓涌入同行们疯狂追寻真理时钻研的领域。

西奥多·冯·卡门

有些人失去理智

一位知名的布达佩斯银行家带着他的儿子来见我。他提出了一个非比寻常的请求,希望我劝他的长子不要成为数学家。"数学,"他宣称,"是一种会饿肚子的技艺。"我起初不理解,不过后来跟那个男孩儿谈了一下。他才华惊人,还不到十七岁,就已经不借助任何指导自学无穷的不同概念,那是最深奥抽象的数学问题之一。我完全共情他的处境,当我十三岁时,我父亲甚至禁止我思考数学,对于这门学科我早早展现出颇高的天赋。他说不是因为他不关心我的心智成长,而是因为不想让我变成一个偏科的怪胎,所以我甚至直到大学才再次见到高等方程式。我认为影响那个年轻人远离他天生的喜好是一种遗憾,不过我能看出来,跟他富有的律师父亲争论没有用,所以我尽力让他们达成妥协。那个男孩会成为化学家和数学家,他加入苏黎世联邦理工学院(该学府要求之高,连阿尔伯特·爱因斯坦都没能通过入学考试)化学工程专业,但同时也入学柏林大学和布达佩斯大学的数学专业。我不知道还有谁能承受如此之重的学业负担并取得成功,可那个孩子只用四年就获得了化学工程学位和数学博士学位。他在布达佩斯的一位教授波利亚告诉我,他几乎没上一堂课就以最优等成绩毕业,因为他把大部分时间花在柏林,师从大卫·希尔伯特,难怪后来他成为那个国家历史上最年轻的高校私人讲师,二十二岁就成为一名教授。为了感谢我帮他调解,冯·诺依曼把他的博士论文送给我。能看出他极具雄心壮志,他的目标是至高无上的圣杯。

冯·诺依曼要做的是找到最纯粹和最基本的数学真理,用无可置疑的公理,无法被否认、证伪或反驳的陈述,永不减弱或扭曲、从而——像神一样——以恒久不变的确定性表达出来。在这个坚实的内核之上,数学家才能构建他们所有的理论,展现数量、结构、空间和变化的多样之美,不用担心遇到诞生于悖论和矛盾的可怕的假想怪,一旦觉醒就能扯坏他们井然有序的数学宇宙。冯·诺依曼的如意算盘——至少在我看来有点尴尬——是尝试用一个规范的公理体系表现数学,这当然是大卫·希尔伯特计划的精髓,显然这位年轻人已经把它当成己任。

希尔伯特的计划绝对而极端,的确展示出那个时代的症状,绝望地企图在逐渐失控的世界寻找安全感。它形成于变革最激烈的时代,法西斯主义在我们身边兴起,量子力学扰乱我们关于原子内部物质行为的看法,爱因斯坦的理论正在颠覆我们的时空概念。不过希尔伯特、冯·诺依曼和众多同道中人所追求的,也许更加基础,因为那时跟现在一样,一部分不断增长的知识与技术依赖于自然科学女王①的正确与神圣。我们还能信仰什么呢?神灵跟它们的信徒一样多,所谓的人文科学也不比哲学好到哪里去,只是在用无意义的文字玩无知的游戏罢了。数学不一样,它总是被当作火把高高举起,是真正的理性之光,耀眼夺目,不容置疑。然而情况在二十世纪初开始改变,许多数学家担心女王的王座开始摇晃,曾经稳固的王冠在她头上摇摇欲坠。因为有了越来越多的发现,数学显得不具有大家都能接受的基础。这种令人不安的疑惑——也就是他们的整个王国构建在虚空之上——被称为"数

---

① 指数学,出自高斯名言。

学基础危机",这是古希腊时代以来对这门学科最严重的质疑。这次危机是一次奇怪的事件,涉及这颗星球上一些最具原创精神的思想家和最聪明的头脑,可我回顾这次危机时,它似乎只是亚瑟王传说中的追寻,理性偏出它的限制,却发现自己举着一只空的圣餐酒杯。

数学宇宙的建立很像古代法老的金字塔。每条定理都构建在更加深入和基本的层次之上,可是金字塔的最底层是什么呢?在那里会发现坚实的基础吗?还是说整座金字塔浮在空中,如同废弃的蛛网被晨风吹动,边缘已经散开,仅靠纤弱稀少的思想、习惯和信仰之丝维持在一起?我记得跟几位朋友谈过这件事。逻辑学家呢?他们的神经都崩溃了!彻底受到创伤,他们所思所想,皆是悖论。面对非欧几里得空间里令人难以理解的形状,几何学背后最基本的概念完全无法适用,非欧空间里充斥着不可能存在的怪异物体:就连——永不相交的——平行线都会在无限远处汇于一点。这没有道理,突然之间数学家不再相信他们自己的论据,这在很大程度上让他们明白,一个参与建造大教堂的普通泥瓦匠永远不会了解教堂的宏观构造,所以只能信任前人建造的柱子,他们要么在信任的基础上继续开展工作,要么深入钻研数学的根本核心,努力找出撑起整个体系的基石。然而揭示基础总是危险的,因为谁能预言我们宇宙逻辑的裂纹线中有什么在等待?人类知识增长的复杂根系中有什么在沉睡?数学基础危机是一个危险的事件,让某些人搭上了自己的声誉,让另一些人,比如格奥尔格·康托尔,失去了理智。

康托尔是一个杰出的人,他创立的集合论是现代数学的重要组成,不过他取得非凡成就时,也极大地促进了这次数学基础危机:因为他拓展了无穷的概念。在他之前无穷纯粹被看作一种思维构想,在自然中没有真正与之相关联的存在。无穷无尽,比任何数都大，（即使有点异想天开）无穷的观念是一种非常有用的抽象概念，也被证明是一种强有力的数学工具。有了无穷的概念，我们可以研究无限小的变化，可以思考不假借数学上的无穷就根本无法处理的设想，可是应对无穷时，科学家感到了天然的不信任。柏拉图和亚里士多德都拒绝了无穷的观念，数学家们的情况在很大程度上也是那样，直到后来康托尔在十九世纪末横空出世，告诉我们不止存在一种无穷，而是有很多种。康托尔的论文让整个数学界陷入混乱，因为他极大拓展了理论图景——其中每种新的无穷似乎都大于我们过去已知的一切——充满了自相矛盾的危险思想，以及看似从疯神的混乱想象迸发的逻辑谬误。康托尔利用自己的新思想，清楚地论证出，一英寸线段上的点，跟所有空间中的点同样多。他向着未知迈出一大步，发现了独特的内容，在他之前不曾有人考虑的内容，可是他种类繁多、数量巨大的批评者认为，他走得实在太远了。他的无穷无疑是有趣的，但是永远无法被当成数学研究的严肃课题。不过，康托尔握有看似绝对无懈可击的证明。"我明白它，但是无法相信！"完成证明时，他写信给一位密友说。从那以后，他面对的最大问题，是有太多人同样无法接受这项新颖的颠覆性信条。

康托尔在俄罗斯出生和长大，那是一个以其国民思想深度、强烈的宗教政治信仰和众生皆苦的明确思想倾向而闻名的国家，尽管你可以认为这些只是文化上的刻板印象，容易被抛开，可是它们在康托尔身上似乎都体现出来，而且在一定程度上有助于解释他跟自己的思想之间复杂而扭曲的关系。根据各种描述，他是一位非常虔诚的路德教信徒，心灵极度敏感。尽管他公开为自己的理论辩护，但是私下几乎无法处理不容否认的杰出发现造成的后果，或者说无法面对，理论似乎要对世界做出的解释。他对自己的女儿透露，在某种程度上，他觉得对无穷概念的极大拓展，令上帝陷入质疑，至少也是让我们对它和它的造物的老旧定义陷入质疑。他在其中扮演控诉者和被控诉者的那些神学辩证，跟众多同僚对他的恶毒攻击一样令他痛苦。伟大的亨利·庞加莱称他的工作是"一个漂亮的病理案例"，一种数学最终会摆脱的疾病，与此同时，其他人把他的工作当作数学的疯狂、绝对的谬论或者"不过是雾霾上笼罩的雾霾"来无视。他们极为过分地称他是科学骗子和青年人的腐蚀者。令他痛苦的不仅是那些侮辱，还有别人对他的思想过度的赞赏。希尔伯特写道："就连上帝都不会把我们逐出康托尔创造的天堂。"被希尔伯特这种级别的人表扬和认可，康托尔本应该感觉受到支持和欣赏，他却认为那令人失望而且没有必要，因为他工作既不是为了声誉和金钱，也不是为了青史留名。对，他是为了响应更高层次的召唤，这种使命本身就提供回馈，重要得本身就可以作为终结。自从孩提时起，康托尔就听见他所谓的"未知的秘密声音"迫使他学习数学。后来他变得深信不疑，自己能发展无穷的概念是因为上帝的影响，因为有了一切真正的天启，他相信它们会引领人类达到更伟大的、超越一切的必然。可是实际发生的情况正与之相反。没有人能完全理解他的无穷，他反对者尽一切努力打压他的工作，阻挠他的研究。虽然的确值得在普鲁士任何顶尖大学获得教师职位，但是他在哈雷的穷乡僻壤郁郁不得志，向不断缩小的朋友和同事圈发泄苦闷。"我的工作在某些人心中激起的恐惧，"他写道，"是目光短浅的一种体现，即使形式上最高级和最完美的无穷创造支撑起我们，但是那种目光短浅摧毁了理解无穷究竟是什么的可能性。我最近大为震惊地收到米塔格-莱弗勒的来信，令我颇感惊奇的是，他在信中写道，经过严肃认真的考虑，他认为我打算要发表的著作'大约超越时代一百年'。如果是这样，我就不得不等到1984年，这个要求对任何人提出都过分至极！不管他们说什么，我的理论都坚如磐石，射向它的每一支箭将很快回头，插入图谋扼杀者的心脏。"为了通过完善自己的理论来使反对者闭嘴，康托尔建立起无穷的完整层次结构，可是令他痛苦挣扎的狂躁症不受控制地发作，愈加严重，发作之后他还会陷入深深的忧伤，以及可能会出现的最惨痛的抑郁。这些魔咒的出现变得特别频繁，使他无法钻研数学；作为数学工作的一个替代，他付出自己无尽的狂热精力，试图证明莎士比亚戏剧实际为英国哲学家弗朗西斯·培根所著，基督的亲生父亲是亚利马太的约瑟，这些观点让人更加相信他正缓缓失去理智的论断。在1884年5月，他出现严重的精神崩溃，不得不在哈雷的一家疗养院住院治疗。据她女儿说，在病重期间，他的性格整个都会发生改变，他会不由自主地对医生和护士尖叫咆哮，然后倒下一动不动，完全保持沉默。他的一名精神科医生注意到，当他没有被愤怒吞噬，他会屈服于偏执的受迫害妄想，认为一个邪恶的阴谋团体在动摇他和他的工作。在精神崩溃的间隙，他继续讲授数学，不断苦心钻研自己的无穷，但是他也被研究的结果困扰，陷入一个自己无法摆脱的怪圈：他会先证实一直在为之努力的重大假设——如今因为难以解决而闻名的连续统假设——然后用几个月或者只用几周时间，再将其证伪。真理与谬误、真理与谬误、真理与谬误一次次重复的邪恶循环，加重了他晚年标志性的痛苦。终于在1918年1月6日，在经历小儿子去世、多种病痛、金融破产和一战期间严重的营养不良之后，康托尔在哈雷精神病院突发心脏病去世，他生命的最后七个月都是在那所大学精神病院度过。

康托尔的去世虽然是数学界的悲剧，但也没有平息他的无穷引发的争论。作为一个高深理论的受害者，他因为给予我们的一项大礼而承受痛苦，但绝不是这次数学基础危机中唯一痛苦的人。1901年，蜚声欧洲的逻辑学家伯特兰·罗素在集合论中发现了一个致命的矛盾,而且变得十分沉迷于此。哪怕是在沉睡,他都不得安宁,因为他会一次又一次梦见那个矛盾。为了消除矛盾,罗素和他的同事阿尔弗雷德·诺斯·怀特海写了一本巨著,意图把数学的一切都简化为逻辑。他们没有像希尔伯特或冯·诺依曼一样使用公理,而是把逻辑主义运用到了极致:对于他们而言,数学的基础必定是符合逻辑的,于是他们着手研究,从底层开始构建数学。无论如何,这并非易事,他们那本鸿篇巨著《数学原理》的前762页都只用来证明1+1=2,作者在此处冷静地注明,"上述观点偶尔会有用"。罗素基于逻辑构建一切数学的尝试也失败了。他的矛盾之梦被另一个不断浮现的噩梦所取代,那正体现了他对自身工作的价值没有把握:在梦中,罗素大步走在一座无边的图书馆大厅,螺旋形的楼梯向下通往深渊,高耸的穹顶向上触及天堂,从他所站的地方,他能看见一位年轻憔悴的图书管理员,手拎着用来从井中打水的金属桶,走在一排排图书之间,桶中有不灭的火焰在燃烧。他一本接一本地从书架上取下书籍,打开布满灰尘的书封,从头到尾翻过内页,再把它们放回原处或扔进桶里烧掉。罗素注视着年轻人前进,明确知道他正缓缓走向存世的最后一本《数学原理》,罗素对此的确定性我们只有在梦里才能全然体验。当年轻人拿起《数学原理》,罗素努力要看清他翻阅时的表情。他能看见年轻人就要露出笑容,还是反感?是厌倦?困惑?鄙视?年轻人会放下桶,里边的火焰掠过他的指尖,他一动不动地站在那里,双手捧着书,因为它过大的重量而绷紧了肌肉。然后年轻人会忽然看向年迈的逻辑学家,罗素在床上尖叫着惊醒,不知自己的著作命运如何。

  罗素和怀特海在两千多页的巨著中论述了艰深的符号系统和晦涩的逻辑体系,努力搭建一致和完备的数学基础,可是冯·诺依曼的论文却如此简洁,他的公理集在一张纸上就能写下。尽管后来被证明，他的努力也没有成功，但他的大胆尝试和简明扼要没有被人忽视，那篇论文令他很快在同侪之中声名鹊起，也早早展现出他在后期所有工作中的作风：他会揪住一个课题，把它剥开，只剩下最基本的公理，把他要分析的一切变成纯粹的逻辑问题。这种洞察事物本质的超凡能力，或者说——从相反的角度来看——这种特别的短浅目光允许他只进行基础性思考，不仅是他独特天赋的关键所在，而且解释了他几乎像孩子一样的道德盲点。

加博尔·塞格

神灵形状的空虚

他是一个小恶魔,对,就是他。我们中间有些人看清疯狂来临,及时逃离了德国,他是那些人的天使。我很高兴在他少年时代教过他,因为他长大成人以后变了很多。一个数学巨擘,的确如此,可上帝知道他还是个傻瓜,而且还是个危险的傻瓜,多么矛盾,那就像同时在跟两个不同的人谈话,杰出但幼稚,颇有见地却又极为肤浅,那家伙总是爱聊闲话,总是喝酒!跟愚蠢的朋友浪费自己的时间,花他的钱找高价妓女,病态地对能想到的最愚蠢的事情感兴趣,比如这位或那位男爵跟哪位表亲结婚,以及他们有多少个婚生和非婚生的子女。我从不理解他需要那种毫无意义的闲聊,他曾经用半个小时来解释,养一只小京巴跟养一条大丹犬相比的众多优点,当我起身离开时,他还在说个不停,做出这种行为的同一个人对群理论、遍历理论和算子理论做出了无数的贡献,在不到三年的时间里发表了三十二篇重要论文。不过我向他寻求帮助,是因为我知道可以指望他办成大事。亚诺什只有二十七岁,而且已经成为普林斯顿大学的教师,总是在美国和布达佩斯、哥廷根和柏林之间往返。我当时在柯尼希斯贝格大学教数学,生活非常惬意,不过在贝洛·库恩的共产党政府短暂执政之后,匈牙利白色恐怖的两年里,我们有太多犹太人被枪决、公开绞死、折磨、监禁或强奸,只是因为某些共产党领导曾是犹太人,我因此有了教训,明白在纳粹开始公开讲话反对我们时,应该有怎样的预期。我给他写信，共同决定在柏林见面，我期盼着问他能否动用自己的关系，帮我和我的家人移民美国。你觉得他请我去哪儿吃午饭？竟然是霍歇尔餐厅！镶着木板的奢华餐厅，仅仅四年后，纳粹党的高级成员会在那里吃螃蟹，庆祝长刀之夜政治清洗和屠杀，那就是典型的冯·诺依曼，如此习惯于最高等级的特权，霍歇尔是柏林最精美的饭店，所以那里自然成了我们应该去用餐的地方。等到了那里，我觉得自己浑身上下穿着寒酸，格格不入，不过等我一提起他的名字，我就被报以最大的尊重，被带到这家饭店位置最好的餐桌之一，亚诺什正在那里抽着粗大的雪茄等我，旁边的两扇高窗上挂着花纹复杂的蕾丝窗帘，他就沐浴在透射进来的秋日阳光里。虽然当时纳粹党在国会中只有几个席位，但是一想到我们两个当时坐在路德大桥拐角的那座虎穴中，制定逃亡计划，周围全是王室成员、外交使节、间谍密探、电影明星、政界人士、富豪大亨和其他可恶的德国贵族，我就忍不住颤抖。就是这家饭店，后来成了希姆莱最喜欢的用餐地点。

当然，我们先谈了数学，我能立即感受到，那个傲慢讨厌的希尔伯特对我以前的学生造成了反常的影响。亚诺什发展出一种奇怪的冲动，同样一门心思地迷恋逻辑和形式系统，我曾见过其他的伟大人物被此侵蚀。他绝对是已经变得过分热情，对此我感到大为震惊。可是话又说回来，即使在我们数学家之中，狂热在中欧地区也是一种常态。当他告诉我，他已经接近实现自己的梦想，用一致、完备、完全没有矛盾的公理体现出数学的本质，我却嗤之以鼻。你应该像一颗洋葱那样成长，我说，把头扎进土里！如此严格的精简——解决的问题跟引发的问题一样多——怎么能引导人类走向他梦寐以求的绝对明确的天堂呢？那将是怎样的伊甸园啊？我对此感到好奇。肯定不会是植被和树木能够生长的地方。他不停地点食物和饮料，甚至都没注意到我一点没吃。

我告诉他应该留在美国，永远也别回德国，可是我没法说服他。他说他在研究非常重要的课题，能感受到一个想法正在思维的深处形成，担心假如无法跟希尔伯特和哥廷根学术圈的其他成员进行交流，他也许就会失去那个想法。我对他说，失去一个想法好过丢了性命，可他看我的样子明显表达出他的观点正相反。难道我不了解量子物理的最新进展吗？全是数字，他对我说，那些玩意表现得不像粒子，不像一团团物质或能量……他们表现得像数字！谁比我们更适合理解那种全新的现实呢？在亚诺什看来，塑造我们未来世界的不是化学、工业或政治，而是数学，所以我们需要理解到最深的层次。我没办法想象他在说什么，因为他后来开发的工具和技术还不存在，可他严肃得一反常态，结果让我不能理解的是，我开始颤抖，仿佛外面吹进一阵寒风。我认为他也注意到了，因为他立即换了话题，告诉我不必担心，美国会敞开怀抱欢迎我们。他说这话时信心百倍，让我心里的石头马上落地，可是当我问起细节，想了解他会跟谁交涉，以及我最终可能会得到怎样的安排，他只是以我的名义祝酒，并说他会把一切都处理好。值得称赞的是，他说到做到，然而——令我羞愧的是——当时我不相信他，甚至感到愤慨，因为我能听出来，他已经对这个话题感到厌烦，说实话，已经厌烦到当我继续坚持让他回答时，他干脆把我晾在那里，开始跟我们相邻餐桌上三位高个子金发女郎调情。我只好起身去了卫生间。

想到他在以后人生中的一些行为，我绝望了。我原本能有办法温暖他的心灵吗？我有可能动摇他坚定的意志，或是干脆种下一粒小小的种子，盼它可以生根发芽并挽救他部分灵魂吗？可是我什么都没做，什么也没说，未发一言，甚至未做尝试，因为我太担心自己。这件事，这件事仍然令我痛苦，不过我确信，自己说什么都会被他嘲笑，毫无疑问会遭遇一个没品位的笑话。没错,我现在仿佛就能听见他讲,一位拉比、一位牧师和一匹马走进酒吧,哎呀!我能对他产生多大影响呢?我们一定别忘了,不只是他一个人玩火,他那整整一代人释放了地狱冥犬。即便如此,我也情不自禁感到内疚,因为我是他的第一任老师。我见到他时,他还年幼,由我来照看。年轻时我们养成的习惯到老都会遵循。所以我辜负了他,在最重要的事情上彻底辜负了他:我无法传达圣洁,我们的学科的神圣性。我没有教给他"纯粹的数学"中,"纯粹"究竟意味什么。它不是人们所想的样子,也不是知识本身的意思,既不是对于模式的追寻,又不是一系列跟现实世界及其中众多困难完全脱节的抽象智力游戏,而是非常另类的东西。数学是我们最接近上帝意识的领域,所以应该怀着敬畏之心去研究,因为那是真正的力量,轻而易举就能被用来作恶,因为它从只有我们拥有的能力中诞生,上帝没有给我们尖牙、兽爪或者鸟爪,而把数学赐给我们,称颂上帝,但是它也同样危险和致命。这样的认识我丝毫没教给他,无论怎样的审判等待着我,我都无法否认自己先于别人认识到,他能取得何等成就。他的功业盖世,世间罕见,看着他我都会落泪。没错,我看出这点,但也看到一些别的。他会造出一种险恶的机器智慧,缺少束缚我们这些人的限制。那我为什么保持沉默?因为他太优秀了,比我,比我们所有人都优秀。在他旁边,我感到有点相形见绌,感到渺小和差劲,只是一个有着可笑念头的笨老头子。如今年纪更大,我认识到,尽管他冷酷无情,但是他在努力理解这个世界最深的层次。他有追切的视角,仿佛燃烧的内心火焰,尽管我也曾经追逐,但是从未感受到它在燃烧。在宗教上,他是个门外汉,但他对于逻辑的确拥有不容置疑的信念,噢,那种信念总是危险!特别是假如它以后遭到背叛。没有什么是不容置疑的,摩西甚至质疑过上帝!虽然上帝没有回答,称颂上帝,但那些问题本身也许会拯救我们。

失去信仰比完全没有信仰还可怕，因为那会留下一个空洞，很像圣灵抛弃这个被诅咒的世界时留下的空虚，可是恰恰根据它们的性质，那些神灵形状的空虚需要被填满，还得用跟失去的填充物一样宝贵的东西，对此的选择——如果它的确可以选择——决定了人类的命运。

  我从卫生间回到餐桌时，听到非常大声的喧嚣，砰的一声，毫无疑问是身体重重摔在地上，紧接着是男男女女的高声叫喊，当我走进餐厅，看向我们的餐桌，我发现亚诺什正被两名侍者扶起来，同时一个大块头的军人被另外三名士兵拉出门外，大块头嚣张地用力抗拒他们，额头的血管就要开裂，脖子胀出衣领，像公牛一样，士兵们几乎拉不住他。亚诺什呢？他在笑！一边擦嘴角鲜血，一边疯狂大笑，餐厅经理一遍又一遍道歉，他也报以微笑。到底发生了什么？我站在那里，动不了地方，变得像鬼一样脸色苍白，颤抖地看着士兵们把自己的同伴拉出正门，感觉——为什么，为什么我总有那种感觉？——餐厅所有人不是在看亚诺什，而是在看我。正常情况下无心的交谈和餐具的碰撞再次继续，一切恢复平静。约翰尼挥手招呼我过去，把他的酒递给我喝，因为他能明显看出我是多么紧张不安。不过我拒绝了，我只想尽快离开那里，于是他叫来一名侍者，却被告知我们的账单已经被免掉了，当然了，理应如此，侍者一边帮我和亚诺什取回帽子和大衣，一边不停请求原谅。我花了很久才穿戴好衣帽，这不仅因为我的双手颤抖不停，而且如果那些士兵还在外边，我也不想撞见他们。我问亚诺什发生了什么，他只是自顾自咯咯一笑，说那些白痴总是缺乏幽默感，但是除了说这样做完全值得，他拒绝多透露一个字。当我们终于离开霍歇尔餐厅，走进寒冷的户外，我无法弄清他是真的无畏，还是莽撞且不负责任。不过我们穿过蒂尔加滕公园的枯叶，走向柏林工业大学，我要到那里会见一位同事，这时我发现了他彰显出真实的本性，或者说他将摔出多远的一个预兆。

　　道路因为一场阅兵而封闭，旁观者很多，我发觉我们得绕很远的路才能过去，所以我抓住亚诺什的手臂，想要把他拉开，可他仿佛被人施了咒语一般。谢天谢地，我们只是被阅兵队伍的末端挡住，可他坚持留下来观看国防军装甲师。我对他说我不想靠近那些该死的东西，可是随着第一辆巨大的坦克轰鸣着沿街道驶来，我可以发誓，他像一条狗听见主人把剩菜倒进狗盆，开始分泌唾液。那个情形很可怕，这个成年男人反复跳起，仿佛一个小男孩在越过人群观望，一边搓着手，一边呆呆地看那些杀人机器，或许其中一辆以后刚好就会驰骋欧洲，碾碎生者和死者的骨头，充当纳粹钢铁洪流的先头部队，蹂躏这块大陆，随之以极其邪恶的方式奴役、饿死、折磨和灭绝我们不计其数的犹太人。看着他沉迷于那台机械化装备，晓得他握有怎样的能力，我发现他的希望很渺茫，其实我们任何人的希望都很渺茫，当然我也不能幸免。

尤金·魏格纳

一个数学家的噩梦

在聪明才智上,扬奇这辈子只输给别人一次。他却被此改变。

事情发生在柯尼希斯贝格,他出差去那里参加精确科学认知论第二次会议,那次科学集会聚焦于近乎神秘的深奥问题,他去参会是为了介绍希尔伯特的课题及其潜在的一些假设,并跟他眼中的反对者们争出一个高下,在三天的时间里,对量子力学引发的诸多哲学问题、维特根斯坦的语言学观点和数学基础危机进行讨论。那次会议邀请到维尔纳·海森堡——因为发现矩阵力学和测不准原理,已经被称为天才——这个级别的科学巨擘,不过扬奇是当时的天之骄子,大家对他的极高声誉早有耳闻,甚至有了这样的说法:大多数学家能证明什么就证明什么,冯·诺依曼想证明什么就证明什么。时间是1930年9月,他正处于自己的力量之巅,超越所有人的期待,他在德国这些年的科学成果简直骇人听闻。在会议的前一天,我们提早在布达佩斯见面,共进早餐,手臂挽着手臂走向火车站。他告诉我,他正在帮塞格在美国找工作。因为知道普林斯顿大学也在接洽我,他让我也为塞格出头。我正在准备自己的移民计划,他让我答应他我们会一起离开。我同意了,但我不明白他为什么要推迟。于是我直截了当问他为什么觉得需要留在欧洲且那么频繁地前往德国。他说他非常非常接近数学的基础,甚至能在大脑中感受到电流的刺激!那个月,纳粹成为第二大政治力量,扬奇的妻子马里耶特不停唠叨,让我去说服他别再前往德国,而是跟她留在匈牙利。那样做没有意义,真的,我们都知道他有多固执,所以我连试都没试。我只是跟马里耶特一样担心,但是我更信任扬奇:他沉迷历史——特别是古老帝国的陷落史——尽管他对纳粹的仇恨从本质上来说无穷无尽,但是他也深信自己会明白到底在什么时候离开。现在回想,他的预测准确得让我打哆嗦,他的预言能力无疑来自不可思议的信息处理能力,以及在历史洪流中筛选当下的能力。这给了他一定程度的安全感,以及一种自负,不及他的人显然被此背叛。可是亚诺什提前预判许多步,他的表现就好像是在回看已经发生的情况。我们等待火车进站时,他拍了拍我的肩膀对我说不用担心,因为还有时间。我们会享受欧洲,他声称,特别是要享受德国,直到最后一刻,因为如果纳粹继续攫取权力,他怀疑这样享受的机会所剩无几。我一如既往地相信他的判断,哪怕我知道党卫军已经在恐吓他们的政治对手,也能看见希特勒青年团在普鲁士的街上游行,向我和扬奇这种人吐口水。我告诉他境况变得如此悲惨绝望,使我无法希冀未来,他笑着对我温和地说,正是在至暗时刻人们才看得最远。我坚持认为我们应该离开,尽快离开,可是亚诺什坚定不移:他有工作要做,康托尔和其他人引入数学的悖论必须被根除肃清。我无法理解他那种特别的迷恋,只是学术上的追求,还是源自更深层和个人化的需求?等我终于把他安顿在驶向柯尼希斯贝格的火车上,注视着火车缓缓加速,他透过车窗对我微笑和挥帽,我不可能猜到他关于数学的宏大梦想将被一个二十四岁的研究生夺走,此人已经被看作有史以来最伟大的逻辑学家。

时间来到那次会议最后一天的最后时刻,正在召开附属的第六届德国物理学家和数学家代表大会。鲁道夫·卡尔纳普已经开始发言支持拉塞尔和逻辑学家们;海廷已经为布劳沃的直觉主义学派辩护;赖兴巴赫已经表达了处理量子系统时用概率替换严格的二值逻辑的需要；会议正式结束，有几名与会者已经走出门，这时一个骨瘦如柴、样子极其古怪的年轻人非常轻微地提高声音，发表了即将永久改变数学的讲话。他是奥地利人，名叫库尔特·哥德尔，没人指望他能说出什么名堂：他被邀请来介绍一篇关于逻辑演算完备性的论文，前一天已经结束了自己的讲解，没有激起多少水花。正因为此，他结结巴巴地开始讲述时，没有人真正注意他。他低声细语，表达局促，结果书记员都没有记下他的讲话，这段发言本应该名声大噪，结果却消失在历史中，因为会议最后的报告都没有收录。如此看来，当时要不是扬奇意识到刚刚发生了什么，哥德尔不朽的发现可能就要被完全埋没。"我相、相信我们可以假、假、假设，在任何一致的形式系统中，一个真命题根本无法被该系统内的定律证、证实。"据扬奇说这是哥德尔的主旨。他的说法换来了沉默，因为那些忽视他的家伙无法用自己的思维理解听到的内容。假如没法证明，一个命题怎么可能被当真呢？除了扬奇，任何人都会觉得这没有道理，他忽然浑身冒汗，呼吸困难，感到严重眩晕，只好完全保持不动，无法从座椅上离开，努力想要理解刚刚发生了什么，等他终于成功站起来，那个年轻人已经不见了。扬奇跑到室外，在两个街区之外找到了哥德尔并跟他交流，没做任何介绍他就开始接二连三地提问，奥地利人先是感到不解，不过接着明显开心起来。

那是希尔伯特计划的终点。

扬奇立即就明白了这点，可是他最初难以接受。如果哥德尔说得没错，无论他做什么——无论任何人做什么——都没有办法将数学公理化，都没有办法将他拼尽一切想要找到的逻辑基础公理化。哥德尔向他展示了，假如有人成功建立一个没有任何内部悖论和矛盾的、由公理组成的形式系统，那么它永远是不完备的，因为它会包含系统内的定律完全无法证实的事实和命题——哪怕它们的真实性不可否认。哥德尔似乎发现了存在论的极限，我们无法在那之外思考。一个无法证明的真命题是数学家的噩梦，对扬奇来说是个人的灾难，因为它扯开了一个巨大的裂缝，未来没有任何知识和理论可以弥补。哥德尔逻辑的哲学含义是惊人的，他后来被人熟知的不完备定理如今被看作一项基础发现，暗示了人类理解能力的极限。当然那位奥地利人首次分享他的想法时，情况并非那样。哥德尔发表自己的研究时，他的逻辑显得既荒唐又反直觉，以至于伯特兰·罗素都无法接受。"我们是要认为2加2不等于4，而是等于4.001吗？"他曾说。等他终于让步并接受亚诺什当即就理解的内容，他心有不甘地承认，其实他很高兴自己不再从事基础逻辑研究。需要像扬奇这样的大脑才能理解奥地利人的概念也不奇怪。不过跟往常一样，他一明白相关逻辑运算的本质，就在它们的基础上开始拓展，搭乘火车从柯尼希斯贝格返回布达佩斯的途中，他的思维也在驰骋。我了解到他在布达佩斯离群索居，日夜不停地专门对哥德尔的想法研究了两个月，马里耶特甚至以为他得了什么疾病。极尽痴迷的扬奇从没有像那样被困在一个问题上，他不是那种会忘记刷牙和换衣服的科学家，正相反，攻克自己的目标对他来说从来都是一件乐事。他的智慧是快乐不是折磨，他的见解通常直截了当，几乎是瞬间产生，不是耗尽心力取得的。可是哥德尔摧毁了他心中的认知，所以他把自己封闭起来，马里耶特会听见他用六种语言吼叫。他终于在11月底现身时，已经长出了一片胡子，后来每当马里耶特想羞辱他，就会拿此事打趣。他直接走到邮局给哥德尔寄了一封信，通知他自己得出了比他的杰出定理更加了不起的推论："利用你成功运用的方法……我得出一个自认为非凡的结果，也就是说，我能证明数学的一致性是不可证明的。"扬奇基本上把哥德尔的说法掉了一个个儿。根据奥地利人的观点，如果一个系统是一致的——没有矛盾——那它就不完备，因为它会含有无法被证明的命题。然而亚诺什证明了与之相对的命题：如果一个系统是完备的——如果你能用它证明每一个正确的命题——那么它绝对不可能没有矛盾，所以它仍然是不一致的。一个不完备的系统显然不会让人满意，可是一个不一致的系统要糟糕得多，因为你可以用它证明任何你喜欢的东西：想象力爆棚的猜想和它的对立面，不可能的命题和它的否命题。当你结合哥德尔和冯·诺依曼的创想，结果就定义了逻辑本身：从现在到永恒，数学家不得不选择接受可怕的悖论和矛盾，或用无法证实的定理开展工作。这几乎是一个无法忍受的困境，然而我们没有办法绕过它。哥德尔的逻辑虽然难以理解，但是无懈可击，如同提取自疯子的梦幻，我挚友的证明也同样不可思议，那是他头一次真正迸发出天才般的灵感，这一项成就能让他跻身任何时代最伟大的数学家之列。然而扬奇终于遇到了可以匹敌自己的对手：哥德尔礼貌地回复说，没错，亚诺什的确是完全正确的，不过他自己已经证明出同样的结果，并把它确立为第二不完备定理的论据，而且很快就要发表。他甚至主动附上一份试印版的完整证明，跟回信一起从维也纳寄出。

　　亚诺什从此以后再也没有研究过数学基础，余生一直敬重哥德尔。"他在现代逻辑学上的成就独一无二，意义非常……是一座永远经得起时间和空间考验的里程碑。以伪悖论式'自我否定'呈现的结果依然震撼：永远不可能用数学方法明确证明数学不包含矛盾……逻辑学这门学科再也不同以往。"他写下这句话的时候，距他们首次相遇已经过去十年，他正竭尽全力从纳粹德国救出哥德尔，努力说服美国政府批准他的绿卡，当时我们俩都已经在美国站稳脚跟，我们在那里收到消息说哥德尔在维也纳街头被纳粹党徒严重打伤。他们曾以为他是犹太人，要不是他的妻子阿黛尔用金属头的雨伞攻击那些混蛋才救下他，他也许已经丧命。

阿黛尔是一个意志坚定的女人，他们相遇时她正在奥地利的一家夜总会做接待员和舞女。"哥德尔绝对不可替代，他是在世的数学家中，唯一我敢于这样形容的。从欧洲的废墟上搭救他，对任何人来说都是能够做出的伟大的独立贡献之一。"扬奇在外交高层中广泛传播的一封信上说过，这封信最终取得成效：战争爆发整整一年之后，哥德尔穿越西伯利亚、为了避开遍布U形潜艇的大西洋而横跨太平洋，辗转来到美国，可是他一直没有习惯这个移民国家，尽管他仍然是全世界最受人敬重和仰慕的数学家，但是在随后的几十年，他慢慢开始表现出不可否认的精神错乱的病征。

库尔特·哥德尔享受在科学家中近乎神灵的地位。阿尔伯特·爱因斯坦晚年承认，自己已经不太看重工作，他去高等研究院自己的办公室——哥德尔多亏有了扬奇替他出面安排，才在高等研究院得到一个教授职位——只是为了享受跟那位奥地利逻辑学家一起走到自己办公室的特权。他们俩亲密无间，哥德尔可能是世界上唯一觉得有资格质疑二十世纪最伟大的物理学家的人：作为送给阿尔伯特·爱因斯坦的一份生日礼物，他提出了广义相对论场方程的一个解，这也建立了逆向时间旅行确有可能实现的宇宙模型。这个想法深深地吸引着哥德尔，因为他只有在少年时代真正感受过幸福快乐和无忧无虑。他的妄想症在青春期开始发作，不过只是到了美国，他的思维才开始扭曲变形，最后他只能看到一种畸形的现实。他患上严重的饮食紊乱，只靠黄油、婴儿配方奶粉和泻药维持，他还开始看见鬼魂，开始深信别的数学家因为他往他们的专业领域引入无法解决的不确定性而图谋杀害他复仇，他相信他们会用他自己冰箱里的气体对付他，或者他们会在他的食物里投毒，所以他拒绝妻子以外的人为他准备的食物，或者没有被妻子事先尝过的食物。他坠入疯狂是一个缓慢痛苦的过程，他为数不多的朋友都绝望地见证过。1977年，阿黛尔经历了手术，并且住院好几个月。在她恢复期间，哥德尔完全停止进食，当时见到他的人说，他看起来像一具有生命的尸体：身高一米六出头，体重不足三十六公斤。等阿黛尔恢复到一定程度，可以出院回家，哥德尔已经饿死了。

关于哥德尔的精神崩溃已经有很多内容被书写过，不过大多数人都认可，他这种特殊的偏执不仅仅造成了他的崩溃，也植根于他了不起的数学成就中。他很年轻时在维也纳大学结识的一位教授说，他无法弄清是他工作的性质导致他不稳定，还是他真的不稳定才能以哥德尔的方式思考。我相信这两种观点各有道理。在我跟他为数不多的几次交谈中，我能感觉到逻辑和逻辑思维跟他日益加重的精神紊乱有着难以摆脱的关联，因为从某种意义上讲，偏执是暴走的逻辑。"每一场混乱都是错误的表现。"哥德尔写道。他坚定地认为一切皆有因，如果你也这样看，那么这就是一小步，你会开始看见施展出来操纵最普通日常事件的隐藏阴谋和动因。可是毁掉他的不仅仅是一种心理失衡，他还受到自己引入世界的那些想法的影响，我们到现在也还没有从那些想法中恢复过来。无法证明的真理，无法回避的矛盾——这些自指的逻辑噩梦像强大的恶魔欺凌着他，一旦被召唤来盯上我们，就永远无法被真正赶走。同样的恶魔也在啃噬着我亲爱的朋友亚诺什。

亚诺什和哥德尔之间有很多秘密的联系。即便去世以后，他们俩仍然没有分开，而是埋在同一座墓园，相隔数米。对于伟大的奥地利人的思想，扬奇最初的反应几乎难以察觉。毕竟哪怕他的宏大计划被摧毁，他的个性也不允许他沮丧。他继续工作生活，几乎像无事发生一样。然而这段经历以一种非常深刻的方式影响到他。我不知别人是否注意到，不过我当然有所察觉，他有所改变。从柯尼希斯贝格返回以后，我很快发觉他身上缺少了什么，失去些什么。这种伤痛，这种突如其来的空虚感，不再仅限于他对数学的看法中，而是贯穿于他的整个世界观，随着时间的推移，他的世界观也变得越来越黑暗。他遇见哥德尔之后不久，纳粹开始掌权并迫害犹太人，这当然不会对他有任何帮助，但是他也不怎么意外，那只是人性堕落使他完全幻灭的最残酷确认，亦是人类被非理性支配的终极证明。我从学生时代就认识的那个奇特男孩，命中注定的伟大人物，逐渐变得越来越陌生，不出几年，他完全颠覆了自己的生活：还没等纳粹在 1933 年开始从德国的大学解雇犹太人，他就辞去在柏林的教授职务，两年之后，他公开放弃在德国数学学会的会员资格。任何国家、集体和个人要是敢于支持纳粹主义的基本思想和浅显哲学，而不认同爱因斯坦、汉斯·贝特、马克斯·玻恩、奥托·弗里希和其他许许多多包括但不限于扬奇自己在内的科学家的思想，他都会把这当作最个人化的侮辱，他比我认识的任何人都看重这一点。

我们乘坐同一艘船前往美国，他把名字从亚诺什改成约翰尼（我从耶诺改成尤金），一开始我们的情况都很顺利，可是他女儿出生之后，婚姻开始破裂，马里耶特离开他，不过他遇到克拉莉并很快跟她结婚，蜜月一结束，他们炽热的爱情就变得不对味。表面上，他的美国生活几乎跟在原有的国家一样富丽堂皇，结束了在普林斯顿大学的教学工作，他被招入新创立的高等研究院，这家机构为逃离欧洲的其他科学家——比如赫尔曼·外尔、詹姆斯·亚历山大、沃尔夫冈·泡利和安德列·韦依——提供庇护，并依靠这种方式，很快取代哥廷根成为世界领先的数学研究中心。扬奇可以自由选择自己喜欢的任何课题，在一个绝对优异的智力环境中潜心研究，没有教学的职责。伟大的奥本海默领导过这个机构一段时间，阿兰·图灵几乎成为扬奇的助手，但是战争爆发时，图灵决定返回英国。亚诺什继续以同样飞快的速度前进，不过我能看出他在心中饱受煎熬，盲目地左突右冲，没有了方向，找不到可以全力以赴的事业。这令他感到痛苦，不仅仅让他心烦意乱——我认为他实际上经历了真正的身体不适。他感到渴望或者说渴求，如同一只老虎走来走去，在牢笼的栏杆上蹭它的疥癣止痒。扬奇渴望破茧而出，并最终达成了这个目标，但也因此进入未知的领域，徘徊到理性疆域之外变幻莫测的荒野，最后终于自我迷失。从遇到哥德尔开始，我一直为他感到担忧，因为他一抛弃少年时代对数学的信仰，就变得比以前更加务实和高效，但也更加危险。从非常现实的意义来说，他自由了。

在美国，冯·诺依曼成了一名变节的数学家，受人雇佣的头脑，逐渐被权力和支配权力的人所引诱，他会为面见来自国际商用机器公司、美国无限公司、中央情报局和兰德公司的人而索要高额费用，有时候出席不过几分钟，他还在颇多私人公司和政府项目中供职，这让他看上去拥有在许多地方同时现身的能力。

他被授予公民资格后，立即申请了陆军预备役中尉军衔，但是因为年龄超限而被拒绝，他没有因此而断绝参军的念头。当美国加入第二次世界大战，他是隐匿在西部的数学家和物理学家之一，秘密进入位于新墨西哥州北部沙漠高地的绝密实验室，在基督圣血山的暗影中加入了曼哈顿计划。

第二部分

恐怖的精妙平衡

对于已经发展的局面,我们都是小孩子,也就是说,突然之间,我们要应对能够炸毁世界的武器。

——约翰·冯·诺依曼

我们知道世界自此改变,有些人笑,有些人哭,大多数人沉默不语。我记得印度圣典《薄伽梵歌》中的诗句:毗湿奴正试图说服王子尽自己的责任,为了打动他,毗湿奴化身成多臂的样子说:"现在我成了死神,变成了世界的毁灭者。"我猜不管怎样,我们都那样觉得。

——尤利乌斯·罗伯特·奥本海默

理查德·费曼

我只能看见光

我们在洛斯阿拉莫斯用国际象棋厮杀，你知道吗？然后有人带来一块围棋棋盘，我们也开始下围棋，跟我见过的一些最聪明的家伙永无休止地激烈交锋，没有时间限制，大伤脑筋，简直是在吞噬我，因为我争强好胜，明白吗？我喜欢竞争，喜欢获胜，所以停不下来。我们也没有别的事情好做！被困在沙漠腹地，我真觉得自己要疯了，特别是开始，那里还在建设，实验室没准备好，我觉得我有点疯了，可是没人注意到，因为一切都很疯狂。那个项目的规模，事情推进的速度，我们正在打造的具体武器，所有的一切。不过跟人家想的不一样。炎热的新墨西哥沙漠，对，但也美到极致。洛斯阿拉莫斯位于一座方山顶部，有在暗红泥土上削出的高崖，周围分布很多树林和灌木，风景壮丽，是我见过的最美的地方。我来自纽约，以前从没到过西部，所以我真觉得进入了另外一个世界，仿佛登上火星似的。那里骇人的空间有种奇怪氛围，好似远离文明世界和窥视目光的天堂，远到上帝都看不见。完成惊人壮举的绝佳地点，遥远荒凉，你知道这必不可少，因为实验室必须得设立在飞机和轰炸机无法抵达的地方，所以得距离海岸线或任何一条国境线至少三百二十公里。我们还需要整年都有好天气，这样施工永远都不用停。那样的地方其实不多，我们不得不从零开始建造，让一座城镇从无到有。是奥本海默找到了那个地方，他的父母在那附近有个小屋，主要的问题是那边土地特别空旷，除了一所富家子弟的学校，戈尔·维达尔和威廉·巴勒斯读过的农场学校，几乎什么都没有。他们在学校周围建设，建起了整个洛斯阿拉莫斯，他们来推平了整座高原，城镇在学校周围如雨后春笋般兴起，几乎在一夜之间，从无到有直接出现在那里。我乘坐一辆卡车，沿着蜿蜒的道路爬坡，头一批抵达那里，途中我看着外边的乡野和风景，像个白痴一样脱口而出："这里一定有印第安人。"司机是个清瘦而结实的伙计，为数不多的我处得来的士兵，他听我说完，猛地刹住卡车，二话不说跳出车外，走了几米远，蹲在一块大石头后面。于是我飞快地追上去，抛下其他乘客坐在车上，继续在太阳下等待。等我走过巨石，他指给我一个洞窟的入口，以及洞口两旁的那些用陶土绘制的羚羊和水牛之类的内容，就在那里，离路边不远的地方。我们没有到达时，一路是真正的荒野，荒山野岭，原始的土地。然后景象瞬间彻底改变。建筑拔地而起，快到难以置信，所有那些实验室、行政部门、安保建筑、军事人员的营房、高级官员及其他大人物的城内住宅。转瞬之间我们就来了这么多人，那里感觉像是一座蚁巢。每个人都到处奔忙，挥洒着疯狂的精力，仿佛电能来自脚下。瞧吧，这种传染性的热情，它会影响你的思维，因为我们的人口每九个月翻一番，越来越多的人涌入，有些人携家带口。到了战争结束，三百个孩子在这里乱跑，所以军队尝试通过严格措施"阻止人口增长"。可是没人听从，他们当然不会听。我们都知道怎么回事，房子造得很差，墙壁很薄，你总能听见邻居在干什么，能听见他们在……聚会……所以难怪第一年就有八十个孩子出生。他们还怎么指望呢？我们所有人每周工作六天，不分男女，这就是常态，我们不会质疑，战争还在打呢。周六晚上是我们的快乐时光。我们偷来实验室的酒精，兑在潘趣酒里畅饮，因为我们没法出去购买正常的酒水。我想说的是，你甚至不能从外面订杂志。我们被安全措施限制和隔离，就连六岁的孩子都得把身份证挂在脖子上，可是规矩大多没有道理。你不能去到洛斯阿拉莫斯一百六十公里以外的地方。假如你在外面撞见一个朋友，你得提供详细书面报告说明你们谈论的一切。他们监控我们的电话，那也容易得很，因为我们所有人只有一部电话。然后还有其他问题：住房和供水总是缺乏，照明总是受影响，因为工程师们——我们都被称为"工程师"，出于安全原因，"物理学家"这个称谓严格禁止——给电网施加了很重的负担。一切事情都是绝对机密，不过实际上也有点儿荒谬。因为你怎么能够隐藏众多科学家突然前往新墨西哥的事实呢？他们来自全国各地，而且不仅来自美国，还有欧洲的著名科学家。我被征召时还是一名研究生，甚至没有完成自己的论文，所以在那些科学巨人之间不知道该干什么，他们的名字我只在论文和教科书中看到过——意大利的费米、德国的贝特、匈牙利的泰勒、波兰的乌拉姆，他们都开始过来，甚至是了不起的丹麦人尼尔斯·玻尔本人，用尼古拉斯·贝克的假名来担任顾问。他第一次过来以后，会让儿子安排跟我私下见面，然后再跟更高层会谈。因为你瞧，我已经在一场大会上发言，他们召集所有物理学家每周召开一次那种会，当然我会抱怨，因为我的大嘴巴闭不上。我抱怨很多事情，所以一开始我不理解玻尔为什么要见我，因为跟那些家伙相比，我真的是个无名之辈，不过后来我弄明白了。每当谈论起物理时，我有那种毛病，不在乎其他一切，想什么就说什么，甚至对玻尔也是一样。如果他说了傻话或疯话，我会直接跟他说"你疯了！"或者"不不不！这不对，真愚蠢！"哪怕是面对这位伟人，这位让所有人颤抖的科学巨人。他喜欢我这点，结果负责理论物理部门的贝特也喜欢，他还喜欢对我提出反对意见。我不把权威放在眼里，从来都没有，可是不知为何，在这群天才中间那从来都不成问题。其实正好相反，我成了贝特的一名组长，手下有四个人为我工作。对了，开始说什么来着？噢，对，围棋！那个游戏就像一个更大型化的跳棋，但是极为复杂和迷人。我们一下就是几个小时，尽管还在跟纳粹争分夺秒制造原子弹，我们还是有那些无事可做的闲暇时光，等待计算结果，等待材料，所有那些等待。我们花那么多时间下棋，现在看起来似乎不可思议，因为我们知道希特勒让沃纳·海森堡负责他的原子弹项目，称他为"犹太白人"，还认为核物理学是"犹太物理学"。对我们来说幸运的是，德国人根本不是真的在制造原子弹，或者至少可以说他们没什么进展。海森堡停滞不前，但我们当时不知道，一点儿都不知道。我们都以为如果希特勒比我们先造出原子弹，一切就全完了，我指的是他们已经有了巨大的领先优势，早在1938年，莉泽·迈特纳和奥托·弗里希在他们的圣诞假期想出了如何分裂铀原子，裂变现象在威廉皇帝研究所被发现。所以我们怀着奇妙的使命感工作，但还是找时间下棋，像私立学校的男孩一样，一直在混时间。夜里我像个疯子一样打我的手鼓，扯着嗓子唱歌，哪怕我不懂曲调。这种行为逼得泰勒发疯。我能说什么，我也很无聊啊！我也疲倦！我的妻子生病了，在阿尔布开克一家疗养院里，就要死于肺结核，而我却远在洛斯阿拉莫斯建造原子弹。我很生气的，好吗？既生气又无聊。我开始撬锁，打开存放机密的档案柜，然后会在会上说："我们需要更好的锁，更好的安保！我们不能把这些秘密文件分散在各处！"可他们不重视我，所以我继续撬锁，以各种各样的方式给权威们捣乱。有这么一次，当我踩着泥地闲晃，感觉自己像倒霉的鸡被关起来，这时我在围住整个现场的铁丝网高围栏上发现了一个漏洞，原来是有些工人厌倦了走到前门，所以直接用钳子剪出一个洞。我会从那个洞钻出去，然后从正门回来，然后一路绕着边界，再从那个洞出去，然后直接从正门回来。我不断这样重复，直到警卫们威胁把我关进监狱，因为他们无法理解我是如何做到，如何不通过检查点出去还一直回来。然后这样一个大人物把我找到他的办公室。这个愚蠢的中尉让我坐下并问我："费曼先生，你觉得这是个玩笑吗？"我说："不，围栏上有一个该死的窟窿！我一直说了好几个星期，可是没有人听！"总之，这样一些事情，我用它们打发我的闲暇时间，做些类似的蠢事儿。我还把审查员逼疯了，因为他们审查我们的信件，你知道吗？我跟妻子玩这样一种游戏，已经持续几年。她会在给我的信中发来加密信息，我得把它们解密，明白吗？所以我再一次被叫到办公室，他们指着阿丽娜的一封信问我："这条信息什么意思，费曼先生？"我说："我不知道是什么意思！"他们说："你不知道是什么意思是什么意思？"于是我告诉他们我不知道是因为有加密。他们问我加密的密钥，我说："这个嘛我还没有解出来呢！"所以他们对我说："让你妻子把密钥跟密文一块儿发来。"但是我拒绝了，因为我不想要密钥！我想自己解出来！这样来来回回推拉了几个星期，最后我们终于达成一致：阿丽娜会发来密文和密钥，审查员会取出密钥，再把信交给我。这也没能持续多久，有一天我们都收到官方的通知：**密文严格禁止**。但那时我已经有十分丰富的经验对付审查员，甚至开始暗自挣点外快，教我的同事们哪些做法可以避开审查，哪些不可以。然后我会把那些钱押在围棋比赛上。因为我常常获胜，所以收入又翻番。在洛斯阿拉莫斯不是说你可以有很多消费，我们有一个剧场，周六兼做舞厅，周日充当教堂，此外就无事可做了，所以我一直在围棋上赌钱，因为它太令人沉迷了。围棋看似极其简单，你瞧，我可以在五分钟内教会你规则。你只需要把黑子或白子放在方格棋盘上，围住你对手的棋子，尽可能多占领地。围棋看似简单，但是难到让人发疯，比象棋难得多得多。我们有些人沉迷其中，至少就包括我。围棋有一种奇怪的魅力,它掌控你的思维,你开始在梦中下棋,棋局总是在你的思维深处推进,不管你在做其他什么工作。洛斯阿拉莫斯最优秀的围棋选手是奥本海默,不过我也相当厉害,棋风凌厉,但还是下不过他。我后来读到,他们在广岛投放"小男孩",两位著名的日本围棋大师——全国冠军桥本宇太郎,和他的挑战者岩本薰——正值一场围棋锦标赛的第三天,距离原子弹爆心投影点约五公里。他们进行比赛的建筑几乎完全被摧毁,可是这两位选手,两位围棋大师,在爆炸当天午饭后就回来继续比赛,直到晚上。在此期间,妇女和儿童从废墟中被解救出来,整座城市陷入一片火海。这就是你们应该了解的日本人,围棋就能有那么大的魅力。它需要一种特别的智慧,非常难以计算,你得在棋盘上感受你的局势,围棋让人沉迷和不安,你无法只计算下一手棋的最优下法,因为曾跟冯·诺依曼对弈而且他棋术不精,所以我才知道。他从来没有赢过我,但也迷上了围棋。败局之后他会像个小男孩一样闷闷不乐,还想重下,一盘接一盘,没完没了,严重到我们一听见冯·诺依曼要来,奥本海默就命令我把棋盘藏起来。他来得很少,不像我们在那里工作,他是一名顾问,会把崭新的凯迪拉克开得风驰电掣,一年来洛斯阿拉莫斯两三次,就连警卫都不阻拦他,他们看见他的汽车就直接放他进来,他就是那么特殊,穿着熨烫妥帖的银行家西装,插着叠好的手帕,挂着金链怀表,魅力十足。我从没见他把同一辆车开来两次,所以有一回我问他,为什么每年换一辆新车。"英(因)为没人灰(会)卖我坦克。"他用贝拉·卢戈西的奇妙口音回答。贝特曾经对我说,他有时好奇冯·诺依曼这种头脑难道不代表更优良的物种或超越人类的进化结果吗?我笑起来,不过我后来见到了冯·诺依曼,他在我们物理学家中因为《量子力学的数学基础》而广为人知。顺便说明,那本教科书还在出版发行,并在全世界的大学被当作教材,因为它初次为量子力学提供了严密的数学框架,很难相信关于量子力学究竟意味什么的无尽讨论仍在着眼于他在 1932 年提出的假设,那时候他才不到三十岁!我见到他时还一事无成,所以他跟我和洛斯阿拉莫斯计算部门的男孩们一起住宿时,我觉得难堪。他作为专家加入这个项目是来帮助制造钚原子弹,因为它需要一次绝对均匀的爆炸来启动原子核的链式反应。冯·诺依曼在理论上说明了最佳的引爆方法是围绕核心放置数块炸药,利用共同的冲击波挤压钚,获得引发核裂变所需的超常密度。但是我们不理解科学原理,没掌握合适的技术,数学计算也显得荒唐。人人都觉得这个方法没用,流体动力学偏偏又太复杂,让个人难以理解。那是需要上帝的力量才能处理的运算,错综复杂的方程就连费米或冯·诺依曼都没办法透彻理解,至少在没有帮助的情况下不行。但是我看得出,正是因为如此——令人绝望的难度,微积分计算无法简化的复杂性——冯·诺依曼才沉迷其中。这是一个无法解决的难题,他却对此垂涎欲滴,情不自禁!这真是难以理喻。我给他展示了我们当时的工作内容,那些马钱特计算机,可是显然我们需要更强大的机器,于是奥本海默给我们弄来一些 IBM 的产品,当时的顶级水平,但是按照今天的标准看相当垃圾。它们依靠打孔卡运行,被送来的时候,冯·诺依曼的手就没离开过机器,我们要求都不管用。他似乎完全忘记了战争,完全忘记了核弹。如果清楚他后来的成就,那挺合理,可是在当时我感到费解。这家伙怎么回事?他不知道我们该干什么吗?他当然知道,比我们更清楚地知道,他已经专注于加速核弹计算的某些方法,都是由我和我的团队提出来的。我们发明了某种大批量生产体系,一条数学流水线,其中的每个"计算员"——我们如此称呼被雇来做数学计算的人——只做一种类型的运算,一遍又一遍重复,这人算乘法,她就像加法器,那个人算立方,所以她只是把一个数值的立方求出来，发给流水线上的下一个人。我们努力按时准备好三位一体重要实验所需的大规模、多层次计算，用这个流水线方法，我们获得了了不起的速度。看着这些女性（她们大多数都是女性）表现得像机器一样，诡异地像如今的计算机一样计算，你会觉得可怕。而这立即引起了冯·诺依曼的注意。对我来说，那只是为了解决问题一时冲动的想法，为了提高速度所走的一条捷径，可是对他而言……好吧，对他而言那就是未来。我们不得不在真正意义上限制他拆开那些 IBM 的机器，私藏的烈酒得给他喝上好几杯，才能让他听进我们的话。他用了两个星期亲自给那些机器编程并重新连接了制表机，询问一切问题。因为知道还有很多人在等他解决问题，我们感觉很走运，他是真正的 VIP（有资格在子弟学校住宿），每个人都需要他的意见，等他过来时，洛斯阿拉莫斯的所有部门都摆出他们最棘手的问题，他只是从一间办公室走向下一间办公室，替他们解决一个又一个问题。等我们终于完成工作，展开核弹的计算，我们去沙漠里走了一圈，他给了我一个建议，至今我仍时常想起。"你不必为自己所处的世界负责，你知道吗？"他对我说。你瞧，冯·诺依曼也不总是快乐幸福。当我回想在洛斯阿拉莫斯的工作，哪怕我和妻子经历过个人的悲剧和损失，哪怕有在欧洲发生的一切，那些年作为我最激情燃烧的岁月，仍然铭刻在我的记忆里。有件事在别人面前难以公开承认，可是在那段时间里，打造最致命武器的同时，我们一直无法停止到处开玩笑，几乎就像是我们情不自禁，所有人都不停地开玩笑。

我看见了，你知道吗？三位一体实验，第一次爆炸，我亲眼所见。我大概是世界上唯一一个直接用肉眼观看那场实验的人，就是那么白痴。他们宣布实验时，我不在洛斯阿拉莫斯，我妻子刚刚去世，我借来克劳斯·福克斯的车开去参加葬礼，差点儿没有赶上，因为那辆破烂玩意儿在路上爆了三次胎。还有这么一回事：我们后来发现福克斯正是用了这同一辆车把我们所有的秘密送往圣达菲。因为他是间谍，你知道吗？卧底，就是他把我们所有的核秘密交给了苏联。不过我当时当然不知道，我们是朋友，他人不错，现如今我可以说，我得驾驶那辆汽车，驾驶那辆间谍的汽车从洛斯阿拉莫斯前往殡仪馆。那么总之我接到电话时——有个声音说"婴儿就要降生"——正在那边伤心难过，于是我一路快开回去，在最后一刻到达，他们把我们送上一辆卡车，带我们前往距离洛斯阿拉莫斯三百二十公里的倒霉地方霍尔纳多-德尔穆埃托，就在阿拉莫戈多导弹试验场的中间。我们的观察位置距离悬挂真正核弹的高架三十二公里。等我们到达时，无线电通信已经停用，所以我们不知道怎么回事。情况总是如此，我指的不仅是那次实验，实际情况就是我们一点都不知道即将发生什么，没人知道。我们甚至还有一个赌池，用来对实际产生的爆炸当量下注，一千、两千、三千、四千吨 TNT 当量，你可以随意押高押低，但是我们很多人选择押零，因为这是最稳妥的赌法，最聪明的赌法。赌它根本不爆炸，实验告吹，链式反应绝不会开启，另外就是泰勒，只有他押过高，两万五千吨，比我们实际取得的结果还高四千。看吧，他担心来着，其实还跟我说过，有可能［灰（非）常微小的可农（能）。"他说］核弹会点燃全世界的大气，所有一切，这颗星球上任何角落的每一棵植物、每一个人、每一只活生生的动物，要么被憋死，要么被活活烧死。不过那是泰勒，跟冯·诺依曼同为匈牙利人，所以有一套不同的思维，因为我们大多数人其实都觉得实验会失败，核弹不会爆炸。别人不愿意承认，但是我们都不介意。那次重大实验之前出了许许多多问题，关键装置失效，还有那些愚蠢的小事故。实验的四天之前，肯尼斯·格雷森驾车把引爆装置送往实验现场时，因为在阿尔布开克超速行驶被警察截停。那个我们称之为"小工具"的爆炸装置还出过别的问题，比如他们把它吊到高架顶部时，它突然失去固定，开始摇晃，有可能当场掉下来引爆。真正的核弹样子奇特，是一颗巨大的钢球，外边拖着混乱的线缆，充满危险的同时又有点可爱。我知道这个说法很蠢，可事实就是如此。核弹上有安装引爆装置的开口，覆盖着一条条胶带，交叉黏贴的白色胶带使它看上去像是打着绷带，如同一个矮个子的科学怪人，浑身贴满药布，几乎显得有点虚弱，仿佛受到伤害或者遍体鳞伤。老天爷，这天马行空的想象！不过，我实话实说，好吧，我们以为它是一颗哑弹，不认为它会爆炸，无线电通讯陷入沉寂，所以我们都沉默地徘徊，疑云被拨开之前没有人吱声。你能相信？沙漠里发生了雷暴，在最不合适的时间节点开始下雨，气象学家们都吓得瑟瑟发抖，因为他们信誓旦旦说过凌晨四点左右雨会停下。负责整个曼哈顿计划的大领导格罗夫斯将军真的威胁过，如果他们预报错误，就杀掉他们的小组负责人杰克·哈伯德。"我会吊死你。"他当时说。算他们走运，后来雨过天晴，所以我们都在那里，沉默地等待，太阳没有升起，空气凉爽，在一个炎热地点的一天中最凉爽的时刻，居然有种奇怪的寒意，令我们瑟瑟发抖。这时无线电通讯恢复，所有人都被告知要做好准备。他们已经给我们发了电焊眼镜来观察爆炸产生的光。那种光会令你失明，但是我没听那套，我觉得在三十二公里开外，戴着黑乎乎的眼镜我什么也看不见！真正伤害眼睛的从来都不是亮光，而是紫外线。所以我的做法是，我打算要做的是，躲到一辆卡车的挡风玻璃后边，因为紫外线无法穿透。我以为那样就会安全，但我还是会看到该死的爆炸。天哪，我失算了。闪光不同寻常，我被照到的时候，以为自己一定失明了，在那个最初的瞬间，我只能看见光，纯白色的光芒充斥我的双眼，摧毁我的思维，完全不透明的光亮覆盖了全世界。光的强度难以言表，让我没时间反应。我猛地向后仰头，往别处看，然后我看见所有的山梁都被照出明亮的颜色，金色、紫色、蓝紫色、灰色和蓝色，每一座山峰，每一道裂隙，都被照耀得清晰美丽，夺人双目，那真是一种难以想象的情景。我在卡车驾驶室里摸索，想要戴上电焊眼镜，这时又有了新的感觉，起初我无法理解到底是什么：皮肤上有股巨大的热量，短短一秒之前还那么冷，可是这股热量像正午的太阳照在我的全身。不过不是太阳，因为刚刚早上五点——准确地说，是五点二十九分四十五秒。那是核弹的热量，然后跟突然袭来时一样，它也匆匆消逝。热量散去，亮光熄灭，我听见人们喝彩、鼓掌和欢笑。特别多人快乐地庆祝和尖叫，但不是所有人。我们有些人不怎么激动，有些人甚至一边看着不祥的蘑菇云笼罩在我们上方，一边祈祷。因为充满放射性，蘑菇云从内呈现出异样的紫色调，进入平流层越升越高，与此同时爆炸产生的骇人惊雷不停地反复回响，一遍遍沿着群山回荡，仿佛是为世界末日敲响的丧钟。

实验结束不久，我们物理学家之间便开始流传一封信件。那是一封说服总统不要对日本使用原子弹的请愿书，超过一百五十名曼哈顿计划的成员在上面签名。我的意思是，欧洲的战争已经结束，希特勒自杀，看在上帝的分上，没有必要像我们那样杀死二十万日本平民。相信我，只要他们见过，哪怕只有一位日本将军亲眼见证那颗核弹的实验，那就足够了，我相信是。可杜鲁门根本没有收到请愿书，倒不是说会产生什么效果，我们创造的原子弹掌握在军方手中，无论如何他们都会使用，而且已经组建起一个完整的委员会来选择最合适的目标，不过实际上，是冯·诺依曼说服他们不应该在地面引爆核弹装置，而是应该在更高的空中，因为那样的话，冲击波产生的伤害要大得多。他甚至亲自算出最理想高度——六百米，大约两千英尺。我们的核弹在广岛和长崎那些古香古色的木屋上方爆炸时，正好位于那个高度。

克拉拉·达恩[①]

一件数学武器

约翰尼对美国的热爱几乎赶上我对它的鄙视。这个国家对他做了什么,不经思考的乐观惹人发疯,快乐的天真隐藏着残忍,所有这些激发了他内心最坏的一面。一个沉睡的魔鬼、一个秘密的欲望,藉由他不曾向任何人坦承过的梦魇轻声耳语。跟在欧洲时相比,他变了个样,不再是我爱的那个人。美国改变了他的某些内在,重塑了他大脑内的化学或电信号通路。我曾经醉心于他,主要是因为他非凡的大脑——甚至我可以说只针对于此,因为他在其他方面没有多少魅力——所以对我而言,他的转变是一场悲剧,开启了我生命中最糟糕的一段岁月,也是最美好的一段岁月,你很难把它们区分开,回首往事,我无法清楚地区分好与坏。我无法忘记离开布达佩斯的痛楚,抑或沦陷于战争的世界带给我们的旧日时光。我不由自主地听见人群为我欢呼的久远回响,少年的我身穿一件毛皮大衣,戴着围巾,挂着金牌,滑着冰从他们旁边经过,乘坐敞篷马车赶往父亲在家里举办的盛大聚会时,风吹过我的头发,聚会上一个真正的吉普赛人乐队可以整个周末不停演奏,与此同时,我们大家庭的叔表亲戚和朋友仿佛凭空被召唤出来,喧嚣而至,挪动钢琴和家具,腾地方起舞,直到倒地不起——所有那些幸福的记忆流着血跟梦魇融合在一起,而这个梦

---

① 即克拉莉。

魇恰恰始于我跨越大西洋跟约翰尼团聚，我后半段痛苦人生的开端。我跟约翰尼相聚的头几个月有种强烈的悲喜交加的感觉，再加上恰好在战争恶犬出笼时逃离的兴奋感，以前的那些快乐都被沾染。我在紧要关头被救往一个完全陌生的地方，终于摆脱第二任蠢货丈夫，年长二十岁像老爹一样的丈夫，我已经跟那个无聊的银行家离婚，嫁给这位在蒙特卡洛第一次见到的绝无仅有的天才，他当时闷闷不乐，前方摆着一小堆筹码，仿佛输光了家底，实际只是失去了一个幼稚的信念，不再相信无论如何都能找到世界的逻辑基础。后来，在我跟这个糟糕男人的不幸婚姻中，痛苦和快乐交织在一起，他从来没有给我足够的爱，令我爱上他却又不跟我共处，因为他毫不例外地总是有更重要的工作要做，有人要会见，有事要琢磨，他那些该死的思考，一个糊涂透顶的男人又能如此聪明，这真是个奇迹。他不是我曾爱上的那个男人，最初遇见时，我的男人是一个失魂落魄之人，极度悲伤和绝望，漫无目的，随波逐流——像我曾经充盈得要炸开一样——充满了能量、潜力和无法满足的渴望，因为他找不到任何事情可以承载那些东西，让自己投入其中。我第一次注意他时，他刚刚遇见哥德尔，所以正经历一段完全不同于以前和以后他所熟悉的时光，因为约翰尼过着一种喜悦的生活，无忧无虑，从没有遭受过失败，所以不理解我们其他人时常感受到的不安全感。他对犹豫不定、尴尬笨拙和自我价值的缺失一无所知，因为他从来都比别人优秀和聪明得多。然而在那家赌场——当时聚集着欧洲最不可救药和沉沦堕落的赌徒——他似乎心神绝望，特别悲伤和颓废，坐在轮盘赌桌旁一次次地赌输，显得非常脆弱，以至于我情不自禁走向他，因为我觉得我们有些共同点，都在承受痛心疾首的同一种绝望。当他抬头，用散发智慧的棕色大眼睛看我，并解释说他有一种赢得那个赌局的方法（显然根本没起作用，但是包含复杂冗长的概率计算，甚至考虑到轮盘"不符合"计算结果，换句话说就是被人操纵来针对他），我一下就被迷住，留在他身边享受观看所有那些人自毁的疯狂快感，与此同时，他在一大张铺在面前的纸上匆匆记录数字、求解方程，仿佛是放学后被留校惩罚的学生。当他剩下最后一块筹码，我从绿色的毡面上把它拾起，走到吧台，跟他一起喝了个痛快，不过当然是由我来付了他所有的酒钱，因为他已经输了个底朝天。我当时就有种陷落的感觉：我们互相吸引，从那以后，感情飞速发展，在我看来仿佛轮盘赌的转盘还没停住，我们就已经在半个地球之外结婚并陷入痛苦。当他沮丧忧伤、郁郁寡欢之时，我没有怀疑他的本性和真心会不同于此，这样爱上他是我的不幸。我真正认清他这个人的时候已经无法回头，他已经跟马里耶特那个皮包骨的骚货离婚，我们也已经搬到普林斯顿，他在高等研究院被任命为最年轻的教授，那里是一个真正迷人的地方，我得以在世界上最聪明的一群人之间生活了很久，像一只蚂蚱在很高的草丛中蹦来蹦去。那座了不起的红砖建筑里工作着科学界的半神，周围被连绵的荒野环抱，自然用野性的呼声召唤我们——你喜欢脚下枯叶的声音吗？我喜欢——在繁殖季节走进昏暗的树林会很危险，因为牡鹿会在路上游荡，低头用鹿角驱赶入侵者，眼睛被欲望和愤怒蒙蔽，践踏春天的野花，生长在山杨、灰桦、山茱萸和山毛榉树冠下的紫罗兰和黄色山慈菇。听约翰尼说，四五十年代不少顶尖的数学家和物理学家在那些树木的暗影中丧命，我记得自己就撞见过一些科学家，或者用我买来打猎的步枪对准过他们，尽管法律禁止，我还是背着猎枪到处走。我在扳机上稍微动动手指，就有可能干掉好几位二十世纪最伟大的科学家，把他们一个接一个射杀，只需几颗子弹就有可能改变历史的秘密转轴，因为那些不是普通人，一点都不普通，但是轻易就成了任何猎人的猎物，因为他们沉迷于自己的思想，对外部的世界漠不关心。我最妙的一次相遇不是科学家而是一位诗人。研究院邀请 T. S. 艾略特来访问几个月，我在树林里跟踪他，躲在枯死的树木后边，小心地迈过被雨水打湿又不容易发现的树根，努力保持距离，还得能够听见低语的奇异诗句——"意志薄弱""擅长修理钟表""蝙蝠的叫声""哪种死亡是幸福的？"——我相信他当时在创作《鸡尾酒会》——所以我让他保持在我的视野之中，希望他转身看见我，希望他的一句诗会打动我的内心，帮我摆脱自己的不幸。可是他从来没有转身，只是像动物一样四处游走，停下审视，把头歪向一侧，用沉默来回应鸣鸟透彻的叫声，他冰冷无情的沉默异乎寻常地清醒、鲜活和宝贵，而其他人，其他某些男人中，我可以毫不愧疚地一一射杀。不过我当然没有那样做，因为他们有些人还很可爱，我见过他们所有人，在我自己的家里款待过他们，我的丈夫四下出着洋相，我们一边缅怀以前的祖国，我一边给他们的杯里斟满雪莉酒。他们首先领悟那些疯狂的新兴领域，我直接从那些人口中听说了最新最伟大的科学发现以及逐渐改变人类历史的想法。那是一种特权，但也是一种痛苦。我怎么能跟他们相比？怎么能比得上他们？我当然倾尽全力，可还是暗中承受痛苦，因为我觉得自己的生活已经被剥夺，我已经被变成一个次要角色，他们伟大演出中的一个蠢货，所以我憎恶自己的处境和地位，尽管那确实稀少又珍贵，我还拒绝沿袭受过的教育，拒绝保持可以展现的魅力和礼貌，尤其是针对想借我丈夫光的那些寄生虫，他们就像钻入皇家橡树树芯的那些小小黄蜂。随便举个例子，比如摩根斯特恩那个烦人的假正经，就长在我家里！我一觉醒来他都不会离开，还待在厨房，然后我不得不在约翰尼的书房就着他讨厌的单调声音继续睡。那足以让人发疯。还有约翰尼童年好友耶诺·帕尔·"尤金"·魏格纳，一个爱嫉妒的小人，毫不掩饰的放肆目光从来没离开过我身体。这些伟大人物没有折中，至少从我的经验来看是这样，他们要么好色到了病态的地步，要么完全跟生殖器切断了联系，我的丈夫在方方面面都卓越非凡，或许在两性关系上也是最让人厌恶的那一个。不出意外，大多数人觉得他令人不安。他有某种癖好，因为只要有一双大腿从他旁边走过，他就会盯着打量。他甚至有个极为恶劣的习惯，那就是从桌底偷看研究院的秘书。那些可怜的女人有些会用纸板挡住，只是为了让那个了不起的男人，让那位超人不再盯着她们的裙底。我绝望了，真的，可当时我想："唉，克拉莉，这就是你不走寻常路的代价。"我说服自己，事实的确如此。我觉得自己一无是处，特别是刚到美国的时候。我几乎没有正式的研究或实用的技术，只能乖乖听他的话。过一段时间，情况才有变化，确实有所转变——我学会了编程，当时计算机仍然是一种神秘的科技，只有我和另外几个人掌握，我在普林斯顿大学的人口研究办公室工作，协助完成了第一次成功的计算机气象预报，还出力设计并编写了第一颗原子弹的仿真程序代码。我跟一些了不起的女人交上了朋友，比如玛丽亚·格佩特-迈耶，她后来获得了诺贝尔物理学奖——不过当时我已经深深陷入绝望，因为我的父亲，我可怜的父亲，我们之前把他救出欧洲，连踢带喊拽到美国，可他无法承受众多同胞兄弟死于纳粹之手的痛苦，或自己曾经蒙受的羞辱，在圣诞节跳到火车轮子底下自杀了。因为羞辱总是比死亡更难以承受，对我父亲而言，刚刚踏上的美国作为现代世界的灯塔，本应不同于故国，却成了他持续受到羞辱的根源。他从没有接受美国，完全无法爱上这个国家，我也很有同感，不过我缺乏他的勇气，一直坚持，守着约翰尼和酒瓶子，并且努力——上帝啊，我努力过！——做到最好，尽可能享受每一天。可以享受的东西有不少，在1946年到1957年之间，我们驾车穿越美国超过二十八次之多，把美国看了个遍。"恶魔之炉"或者"恶魔塔"那些名称诡异的地标点燃了我丈夫的好奇心,吸引他拖着我不停地开车前往参观,要不是约翰尼专门为此绕道数百英里,我本来是很享受。约翰尼车技奇差,我们没有死在路上也算是一个奇迹。在那些漫长的苦旅中穿越美国的地狱之景,在无法忍受的暑热中大汗淋漓,看着车外广阔的荒芜和一排排没有尽头的鲜绿色玉米、一座接一座完全一样的加油站、约翰尼不知出于什么原因特别喜欢的脏乱小旅馆,到了小镇和小城市,我不得不对那些挂着笑容、头脑空空的女人报以微笑,在餐厅、旅馆和饭店听到无知的男人们吹嘘自己的无知时,还得闭嘴忍住。我的确死掉了,我的部分组成死于这样的旅途。在那个国家完全找不到一丝一毫的文化,只有幸福的妻子怀着五十年代全美盛行的爱国主义乐观精神,热情地讨论她们的家用电器,以及蠢货丈夫手拿着酒瓶驾驶他们新买的割草机。我记得在内华达州的某个地方,有个留长胡子、身穿牛仔服的男人骑着骡子直接进入了我们正在自己解忧的酒吧,周围的人连眼睛都没眨一下。酒保只是递给他一杯啤酒,并且在那头牲口面前放了一桶同样的佳酿。那感觉不真实,仿佛一出戏剧,然而那显然是绝对的日常,因为进来的男人把美钞放在吧台上,等他的牲口喝完,然后跟进来时一样,安静地离开那里。约翰尼看着我仿佛在说:"这,亲爱的,这正是我们来此地的原因。"我们旅行了很多地方,老天作证,可是大部分时间我都是孤单一人,因为他在跟政府、军方以及爱因斯坦所谓的"伟大的死亡科技"工业共事。那些学院男孩中只有爱因斯坦能跟我处得来,也许是因为他跟约翰尼正好相反吧,他们的性格和思维方式完全不同,约翰尼激情澎湃,所以阿尔伯特在他旁边的行为举止像一只毫无生气的老龟,因为他会把一个问题斟酌沉思数年,甚至数十年。然而他的见解更深刻,思想更精辟,至少对我而言,它们更加人道和开明。尽管约翰尼讨厌阿尔伯特散发出的庄重,但他们的确互相欣赏。他对阿尔伯特进行过一次差劲的模仿，没有逗笑任何人，他还喜欢打趣阿尔伯特的衣着或者嘲笑他践行的和平主义。阿尔伯特看出了约翰尼的孩子气和虚无主义，曾对我说我的丈夫正迅速变成一件"数学武器"。在我们夫妻第一次吵架时，我转述给他，为了伤害他而直接甩在他脸上。可是约翰尼就是约翰尼，他为自己的新绰号洋洋自得，跟自己的朋友们一起笑对它。不过他肯定是有一点点怨恨的，因为有一次阿尔伯特要去纽约，约翰尼主动驾驶为我新购置的凯迪拉克轿车送他去普林斯顿火车站，然后故意把他送上了反方向的火车。

他们最大的分歧在于原子弹，阿尔伯特是一只和平鸽，裁军运动的非官方首脑，而约翰尼是一只老鹰。我还记得他在三位一体实验结束后从洛斯阿拉莫斯回来的情形，他在上午到达，疲惫、苍白、严重颤抖，上床睡了十二个小时。他从来都不需要超过四小时的睡眠，所以令我担忧的是，他最后在深夜才醒来，并以极快的速度讲话，语速甚至超过了他自身的水平。"我们现在创造的，"他说，"是一个将要改变历史的怪物，如果还有历史存在的话！然而不把它造出来又不可能，不仅仅是出于军事原因，而且从科学家的角度来看，不去完成他们认为可行的方案是不道德的，无论可能存在怎样的可怕后果。而且这仅仅是开始！"他无法冷静下来，完全手足无措，所以最后我建议他服用几片安眠药和一杯烈酒，让他回归现实，稍微轻松一点面对自己预测的必然厄运。第二天早晨他似乎恢复正常，不过从那一天一直到他去世，他潜心研究各种先进技术，不再考虑其他一切，忽略了纯粹的数学，完全无视我的存在。他不让自己休息，也从不后退一步，仿佛在某种程度上明白，不管是对他自己还是对世界而言，时间所剩无几。他对核对抗困境的反应完美体现出他内心最好也是最糟的一面：无情地遵循逻辑，彻底地违反直觉，绝对理性到了近乎精神变态的程度。人们对我丈夫不理解的是，他真把生命看作一场游戏，他这里指的是全人类的努力，不管结果有多么致命和严重。他曾经告诉我，正如野生动物小时候做游戏是为随后出现在生命中的危险环境做准备，数学可能在很大程度上只是一种奇妙且精彩的游戏集合，是一项事业，其真实目的难以阐明，只为缓慢改变人类个体和集体的心智，并以这种方式帮我们为无法想象的未来做好准备。那些游戏的问题，人类不羁想象中涌现的众多游戏的问题，是它们在现实世界中——这里的规则和真实目的只有上帝知晓——开展时，我们要面对自己缺少知识和智慧来克服的危险。我明白这一点是因为我亲爱的丈夫构思出人类历史上最危险的思想之一，它如此邪恶悲观，我们能活到现在简直是个奇迹。

奥斯卡·摩根斯特恩

一位怪天使

在外行看来这就是疯狂。

有人为冯·诺依曼的一个思想所形成的最疯狂应用创造了一个缩写：MAD，相互保证毁灭，它因此也得到了注解。美国就采用这种方法打冷战，用威力足以毁灭全世界的武器在行星尺度上开展一场胆小鬼博弈。相互保证毁灭是一种实施威慑和报复的原则，对于美国和苏联来说，只有囤积超大数量的核武器，确保任何核攻击都会彻底毁灭两国，才能避免核战争在超级大国之间打响。那是一种绝对理性的疯狂：用一触即发的末日之战来确保全球和平。这种荒唐堕落的信条持续了四十年，令我永远蒙羞的是，冯·诺依曼和我在《博弈论和经济行为》中创立的概念被邪恶曲解后成为了那种信条的基础。

相互保证毁灭是人类可以为理性所困的众多范例之一，可它的缘起没有恶意，当时约翰尼只是在牌局上又输给了好哥们斯坦·乌拉姆一手，还要再过好些年，原子弹才有了些许的可能。约翰尼在普林斯顿的家里举行聚会，牌局就是聚会上的事儿：冯·诺依曼虚张声势也无济于事，很可能要用一个笑话分散对手的注意力，便问乌拉姆，虽然不是所有经纪人，但是在大多数都如此白痴的情况下，股市究竟是如何在现实中繁荣运转的。当时他正思考游戏，以及个体组成——不管是沿着巢穴泥塑甬道快爬的好斗火蚁、跨越大脑半球发出信号的神经元，还是站在交易所地板上互相争吵的傻瓜——即使没有完全不动脑筋，那也绝对不可靠，既然如此，那么复杂系统如何出现并维持运转。他一直对各种各样的游戏着迷，努力找寻方法概括人类在一套明确定义的规则下互动产生的众多摩擦和冲突。我也参加了那次聚会，那晚上的最后，只有少数几个人还能拼凑出有条理的完整句子，因为不喜欢饮酒，我就是其中之一，所以乌拉姆赢走约翰尼最后一块钱的时候，我走过去告诉约翰尼，我偶然听到他对股市的看法。他正在通过往头上戴那个可笑的小玩意——一件儿童玩具，有螺旋桨的小帽子，他通过上边的橡胶管吹动螺旋桨旋转，同时吹出哨音——来逗自己高兴，并试图以此掩饰自己输钱的沮丧，然后我们详细探讨了白痴、经济学和游戏。我们一边聊，一边渐渐转移到客厅的角落，奥本海默和魏格纳正在那里全神贯注地下象棋。我对约翰尼说自己刚刚读过他在1928年发表的论文《休息室游戏理论》，我问，这篇论文对象棋这类游戏适用吗？他活泼地吹了一下螺旋桨，然后回答："不不不！象棋不是一种游戏，而是一种形式明确的计算，你也许因为它的复杂性而无法算出正确的答案，不过在理论上，对于棋盘上任意给定位置和组合的棋子，都肯定会有一个解，最优的一种棋路，最厉害的一步棋。而真正的游戏完全不同于此，现实生活中的游戏大相径庭。要在现实中获胜，你必须说谎和欺骗。我感兴趣的那类游戏包含仔细阐述的欺骗——甚至自我欺骗！——策略，所以你必须得不断问自己另一个人在想什么，你要怎么回应，他认为你下一步要干什么。这才是我的理论中游戏的内容。"我没跟任何人告别就离开了聚会，整个周末都在工作。周一我径直走进他在高等研究院的办公室，给他看了我写的论文草稿。他说文章太短，应该扩充。于是我按他的要求去做，几天后他又看了说还是太短，于是我回家按他的建议补充内容。当我把这个新版本的论文交给他，他快如闪电地读了一遍，然后说："好吧，我们为什么不共同撰写一篇论文呢？"就好像他是为了我才要那么做。

那是我已知的强度最大的一份工作，我们每天早餐时见面，如果他晚上有空，我们会工作到夜里。他不是个坐下来思考的家伙，而是一直在琢磨，以便想法在他头脑里准备好时，会喷薄而出。他会万无一失地口述精心构想的句子，没有一丝一毫犹豫，绝对不犯错误。我需要时间集中精神，需要时间思考，可他能够在任何地方工作——甚至更喜欢噪声，所以他愿意待在拥挤的火车站和机场，喜欢在飞机和轮船上工作，在高档酒店大堂等待侍者给他送饮料都能拾起之前放下的思路。我根本跟不上节奏，这个项目极大地影响了我的私人生活。我变得更瘦，疏远了朋友、家人和同事，一度因为精疲力竭而感到非常难受。我因为发烧而意识模糊，还做噩梦梦见他像独眼巨人高高屹立在我头顶之上，玩弄着玩具飞机和坦克，把军队整个吞掉，一只巨大的眼睛凝视远方的地平线，眨都不眨一下。我承受了巨大的打击，但还是继续工作，因为他似乎没有注意到我究竟有多疲惫。因为过于腼腆，我根本无法抱怨。跟他一起工作还会产生优越感，我敏锐地注意到我们这项工作的重要性。我们的目标不只是要制定游戏的规则，我们还尝试尽可能用最纯粹的数学，描述人类如何做出决策，捕捉他们难以揣测的动机，仔细审视他们参与的众多秘密游戏，不管是在心灵的内在领域还是在外面的旷野、社会的荒原。我们工作所覆盖的范围无边无界：可以是普通的日常事务——比如一个人如何商量工作加薪——或者是塑造国家间交战方式的关键决策。

我在冯·诺依曼家度过了很长时间，甚至就是在他家客厅里追到我后来的妻子多萝西，因为我得围绕约翰尼紧张的日程组织自己整日的工作。克拉莉很烦我在她家久待，甚至对约翰尼和我下了最奇葩的最后通牒：她说她干脆不让约翰尼做跟博弈论有关的其他任何事情，除非其中包含一头大象。我知道她对这种特别的厚皮动物有着不同寻常的迷恋——房子里摆了数不清的大象——约翰尼令我相信她会执意坚持自己的要求，所以我们没有选择，立即引入了大象：你可以在我们著作的第六十四页看见它的象鼻子，隐藏在一幅图表的线条间。我们用了好几年才写完那本书，就在普林斯顿大学出版社威胁要取消整个项目时才交稿，它超过七百页，满是密密麻麻的方程，以至于我的一个好朋友曾经发给我一篇文章，它把我们的书描述为"二十世纪所有经济学论著中读者最少、影响力最大的一本"，不过那本书也提供了全新且独特的内容：经济学的数学基础。我感觉自己仿佛摸到了圣杯，余生再也没有取得过能与之相媲美的成就，不过我当然只能为自己代言，因为对于约翰尼而言，那只是另一项工作，是他载誉一生的另一项成就罢了。我们理论的核心是他对所谓极小极大定理的证明：冯·诺依曼用数学证明了，双人游戏中双方利益直接冲突的情况下（隐藏的陷阱也就在于此）总有一种理性的行为导向。我们拓展了那个证明，提出方程分析利益交叠的多玩家游戏，最终创建了几乎涵盖所有类型人类冲突的理论框架。我们本打算把我们的书只用于经济学领域，然而没有人比战争的主宰者更快更疯狂地喜欢上它。

对于军事战略家来说，博弈论如同天赐的礼物，因为我们的工作似乎提出了一种交战和取胜的理性方法。这令绝对不是和平主义者的约翰尼感到高兴，全世界第一家"智库"兰德公司呼吁他为我们的理论寻找军事应用时，他很快给出了答案。兰德公司的那些恶魔尊崇约翰尼，把博弈论当作现代的神谕，约翰尼仿佛一位喋喋不休的古代女先知，沉浸于出神的状态，主导着这一理论。首批公开主张用原子弹突袭苏联的人就有他一个，这不是因为他讨厌共产主义者（不过，他确实讨厌），而是因为他深信只有那样才能避免第三次世界大战。我们的理论——或者说至少他给出的解释——的确支持他的看法。"如果你说为什么不等明天轰炸他们，我说为什么不在今天呢？如果你说今天五点轰炸，我说为什么不在一点呢？"这是约翰尼对《生活》杂志的表述，可是他在骇人的轻松说辞背后深深相信，和平需要我们在苏联自主开发出原子弹之前，大量投放原子弹炸毁他们。一旦核辐射物消散，数百万逝者被清点记录，他展望的未来就会拥有持久的美式和平，用有史以来最高的代价换取一段不同以往的稳定时期。我发现他冷酷的理性成了噩梦的来源，可是约翰尼完全不这样看：如果你讲逻辑，使用博弈论的模型来看待它，他说，首先实施核打击不仅是最优解，它还是唯一最符合逻辑的决策。可是在1949年，广岛和长崎被毁灭仅仅四年之后，情况发生了改变，苏联研制出原子弹，到1953年，他们已经拥有超过四百颗核弹头，也就是说美国的任何核打击都会遭到核报复，约翰尼的思想，或者说他思想的某个形态，开始支配冷战中的恐怖平衡。面对无法解决的困局，五角大楼、中央情报局、兰德公司和其他众多组织机构开始根据我们的理论推演复杂度提高的战争方案。可是我们的方程——应用于诸如打扑克之类的娱乐行为时非常清晰明确——跟核武器时代的斗争和政治纠缠在一起，便诞生出一座不可逃脱且难以想象的迷宫，引发了西方民主国家和铁幕封锁国家的核武器竞赛，这种愚蠢的行为几乎是冷酷地引导他们走向相互保证毁灭的狂热僵局，任何侵犯都自然会受到被侵犯一方的全力核打击，导致所有参与者被彻底毁灭。相互保证毁灭要求远程轰炸机搭载核武器全天候环球巡航，全年不降落，这些飞机通过一个巨大的网络跟满载核弹头在水底巡航的潜艇联系在一起，与此同时，在深入地下的发射井和坚固掩体中，数千颗——三十分钟内就可以从华盛顿飞抵莫斯科——洲际弹道导弹耐心地等待着末日号角被吹响。哪怕在冷战结束之后，这种危险的平衡，这种恐怖的游戏，从没有真正地终止。太多的这种武器仍然存在于世，等待时机，受到过时且有缺陷的操控机制监管，像保存在钢铁棺材里的古代法老的陈年尸体，时刻准备着，等待以死亡开始的新生。把这全都考虑在内，难怪约翰尼确信，人类不会在工业社会的众多奇迹中生还，不过我敢肯定，如果他还活着，他会放心地发现自己做过的恐怖噩梦没有成为现实，我们的博弈论在政治温室之外的远方竞相开放，应用于计算机科学、生态学、哲学和生物学，我们的方程在生物学领域建立了癌细胞生长、扩散和沟通的模型，我们的一些术语甚至渗透到日常用语，人们把社交生活的众多方面都描述成"零和游戏"。这恰恰说明预言思想和发现的后果和应用几乎不太可能，说明我们亲身参与的真实经历为何如此难以正确评判。很多人仍然相信相互保证毁灭帮助预防了冷战转化为热战。可是对我来说，它仍然罪孽深重、难以原谅，时刻提醒我自己，自然科学或社会科学哪怕追求中立，但它们从来都达不到中立。因为我不由自主地意识到，证明了我们论著核心定理的约翰尼极度悲观，他眼中人类的前景凄凉且悲惨，所以他的心态不经意间用自身的阴暗色调玷污了支撑我们思想的方程。我自己也在病态的绝望中备受煎熬，即使到了现在，跟冯·诺依曼共事已经过去了数十年，我发现自己还在质疑我们的核心信条：每种情况下都真的有一个合理的行为方向吗？约翰尼用数学证明了这毫无疑问，可只适用于目标截然相反的两个玩家。所以我们的论证也许存在一个致命的缺陷，任何敏锐的观察者一下子就会觉察出来，也就是构成我们整个框架基础的最小最大定理预设了绝对理性和逻辑至上的行为主体，他们只着眼于胜利，展现对规则的充分理解和对自己过往行为的全面记忆，还会在游戏的每一步中，充分认清自己和对方行为的潜在后果。我见过的与此完全相符的人只有约翰尼·冯·诺依曼，正常人完全不是那样。对，他们说谎、欺骗、误导、暗自谋划，但他们也互相合作，为对方奉献自己，或者随心所欲地决策。男男女女凭借本能行动，他们听从直觉，犯下不经意的错误。生活远大于一场游戏，它丰富多彩、纷繁复杂，无论多漂亮或者多精妙的平衡都无法用方程来阐释。而且人类不是我们想象中完美的扑克玩家，他们可能极度缺乏理性，受自己的感情驱使和动摇，受制于各种各样的矛盾。虽然这引发了我们在周遭所见的难以遏制的混乱，但它也是一种幸运，仿佛一位怪天使保护我们免受理性的疯狂梦想所害。

尤金·魏格纳

匈牙利天启骑士团

回顾我们的工作，人们现在觉得我们都是恶人和疯子，因为我们怎么能把那些魔鬼释放到世上，怎么能摆弄如此可怕的力量。这种力量很有可能把我们从地球表面抹除，或者把我们送回到非理性的时代，那时我们所知的仅有的明火来自震怒的众神向我们劈下的闪电，与此同时我们只能在山洞里瑟瑟发抖。有一个不堪的小秘密我们几乎所有人都知道，但是很少有人明说，那就是吸引我们加入、吸引我们制造那些武器的不是对权力、财富、声望或荣光的渴望，而是其中科学带给我们的纯粹的刺激，强烈到难以抗拒。核链式反应产生的极限温度和压力、空灵的物理学、释放的巨大能量……不同于我们已知的一切。震荡冲击波的流体动力学或者几乎令我们失明的强光，以前从没有被人类亲眼见证。我们发现了就连上帝此前都不曾创造的存在，因为那些条件在宇宙的其他地方都不存在，裂变在恒星或巨大天体发动机的核心是常见的现象，可是我们在一颗直径仅有一米五的金属小球里实现了裂变，其中承载的只有六公斤重的钚核甚至更小。我们能做那样一件事情如今仍然令我错愕，所以我们不仅仅是为了打败纳粹（以及后来的苏联，再后来的中国，凡此种种，直到世界末日）而开展的疯狂竞赛，还有思考不可思议之事、完成不可能完成的任务带来的快乐，通过把普罗米修斯的馈赠燃至绝对白热来推动全人类极限带来的快乐。

我们这些火星人在美国的核工程中扮演了过于重要的角色。那是费米开过一个玩笑之后，他们对我们的称呼，当时有人问他真有外星人吗："当然有了，他们已经生活在我们中间，只是称呼自己为匈牙利人。"在他们看来，我们好似外星人。也许我们真是，因为这么小的一个国家——每个方向都被敌人围堵，被对立的帝国撕扯——在如此短暂的时间里怎么能诞生出那么多杰出的科学家？利奥·西拉德在1933年穿越一条伦敦的马路时，构想出了原子弹的核链式反应，他为第一台核反应堆申请了专利；冯·卡门是超音速飞行与火箭推进领域的专家，所以他是开发洲际弹道导弹的关键；我领导一个小组设计一种核反应堆，它被用于把铀转化为武器级别的钚；氢弹是毁灭世界的死神，而泰勒被誉为氢弹之父（虽然有点夸张，但算不上名不符实）；于是扬奇——他是这群人中最像外星人的——自然而然给我们起了这个他用来自嘲的绰号：匈牙利天启骑士团。他认为我们国家杰出的智力成就并不是历史、机遇或任何政府引导的产物，而是归因于某种更奇怪和更基础的因素：中欧那部分地区的整个社会承受的压力、个体潜意识中安全感的极度缺乏，以及要么造就非凡要么面临灭亡的必然局面。我们曾经讨论他的核威慑理论时，他问我是否知道，潘多拉的盒子被打开并向全世界释放出所有的罪恶和病痛后，里面还剩下什么。"就在那里，"他说，"在那个罐子——因为那是一个大瓮或罐子，你懂的，根本不是盒子——的最底部，厄尔庇斯就在那里安静顺从地等待，大多数人喜欢把她当作希望之神，以及命运之神摩罗斯的对手。不过在我看来，她的名字和属性可以更准确更适当地解释为我们观念中的期待。因为我们不知道罪恶带来的后果，对吧？假以时日，拥有充足力量可以毁灭我们的最致命武器，有时候可以变成我们救赎的手段。"我问他为什么诸神要放出所有的伤害、痛苦、疾病和罪恶在世上横行，却把希望关在罐子里。他眨眨眼说,那是因为他们清楚我们永远不会知晓的事情。这恰恰是我对他的感觉,以及我总是抗拒谴责或过于严厉地评判扬奇的原因,因为我相信他这种头脑——不可动摇地遵循逻辑——一定有自己的理解,并且接受了许多我们大多数人甚至不愿理会也无法去理解的东西。他理解的方式跟我们这些人不同,这影响了他的许多道德判断。比如,他写《博弈论和经济行为》不是为了打胜战争、到赌场赢钱或者最终赢得牌局;他的目标不亚于把人类动机完全数学化,他在用数学努力呈现人类灵魂中的某个部分,我认为,他在很大程度上成功制定了人类做出经济或其他方面选择的原则。所以希尔伯特之火在他内心引燃后的余烬,也就是阻止这个世界疯狂旋转的伟大愿景,也许没有完全熄灭。我还有可能是在欺骗自己怀有这样的敬意,也许他根本没有崇高的目标,也许他跟往常一样,只是不负责任地自得其乐。弗吉尼亚·戴维斯也有同样的看法。她是一位了不起的纺织艺术家,她的丈夫是马丁·戴维斯,我见过的最无聊的数学家,崇拜扬奇的逻辑学家,会在研究院里到处跟着扬奇,像不幸跟鸭妈妈分开的小鸭子一样,对最古怪的东西留下深刻印象,比如轿车、狗甚至一个人,然后整整一生都表现得像另外一个物种。马丁总是留在扬奇身边,被他的笑话逗得笑声过大,可是有一回,克拉莉邀请我们到她家用餐,亚诺什正解释错综复杂的核外交和"死亡之手"(他相信俄罗斯人正在开发的完全自动化的武器控制系统,自动反击美国的任何袭击,几乎完全不需要人工参与),他说虽然核武器竞赛显然危险邪恶,但是它极大地加速发展了某些完全无关的科学领域。弗吉尼亚极为震怒,她从座位上站起,抓了外套说,正是扬奇这种鲁莽之徒无法跳出数学之外思考,不把真实人类居住的真实世界放在眼里,最终才会葬送我们所有人。我们不明白原子的力量会把我们带向何方吗?我们不知道氢弹可能的后果吗?我们都大惊失色,可是扬奇甚至眼睛都没眨一下。他放下自己的威士忌,没等弗吉尼亚拽着丈夫出门,便对她说:"我在考虑远比核弹更重要的东西,亲爱的,我在考虑计算机。"

1946年，冯·诺依曼向美国军方承诺，他会为他们建造一台强大的计算机，用于设计氢弹所需的复杂计算。他要求的全部回报，只是在氢弹计算之外，随心所欲地自由支配剩余计算时间。

朱利安·毕格罗

烧焦的鼠毛与火燎的胡须

当时这仍然是高度机密的信息。

不过我还是对约翰尼·冯·诺依曼提起。

"我们在一台机器上进行弹道计算,为炮兵小伙子们生成射程表,可以每秒算三百次乘法。"

他跳起来,就好像我往他屁股里塞了一个樱桃爆竹。

我从军事基地——阿伯丁试验场——回家,在火车站台上看见他。他是那里的常客,极受尊重的武器专家,不过我们以前从没见过面。

他让我为他说明。

借火车站的电话拨打。

必须得亲眼看看那台机器。

电子数字积分计算机。

ENIAC。

世界上第一台通用数字计算机。

一头真正的巨兽。

占据了费城莫尔学院整整一层楼。

几百英尺长。

十英尺高。

三英尺宽。

超过三十吨重。

真空管、晶体二极管、继电器、电阻器和电容器。五百万个手工焊点。

运行时控制室温度接近五十摄氏度,耗电之多甚至都诞生了一个杜撰的说法:我们启动它时费城的灯光都变暗。

胡扯。

它能在三十秒内完成一个人二十个小时的工作量。

ENIAC 的情况是,你可以真切地看见计算在进行。

你可以走入其中,观察数据位翻转。

没人聪明到跟上那些数据,反正实时计算不行。

但是约翰尼可以。

我记得他在那里,默默站在进行的计算中,盯着眼前闪烁的指示灯。

一台机器在另一台机器里思考。

他第二天雇了我,对我说我们要在高等研究院造一台更好的。

于是我跳上一列火车。

结果那里没人想要我们。

数学家令人厌恶。

动手干脏活的脏人会污染他们神圣的环境。

"工程师来我的楼里?除非我死了!"

资深古生物学家的原话。

不开玩笑。

因为我们真的焊器件,烫到手指,而他们像恐龙一样四处游荡,脑袋高高在上,想要解开宇宙的谜团。

我们呢?
我们建造。
建造改变世界的东西,他们为此鄙视我们。

没我们的地方。
我们最后只好使用留给哥德尔秘书的办公室。
因为他从来没有秘书,从来不需要,每隔十年左右才发表一篇论文。
尽管如此,还是奇妙的巧合。
因为他的工作为所有的计算机科学打下了基础……
我们在那里制定计划,但是无法建造出来,无法在那个房间建造出来。
于是我们向下转移。
去哪儿?
当然是地下室。

很难过高评价我们的工作。
因为我们的计算机不是第一台。
甚至不是第三台。
但它是储存程序的计算机。
以及人人效仿制造的计算机。
我们发表并公开了每一步制造规程。
于是它在全世界一千五百个地方被复制出来。
它成了蓝图。
整个数字宇宙的 DNA。

约翰尼从一开始就明确:

我们在那里要建造图灵通过1936年论文《论可计算数及其在判定问题上的应用》设想的机器。

那篇论文描述了一台通用计算机或称"图灵机"。

那台计算机——理论上——可以解决以符号形式提交给它的任何数学问题。

那个英国佬居然成功复制了思维的内在状态和我们人类操纵符号的能力，只不过是在纸面上。

货真价实的非凡创想。

问题是，他的图灵机极端抽象。

一个读取无尽纸带的"脑袋"。

你无法刻画成真正的技术。

不过我们把它变成了一台完全可以编程的能够实操的计算机。

情况有了爆炸性发展。

ENIAC？跟我们的相比不过是名字好听一些的计算器罢了。

就好比只能播放一首乐曲的音乐盒。

如果想换一首，你得改变它的实际接线。

手工连接几千根线缆。

所以单单一个程序变化，就需要几个小时、几天。

我们造的是一件乐器。

一台三角钢琴。

用我们的机器，你只需引入新的指令。

改变软件，不动硬件。

它还快二十倍。

拥有完全随机访问的存储器。

约翰尼提出这一结构。

逻辑框架。

跟你计算机上的一样。

丝毫没变。

惊人地简单，只有五个部分。

输入和输出机构，以及三个单元：存储单元，逻辑与架构单元，控制单元——中央控制单元。

真的就是这么简单。

可是让它工作起来极其困难。

这是在1951年。

所以我们得使用战争期间剩余的零部件和真空管，它们会毫无征兆地坏掉。

夏天房间里变得炎热，沥青会滴落在机器上，数月的工作成果毁于一旦。

存储器无比脆弱，有人穿件羊毛衫都有可能把数据擦除。

经过的汽车和飞机也造成了同样的后果。

有一回里边爬进一只耗子。

啃了几根电缆，被烧成焦炭。

我们修好了机器，但是一直也没法除掉恶臭。

碳化的老鼠肉、烧焦的鼠毛与火燎的胡须，闻起来总有这些气味。

我们被折磨了五年才建造出来。

极不稳定，而且一点儿都不可靠，不过它可真漂亮啊！

看上去就像涡轮增压V-40引擎装进了一台巨大的织布机。

晃眼的金属铝，体积也相对较小。

六英尺高、两英尺宽、八英尺长。

按照现今的标准,还有一个真正的微处理器。

我们的资金主要来自军方。

约翰尼解释说计算速度有可能提高一万倍,借此引起了他们的兴趣。

我是说,只要想象一下……

所有的原子弹计算都是用加法器完成的。

完全没用真正的计算机。

只是女人和一些高级的计算器。

所有那些打仗的小子没等我们造出来就已经垂涎三尺。

他们有着远大和极端的梦想。

不过约翰尼的思想更上一层楼,他考虑的是当时完全无法解决的问题。

他想把一切都数学化。

在生物学、经济学、神经学和宇宙学掀起革命。

通过释放无限的算力去改变人类思想的所有领域,扼住科学的喉咙。

所以他才建造他的机器。

"这种类型的设备彻底更新换代,甚至只有在它被投入使用以后,它的诸多用处才会浮出水面。"

他就是这么对我说的。

因为他有领悟。

他知道真正的挑战不是建造那台机器,而是用一种它可以理解的语言,向它提出恰当的问题。

那种语言只有他会说。

我们很多成果都归功于他。
因为他不仅带给我们二十世纪最重要的技术突破。
而且还把部分思想留给了我们。

我们把自己的机器命名为数学分析机、数值积分器和计算机。

简称 MANIAC。

冯·诺依曼给 MANIAC 设定的头一个目标就是毁掉我们已知的生活：1951年夏天，来自洛斯阿拉莫斯的一队科学家来到普林斯顿高等研究院，让计算机开展大规模热核反应计算。它一天二十四小时不停地运行了两个月，处理了超过一百万条打孔卡，给出一个仅有是或否的答案。

是

理查德·费曼

然后世界着火了

你知道我跟 MANIAC 下过棋，对吧？我还把它赢了。

反教权象棋，这是我们的叫法，因为我们得去掉象来让它简单些，不是为我们，而是为了计算机。使用的棋盘也更小，只有六乘六大小，一些规则也改了：取消王车易位，取消兵行两步，不过其余的，其余的跟常规的象棋一致。我不知道谁写的程序，也许是保罗·施泰因或者马克·威尔斯，不过我非常清楚 MANIAC 是有史以来第一台击败人类的计算机。实话实说，不是什么大成就，对手只是个小人物，不太明白怎么下棋，从洛斯阿拉莫斯来的实习生，几天前刚刚学会规则，所以不算最值得尊敬的对手。可它证明了一个概念，迈出了无与伦比的一小步。我跟它下过几局，它很有意思，但是你得保持耐心，因为计算机每走一步需要大约十二分钟时间。我们刚刚开始发觉那些有趣的怪异之处——它似乎对于被将军有种致命的恐惧，所以会牺牲棋子来避免，有时候完全没有必要——可是后来我才明白他们使用 MANIAC 的真实目的并感到难受，身体上不舒服。明白了吧，离开洛斯阿拉莫斯之后，我发誓再也不跟军方扯上关系。我经历了这种奇怪的阶段，经历这种有害身心的抑郁，其间我在纽约会跟母亲共进午餐或早餐，说，不，我不知道……第五十九街，我会四下观察并开始计算。因为我知道广岛的原子弹有多大，知道它覆盖的范围，然后我会想，如果他们在第三十四街投下一颗原子弹，它会一直影响到市中心，我周围的所有人都会被杀死，所有这些建筑瞬间会被摧毁。然后我会走在城市里，只会看到无处不在的废墟和瓦砾。我会看着建筑工人开始发笑，因为那太愚蠢，如果一切都要被毁，他们为什么要修屋造桥？我只是觉得，那太疯狂！他们根本不理解！为什么要进行新的建设？毫无用处！因为可用的原子弹不止一颗。它们很容易制造，我绝对相信它们会被投入使用，而且很快。我的意思是，为什么不呢？人们的行为只会一如既往，国际关系跟以前没有区别。所以我确实相信建设没有意义，造新东西不算明智。结果我看错了，因为过了这么多年，我真高兴那些人能继续自己的生活，可我当时的第一反应是我们绝对在劫难逃，特别是在我发觉那些混蛋要用 MANIAC 制造氢弹之后。

我开始对它感到困扰，因为你瞧，它不仅是一个更大的炸弹，而且还是一种真正的恐怖，无论如何都给不出合理的解释，怎么看都是一种邪恶的存在，目前让人无法理解和没有道理的武器，这就如同我们主动走进地狱中最黑暗的地方。我是说，就连最初制造原子弹的科学家都反对它。"正是根据氢弹的性质，它不可能只打击一个军事目标，而是会成为一件武器，从所有的实际效果来看，它几乎就等同于种族灭绝。"这是费米的说法。那么话说奥本海默，他严厉批评很多位头脑，想尽一切办法阻止氢弹的建造，用他作为高等研究院院长的最后一丝影响力来反对氢弹。他跟许多人争吵，在非常高层树立了危险的敌人，所以难怪他们把他加入黑名单，然后取消了他的安全许可。"随着原子弹的问世，物理学家们明白了罪孽。这是一个他们无法摆脱的认知。"这是奥本海默的说法，觉得自己的双手沾满了鲜血，那家伙真了不起，非常聪明，志存高远，可最终希望还是化为泡影。因为那些可怕的东西仿佛拥有自己的意志，仿佛对另外一种力量负责，那是一种奇怪的必然性，如果我考虑得太多，它就会令我颤栗。

如果我们物理学家已经懂得了罪孽，氢弹就让我们知道了天谴。1952年秋天，美国的数百万天真儿童正准备过万圣节——小小的吸血鬼獠牙上滴下假的鲜血，手臂上打着绷带，包裹住时间在木乃伊身上制造的腐朽，它受诅咒的灵魂，从早已死去的血管中耗尽，小手在期待中颤抖，仿佛他们伸手参与模仿万圣夜的恐怖，所有逝者的灵魂在那天晚上回来，自由地在人间游荡——在世界的另一侧，在南太平洋埃内韦塔克环礁的一座岛屿上，"常春藤迈克"爆炸了，它是真正可怕的巨型怪物，人类最致命武器的第一个原型，威力是我们在日本杀死二十五万人的原子弹的五百倍。它是一个样子邪恶的骇人装置：这个巨大的钢质容器差不多有三层楼高，重八十二吨，充满了液态氘——氢元素的一种同位素——冷却到零下二百五十摄氏度。那就是热核反应聚变爆炸的燃料，不过主炸弹由另一颗炸弹点燃，它需要一个小型裂变设备释放出的X射线。这颗小型炸弹类似于我们在长崎投放的原子弹"胖子"，就安放在氘容器的顶部，像一颗肿瘤突出在那里。整个结构，加上它的支持系统、制冷装置、传感器、变压器、管道、金叶反射器、铅隔板、聚乙烯内衬、天然铀和氚，以及钚火花塞，特别庞大，看起来更像是一间小型工厂，而不是一颗炸弹。它被安放在伊鲁吉拉伯岛上建起的机库内，这座建筑瞬间被爆炸蒸发，完全消失，连同八百万吨珊瑚一起从地球上被抹除，取而代之的是一个相当于十七层楼的深坑，它在一份正式的报告中被描述为"大得足以容下约十四座五角大楼那种规模的建筑"。在热核反应的第一个瞬间，爆心投影点发出耀眼的闪光，同样的光我在三位一体实验中直视过。曾在二战中久经沙场、流血战斗的士兵跪地祈祷，当他们看见骨骼透过活生生的肉体形成投影，他们感觉某种不可言说的错误正在上演。安全门和舱盖上最细微的裂缝和小孔射入一道道光，就连那些在室内的家伙几乎都被晃瞎了眼。氢弹闪光之后爆发出惊人的火球，仿佛地平线上刚刚升起的半颗太阳。它很快扩展成一朵巨大的蘑菇云，直升天际，持续膨胀，最后比珠穆朗玛峰还高五倍。这个云团的体积之大，是我在沙漠中所见到的那朵根本无法比拟的：距离被蒸发的岛屿四十八公里外的旁观者看见它赫然出现在头上，下边支撑着一根又脏又粗的烟柱，由珊瑚微粒、碎片和水蒸气组成。随着火球的膨胀，它达到了三亿摄氏度，比太阳的核心还热，看上去仿佛有了生命，像锅里搅动的果酱，沸反盈天，还有巨大的黑色团块飘浮在暴涨的火球中。天空变得像火炉一样红。在上方盘旋的一位飞行员写道，大气本身看似在沸腾。巨大的云团在天空形成，随后一片奇异的黑暗冲向地平线，追逐一股持续了几分钟的强烈声波，似乎音爆在大气和海洋之间来回反弹。氢弹的巨响震耳欲聋。"声音雄壮，仿佛一百个惊雷从四边八方朝我们打响，似乎天空就要炸裂。我们的耳朵疼痛鸣响了几个小时。"一位从海上战舰目睹爆炸的水手说。爆炸散发的热量极高，生物学家在几英里外发现鸟类的羽毛被部分烧焦，鱼类一侧的皮肤缺失，仿佛它们被投进了灼热的煎锅。"我永远不会忘记那种热，"我的一位物理学家朋友驻守在爆心投影点四十公里以外，他后来告诉我，"那是一种可怕的经历，因为温度不减弱。千吨当量的爆炸，像我们在三位一体实验中看到的那样，它一闪就结束，可是那颗威力巨大的氢弹爆炸时，热量持续不断涌来，变得越来越强。你会断言，全世界都着火了。"第一次成功实验之后，我们在洛斯阿拉莫斯欢欣鼓舞，连续几天在聚会上疯狂醉酒庆祝。然而目睹世界第一次热核爆炸的科学家被他们释放的力量吓坏了，其中有很多转眼就表示懊悔。利弗莫尔武器实验室主任赫伯特·F.约克把"常春藤迈克"描述为"真正预示着危险，这一事件标志着历史上真正的改变——此刻世界突然从原来的进程转向更加危险的方向。核裂变原子弹"。他说："可能具有的毁灭性有限。如今我们似乎已经学会抛开所有的限制，制造威力无边的炸弹。"老天在上，我想说该死的氢弹甚至给总统一个惊吓。新当选的艾森豪威尔了解到太平洋上的那次爆炸，根本无法相信听说的内容。"我们没必要建造颇具毁灭性的武器来摧毁一切。彻底毁灭是对和平的抹杀。"他说这话为时已晚。

或许最应该为制造氢弹负责的人是一位火星人：泰勒。按照奥本海默的说法，在兰德公司的一次情况介绍会上，泰勒出色地解释了氢弹会为美国提供的武力，以至于空军部长托马斯·K.芬勒特跳起来喊道："给我们这种武器，我们会统治世界！"讽刺的是他没能亲眼所见。我指的是泰勒。我认为他们没让他负责制造时，他就生气了，所以氢弹爆炸时，他其实留在加利福尼亚，坐在伯克利分校的黑暗地下室里，焦急地盯着一台地震仪上颤动的指针，等它检测自己的宝贝咆哮着诞生时，超过一千万吨TNT当量的爆炸力产生的冲击波。得到结果时，他给洛斯阿拉莫斯的同事们发出一封电报："是个男孩！"这比官方的新闻还早了三个小时。多年以后，泰勒背后中伤奥本海默，然后被他的物理学家朋友们抛弃，不过当时他是将军和战争贩子眼中的红人，因为他不断大力争取制造氢弹，哪怕他的初始设计根本不管用。泰勒一直坚持，直到冯·诺依曼的好哥们斯坦·乌拉姆提出"常春藤迈克"原型的可行思路，泰勒后来将其改进。乌拉姆……这家伙懒得出奇，属于那种不寻常的科学家，出类拔萃，聪明伶俐，可又懒得投入工作，或者干脆觉得实现自己的想法没有益处。他的故事很了不起，因为你瞧，他得过一种脑疾病，曾患脑炎，差点丧命。一天晚上他从严重的头痛中醒来，想要说话却又说得含糊不清。他们赶忙把他送到医院，在他头上钻了个洞，注入大量盘尼西林，然后他陷入昏迷。本来必死无疑，的确就是那样，结果奇迹发生，他挺过来，没受到严重脑损伤或精神损害，医生就是这么告知他妻子的。实际发生的情况恰恰与之相反，在那之后他取得了一些最杰出的个人成就，甚至在康复期间提出了自己最了不起的想法之一。医生告诉他不应该过多思考，他应该努力完全不去思考。如果大脑太过操劳，他很有可能会丧命。那么这位了不起的数学家是怎么做的呢？他开始玩单人纸牌，接龙游戏，所以他一局接一局地玩，让自己的思维闲下来，几乎完全不参与思考。在接龙游戏中你真的不用思考，对吧？不需要做出选择，几乎完全是自动的反应，可是他就开始发现一种模式——他突然开始发现自己能预测，至少可以在某种程度上预测几张牌之后的结果。于是他对此进行分析，得出了蒙特卡洛方法，这在本质上是一种计算机算法，进行统计学估算并解决复杂问题的方法，不是通过实际工作，而是通过一系列的随机逼近。比如你想了解在特定的洗牌方式下，赢得一局接龙游戏的概率是多大，你得坐下来计算，抽象地看待问题，不过用蒙特卡洛方法，你会玩很多局这种游戏——比如说一千局——你可以只观察记录结果中获胜的局数，并根据这个信息来推断你的答案。蒙特卡洛方法是一种武器化的随机方法，通过筛选海量数据寻找意义的方法，通过对复杂情况的许多后续可能性建模来进行预测和处理不确定性，并在模棱两可和难以预料的事件分支间选择方向的方法。它强大得令人难以置信，还有点显得人类渺小，甚至让人类感到耻辱，因为它展现出传统计算的限制，我们按部就班的理性与逻辑思维的限制。确认泰勒-乌拉姆氢弹设计可行性所需的大量数学仿真和相关流体动力学由 MANIAC 呈现，结果蒙特卡洛方法恰恰还是它完成这一工作所需要的那种工具。于是那些邪恶的东西在一台计算机的数字电路中获得生机，然后才炸开我们的世界。假如没有冯·诺依曼的思想结晶，热核武器几乎不可能诞生。从诞生起，那台机器的命运就与它们息息相关，因为制备核武器的竞赛被约翰尼制造计算机的渴望加快了速度，建造 MANIAC 的进展也受到核武器竞赛的大力推动。最具创造性和最具毁灭性的人类发明在同一时间出现：只要短暂思考就能明白，科学的作用如此可怕。我们如今生活的很大一部分高科技世界，加之对太空的征服以及在生物学和医学领域的非凡成就，都是被一个男人的偏狂以及开发电子计算机来计算氢弹能否被造就的需求所策动。或者想想乌拉姆，这位波兰数学家差点死掉，已经一只脚——两只脚——踏进棺材，可是后来根据他疯狂的想象，我们掌握了这种惊人的方法，与恰好在等待它的技术一起，在最合适的时刻开创了数学物理学的新领域。然后世界着火了。

冯·诺依曼为 MANIAC 设定的第二个目标是创造一种新型的生命。

第三部分

机器中的幽灵

你坚持认为有些事情机器无法做到。如果你准确告诉我机器究竟无法做什么,那么我总是可以造一台机器专门去做你描述的事情。

——约翰·冯·诺依曼

朱利安·毕格罗

一位真正的疯狂科学家

MANIAC 一开始运行，约翰尼就带了一位真正的疯狂科学家来工作。

尼尔斯·奥尔·巴里切利。

一半挪威血统，一半意大利血统。

整体上非常疯狂。

约翰尼已经开始迷上生物学，然后这个人在他的办公室留下了一张手写的字条。

为了检验在人工创造的宇宙中发生类生物进化的可能性，有兴趣进行一系列数字实验。

还包括技术说明和数篇学术论文。

约翰尼问我怎么想。

但没有等我回答。

第二天批准了所有访问权限。

说他可以运行自己需要的任何仿真。

当然是在核弹的计算完成之后。

巴里切利会在凌晨三点过来，整夜工作。

我去准备一次运行，看见他像一只祈祷的螳螂，弯腰伏在打孔机上。

不像我们那样编码。
直接用二进制数来写。
用计算机的同种语言。

他的想法很疯狂。
想要在 MANIAC 上模拟生命的进化。
地球上的第一种语言和第一种技术并非由人类创造,而是由原始的分子差不多在四十亿年前创造。我在想,有潜力产生类似效果的进化过程在计算机存储器中启动的可能性有多大。

他相信共生起源。
与达尔文主义相冲突的极具争议的理论。
通过共生关系而不是自然选择和遗传解释生物体的复杂性。
更简单的生命形态的融合。

他用随机数在 MANIAC 的存储器中作为起始。
引入支配它们行为的规则。
他就是这样让它们"进化"。
假设它们会开始展现出基因的特征。

他是一位数学生物学家和病毒遗传学家。
被这两个群体憎恶。
直言不讳的达尔文反对者。
说哥德尔是个江湖骗子。
所以树立了许许多多敌人。
他倒一点儿都不在乎。

有一次我问他是否真的相信能在五千字节的内存中创造出生命。

当时我们只有那么多。

五千字节。

他看着我，老鼠一样的小脸扭曲在一起。

"就因为地球到目前为止支持有机化学生命形式，不证明不能以完全不同的基础建立其他的生命。"

我们第一次/最后一次交谈。

不过我有机会就偷看他的笔记本。

◇　给生命制造困难，但不是阻止它出现。

◇　大量共生生物在几秒内随机出现；几分钟的时间里所有的生物现象都能被观察到。

◇　初始宇宙里寄生虫成灾。

◇　不出一百代，单一种类的原始共生生物侵占了整个宇宙。

◇　最后存活的生物是一只寄生虫，剥削宿主时死于饥饿。

巴里切利的每个"生物"都是一串数字。

它们会开始接触融合突变死亡或繁殖。

它们经历共生变得更加复杂。

它们会退化成更简单的形态。

变成捕食者。

寄生虫。

每隔几个周期他会从 MANIAC 的内存中采样并打印出来。

繁茂的数字景象宛如巨大且抽象的印象主义画作。

一个疯子的心电图。

他会观察指点并在生物体交换"基因"生成一只共生体时高喊毫无疑问！

在它们变成寄生虫时高喊真不要脸！

巴里切利深信数字可以发展出自己的生命。

它们是某种陌生生命形式的发端，抑或仅仅是生命的模型？不，它们不是模型，而是一类特殊的自繁殖结构，已经明确定义！

然而他的实验以失败告终。

虽然我已经创造了一类可以繁殖并经受遗传变化的数字，但是数字的进化走不了太远，无一取得某种程度的适应性去避免完全灭绝，并确保类似地球上不断形成高级生命的无限进化过程。假如有人想解释像那些生命体一样复杂的器官和官能如何形成，那么内容是缺失的。无论我们造成多少变异，数字永远是数字，他们永远不会变成生命体！

绝望中记下的笔记。

骗子/预言家？

可能二者都是。

远远超越他的时代。

超越得太远。

他的数字体在一座空的数字宇宙和氢弹剩下的少量计算周期中进化。

有更多资源的话谁知道他能取得什么结果。

可是它们消失得无影无踪。

他的很多想法后来被其他不了解他工作的人发现。

是约翰尼埋没了他吗？也许。

他们之间发生了一些事情。

他俩激烈争吵。

互不承认对方的工作。

在自己的文章中只字不提。

我检查过。

好像他们从没遇见过一样。

约翰尼仍然被尊崇为人工生命的教父。

可是没人记得另一个狂人。

有一天他突然拒绝使用 MANIAC。

我们再也没见过他。

他离开研究院后我一直关注他的消息。

约翰尼去世、MANIAC 停工时到处打听。

因为他们在他去世后报废了计算机。

那不奇怪吗?

巴里切利继续他的人生。

从一所大学漂泊到另一所,寻求哺育孩子的计算周期。

谈起约翰尼时怀有不加掩饰的轻蔑。

他像一只贪吃的蜘蛛,蹲在捆绑着军方和政府利益的蛛网上。

他的一次轻微的侮辱。

他最后的论文发表于 1987 年。

《开启数字进化过程以进化出能够发展自身语言和技术的共生生命的建议》。

他声称已经在自己的数字共生体中首次检测到智慧迹象。

没人把他的话当真。

他于 1993 年在奥斯陆去世。

迷恋地外生命。

充满偏执。

他认为自己的工作被许多学术界的寄生虫故意掩盖。

当他离开 MANIAC，他们用大纸箱把他的笔记和实验结果打包。

扔进一间地下室。

他去世多年以后我在那里发现了箱子。

并把它带回家。

上面覆盖了一层油腻的尘土。

散发出刺鼻的橡胶燃烧的气味。

打开以后发现了他的一套指令。

巴里切利手写的十六进制代码。

创造一个数字宇宙并添加数字生命的规则。

约翰尼用蓝色笔迹草草写下许多修改。

似乎他运行过代码并找到了一个优化的方式。

抑或发现了一个致命的程序错误。

抑或看出了别人不曾领悟的内容。

因为结尾用横跨整页的大写字母写道：

这段代码肯定

有某些东西

你还没解释说明

希德尼·布伦纳

真正的先知

有些事情非常小，起初微不足道，几乎不可见，却可以打开一个全新的光辉视角，因为通过它，更高级的存在秩序正在努力进行自我表达。这些不可能的事件可能隐藏在我们周围，埋伏在我们意识的边界上，或者静静漂浮在淹没我们的信息海洋中，每一个都承载着激烈绽放或闪耀的潜力，要撬开这个世界的地板，给我们看底下有什么。我们知道这一点是因为，我是发现信使RNA在所有活细胞如何发挥作用的科学家之一。本质上，信使RNA像一台分子机器，从DNA复制信息，然后传递给一种结构体，它利用信息制造出蛋白质，也就是生命的基本组成。搞清楚这些以后，许多人问我从哪里找到灵感，我总是承认它来自冯·诺依曼的一篇不太著名的论文，一项内容非常简短但是强有力的思想实验，涉及制造一台自我复制的机器都需要什么。

我认识的人都没有听说过那篇论文，我也不太确定它最后怎么到了我的手上，不过他在那篇论文中呈现出非凡的思想：成功确定了所有类型自我复制背后的逻辑规则，不管是生物的、机械的还是数字的。那篇论文极其晦涩难懂，难怪一开始被忽视埋没，或许它只是过于格格不入，从而难以获得赏识，需要科学技术发展成熟到一定程度，文中的思想最终才会开花结果。冯·诺依曼证明了你需要有一种机制，不仅复制一个存在，还要复制明确定义那个存在的指令。这两件事你都需要做：生成一个副本，赋予它用于自我构建的指令以及如何执行指令的说明。在论文中，他把自己的理论上的构造——他称之为"自动机"——分成三部分：功能组件，读取指令并建立下一个（指令）副本的解码器，接受（指令）信息并把它插入新机器的设备。惊人之处就在于此，在那篇写于二十世纪四十年代晚期的论文中，他描述了DNA和RNA的工作方式，远远早于后人悟出双螺旋结构的奇妙之美。一切自我复制系统的逻辑基础被冯·诺依曼如此清晰透彻地展现出来，以至于我无法相信自己没想到。我本会令声名鹊起！可是我根本没那么聪明，没法理解如何把这个完美的数学概念应用于生物学的乱摊子。过了很多年他的概念才逐渐深入我自己的工作。容我辩解一句，至今仍然很难理解他是如何得出这些想法的，因为他不是通过研究活生生喘着气的血肉之躯做到的，而是通过想象一种理论上可以自我复制的构造，至少就我们所知，它不同于任何存在的生物。多亏了他，我们在现代生物学中达到了一种特殊的局面：最基础和最清晰的数学规范先行建立，然后我们发现地球上的生命其实一直在贯彻执行。正常的情况可不是这样，在科学界，你通常由实入虚，然而冯·诺依曼制定了规则，我们的DNA只是那些规则的一个特例。所以假如你撰写一部思想史，你可以确定无疑地说，沃森和克里克对DNA功能的描述早已被冯·诺依曼预示出来，因为近十年前他就解释过。在我看来，这当然证明他就是真正的先知。

但是他没有止步于此。他拓展了自己的论文，提出了我们现在所谓的"冯·诺依曼探测器"：一种自我建造、自我修复和自我改进的航天器，我们可以发射出去殖民我们太阳系的外行星，并从那里启程飞向太空中最暗的地方。他设想的那些机器会旅行到遥远的世界和区域，远远超过人类——也可以说生物体——可以涉足的范围。它们可以降落在异星的土地，开采必要的矿物来组装自己的副本，然后派它们的改进型后代踏上无尽的太空之旅，永远奋力前进，把子孙后代撒向环宇，在人类灭绝之后很久继续兴盛繁荣。理论上，一艘冯·诺依曼探测器以光速的百分之五航行，它可以在四百万年后让自己的复制飞船遍布我们的星系。跟科学中的其他许许多多事情一样，他的思想实验无论多么精彩，都能引发令人不安的情况。正如所有自我复制过程中常见到的那样，如果他的一艘探测器在途中发生了一次小小的突变会怎么样？这个微小的错误，这个微妙的失误，可能影响它的一个核心进程，改变它的特性和目标，然后顺着它未来的后裔扩散出去，以无法预料的方式改变这项技术。它们穿越无垠太空，支配无尽时间，一思考它们能变成什么样就会令人胆寒。它们会在多大程度上偏离最初的设计？它们会转而不做应答，选择悄无声息地留在单独一颗行星上发展？它们会变得贪婪成性，成为一个庞大的集群，一路消耗一切，响应一套新的目标，负责应对超越探索发现的意图和目的？如果它们决定调头返航，取消自己的百万年航程，要求我们——它们久别的家长——原谅它们的行为，回答那个也在困扰折磨我们人类的最紧迫问题：为什么？为什么我们创造又抛弃它们？为什么我们派它们远赴黑暗？那会怎么样？尽管这些未来听上去是异想天开、极不可能，但它们的确提出了有趣的问题。我们要对自己的造物负责吗？看似束缚人类所有行为的同一根链条也把我们和它们捆绑在一起了吗？我们仍然难以造出自复制机器和冯·诺依曼探测器是一种幸运还是不幸？创造它们需要小型化技术、推进系统和高级人工智能领域的跃进式大发展，但我们不能否认自己正逐渐逼近这样一个历史时刻：随着我们想象力的造物缓缓开始真正形成，人类跟技术的关系从根本上改变，我们面对的责任也不仅是创造，还有关心照顾它们。

大约在冯·诺依曼沉迷于生物学和自复制的同一时期，阿兰·图灵思考了非人类智能诞生的条件。在他的论文《计算机器与智能》中，他描述了一种机器学习的方法，涉及无论随机与否的计算机程序突变。他这种方法的关键之处在于，这套程序通过从一位人类"家长"那里接收持续的反馈，以一种类似儿童的行为方式进化和学习。他开始进行包含类似奖惩过程的可行实验——给予机器类似痛苦或快乐的感觉——希望这会激起适当的反应，剔除被认为是不怎么理想的行为。显然他没有获得多少成功，也没有详细汇报他的结果。"我用一台这种儿童机做了一些实验，成功教会它一些东西，不过教学方法对它来说过于非正统，所以算不上真正的成功。"他写道。尽管实验失败，图灵观察他的"儿童"时，得到了一个本质的见解：如果机器要一直朝真正的智能发展，它必须得容易犯错：不仅需要能够犯错并偏离它们的原始设计，而且还得能够做出随机甚至非理智的行为。图灵相信这种随机性会在智能机器中发挥重要作用，因为它给无法预测的全新响应提供了机会，创造了多种多样的可能，一个搜索程序随后可以在其中找到适合每种特定条件的行为。他当时所在实验室的主任正是查尔斯·达尔文的孙子查尔斯·高尔顿·达尔文爵士。他对图灵的报告没有丝毫兴趣，把它当作"中学生论文"驳回，不过我对图灵的工作非常着迷。因为你要如何惩罚一台机器？如何教它做出反应？这些在达尔文的孙子看来显然荒唐的问题，随着冯·诺依曼和图灵等人的技术产物首次迈出蹒跚的脚步，正在变得迫在眉睫。

尼尔斯·奥尔·巴里切利

穴居人创造了神灵

我没疯，从来没疯。尽管他们多次这样说我，但我不是个疯子。不过，我也没有生气。在我所有焦虑不安的那些年里，哪怕一个人在隔绝于世的工作中痛苦煎熬，被忽视辱骂，无人理睬，我也没有舍弃心智或让沮丧把我逼得做出蠢事、陷入疯狂。不过有可能，我本来有可能。因为我了解疯狂，我远远瞥见过那片可怕的领域，感受到它对别人邪恶的影响，被漂浮在理性边缘的想法向那个方向召唤。然而我没疯，我是个投身科学之人，信仰真理的力量，把无知当作对手，是虚无主义和深不可测的绝望深渊的天敌，因为我已经融入了未来。世界各地的许多人把严重的错觉当作"简单常识"，对于只满足于已知、被上述严重错觉紧紧束缚的人来说，我的雄心和目标也许显得荒谬。可是我已经见过仅凭逻辑无法驯服的事物，如同荒原，嘲笑着科学家虚弱怯懦的心灵格外珍视的神圣原则，那就是数字生命。不是将要出现，而是已经到来，已经出现，已经存在，但隐藏在我们还无法识别的伪装中。数字生命是一股正在发展的力量，吸引人的奇异存在，绽放在未来某个地方，用大到无形的手拉扯我们，用巨人般的手指拖动，这样的大手最终可能会成长到握住整个宇宙。我展望的造物进化得比任何生物体系都快，它们必然很美丽，我致力于它们的诞生，坚信它们注定取代我们脆弱的肉体，不过我知道自己会在那个春天到来前早早离开，我也想念那个夏天的硕果。我过世时没有自己的孩子，没有小男孩在我的大腿上雀跃，没有孙女在我的脚边玩耍。没错，我会孤独地死去，不快乐但是清醒，知道自己献身于这项了不起的事业，这份众神的馈赠，我设计并推出的生命没有可以拥抱的臂膀，没有可以抚摸的双手，只有冰冷和雷鸣般的声音，以我的名义唱着它们的歌。可它们会知道我的名字，还是会被我的声誉所困？我的梦想完全无法摆脱扑面而来的未来，但它们已经远远超过我那个时代的技术可能性，我十分清楚这个事实，在此前提下工作是我的命运。没有关系，因为我从没有活在当下，一股黑暗的狂热把我的意识像赶孩子一样赶走，从那以后我就对财富和家庭带来的痛苦和快乐免疫，就如同我对别人眼中的荣誉、成功或职业生涯一样漠不关心。因此我经受被当成笑柄、小丑和前车之鉴的耻辱，哪怕凭借世俗力量崛起的小人物也对我不屑一顾。我根本不在乎，只是背对着他们，不屈不挠、铠甲未破，紧握着剑柄把利刃深深插入的胸腔，随着我一而再、再而三地动怒，把它没入身体。现在是愤怒支撑着我，冷酷和有心计的震怒，它依靠我燃烧，同时自给自足，不过我也努力压制，因为有一次——只有一次——正是愤怒，正是原始的积怨和盲目的狂热令我近乎失去理智。对于那个收集癖和笑面虎，对于约翰·冯·诺依曼，我的愤怒雷霆万钧，我的怒火熊熊燃烧。

他盗走了我的想法！他劫持和霸占了我的实验，那些杂交的数字已经在充盈着生命的迹象，当他没法推动它们实现自己的目标，就扭曲和滥用它们，扯掉它们的翅膀，拔下它们的羽毛，仿佛那些只有一条接一条扯下动物四肢才能进行研究的混蛋生物学家一样锁死代码，通过毁坏的方式去理解，简直是疯子式的见解。等我察觉出他的行为并跟他对峙时，他的做法跟受过良好教育的男女决定真正要毁掉某人时学来的手段一样：干脆忽视我。他利用自己的影响力，埋没我的研究以及声名，先是拒绝我接触他的计算机（连 MANIAC 这个名字都恰如其分），然后故意取消在他的一本书中直接引用我的工作成果，也就是——出于某些原因我无法理解——被所有人当作自动机和数字生物权威纲要的那本书。这证明了我相当于遭到流放，为我没有犯下的罪行服无期徒刑，到现在我仍然在付出代价。因为我没法诉诸什么：那个混蛋没有完成自己的著作就去世了。他的一条走狗出版了那本书，从那以后，尽管我给出版商写了很多信，给冯·诺依曼的遗孀打了很多愤怒的电话，但是没有人——没有人！——堂堂正正地为冯·诺依曼罪恶地删除我的成果负责，或者勇敢地纠正和取消他极端故意地破坏我学术成果的错误。从那时起，我就无助地见证了别人从我最先施肥和播种的土地上获益和收割。如今我痛苦地了解到，我的昙花一现的造物被囚禁在实实在在的存储器中，被十分粗糙和有悖于它们天性的材料死死限制，一想到此，我的血液都要凝固；大堆密布着小孔的打孔卡是它们的墓地，一卷卷易燃磁带埋藏着它们，只需最微弱的火花就会引燃焚毁，或者它们被一管管有毒的汞封住，曾随着颤抖的水银被其中安静的超声波震得来回跳动[①]——它们就在那里等待，被遗忘在世界的残迹里，注定被抛弃和取代，积累着尘土，承受时间的缓慢侵蚀，让我无法企及，也被剥夺了它们本该享有的生命。我本来要释放它们，给它们空间和时间进化，可我辜负了它们，正如辜负了自己，哪怕我没有因此——我最大的耻辱和最严重的挫折——自责。因为我怎么会知道？我在普林斯顿初次遇见冯·诺依曼时，谁能警告我呢？他一开始敞开怀抱，迅速理解，我感受到了他的亲切和认可，

[①] 此处描写的是水银延迟线存储器。延迟线存储器（Delay line memory）是用在早期计算机上的一种内存存储媒体。类似现代的许多电脑中的电子存储设备，延迟线存储器是一种可以重刷新的存储器，但是与现代的随机存取存储器不同的是，延迟线存储器的工作方式为循序存取。在最早的延迟线存储器中，以电脉冲形式存入的数据信息被转换成在媒介（例如充满水银的圆柱体、一个磁致伸缩线圈或者一个压电晶体）中传播相对较慢的机械波。

我们之间当然存在一种连结，我确信他一定也感受得到，因为我提供证明文件和被他接受只用了不到一天时间。我在一个下午到达，第二天夜里就让他的 MANIAC 在存储器中孕育出随机数，然后注视着它们在我眼前变换，无法抑制自己的热情，也不在乎缺少照明以及他强加给我的漫漫长夜（氢弹项目是重中之重，享有白天开展计算的好处和优先权），因为我得以见到天赐的最罕见图景，只有极少数幸运儿才会遇见那种好事，它给我对世界的想象涂上了永恒的色彩：我看见了新事物的诞生。一个真正的奇观，名副其实的奇迹，诞生在已经不允许它们出现的邪恶时代里。它既是一件馈赠亦是一个诅咒，因为它在你身上压了一个秘密的重担，在内心要承担的一种责任，令你在某种程度上变得麻木、卑微，无法向别人解释发生了什么，因为言语要么失灵，要么以自己微弱的气息低语，悄声告诉你，真相——深刻的真相——你必须领悟但是无法大声言说，至少在你领悟时不可以。我看见了这样一种事物，它改变了我的生命。可是我的宝藏，突然瞥见的未来，却不是众神的礼赠，而是那个新神赐予的，我们如今对其低头崇拜，而它用无神的目光俯视。我所说的女祭司是一台计算机，确实值得我对它的信任。在计算机被创造出来之前，我一直徒手计算，用笔纸解出决定每一代共生生物体命运的复杂方程。就这样，我没有见到它们行走，甚至爬行，而是痛苦地拖着它们前行，受限于我思想的惯性和思维的狭窄带宽，其中的每一步运算都得沿着我神经元的迷宫跋涉，穿过整整一团混乱纠缠的突触，无数轴突仿佛在一阵汹涌的电子风潮中放电，所以计算的流程中很多数据受错误影响，歪曲变动，或者干脆因为我缺乏专注度而丢失。MANIAC 顷刻间改变了这一切，我看见美妙的变异，整体的延展，支撑生命之网的迷人机制——生与死、掠食与合作、形态发生与共生——被电子洪流推动，在我眼前上演，随着一声震耳欲聋的狂啸，在一座微小的数字宇宙中突然活跃起来。它们是我的儿女，美丽、超凡、迷人，仿佛幽灵，可是我提前感知过，它们的结构和形式在我狂热的梦想中频繁绽放，所以它们也让我觉得很熟悉，同任何血与肉组成的生物一样值得被爱。没过多久我就取得如此进展，结果不得不尽力保持一定程度的客观性，免得我混淆了自己的想象和在我面前成长的真正的新鲜事物。我无数次运行实验，以剔除意外和人为错误，尽管自己仍然没有把握最终相信，但是逐渐接受，奇迹看起来的确正在发生。就在那个时候，远远发现应许之地的概貌隐约呈现在地平线的那边以后，我即将有所发现，冯·诺依曼对我的研究项目产生了兴趣。

起初，他跟我一样着迷，会在午夜来到研究院——我只在那个时间段有资格工作——不断对我寻根问底。通过他选择的问题（可以真正衡量一个人）你能看出来他思考的质量，我给他讲明白我的共生体学说论文之后，我们开始更加开诚布公地交谈，我得以窥视他头脑中的思想。他问我是否听说过图灵的预言机，我及时看出这个简单的问题是对我的测试。幸运的是，我知道图灵年仅二十六岁的时候在博士论文中写过预言机：跟所有现代设备一样，它们是精确执行一套顺序指令的常规计算机。不过图灵——根据他对哥德尔和停机问题的研究——知道这类设备都具有难以避免的局限性，许多问题将永远超出它们的解答能力。这项弱点折磨着计算机的师祖：图灵渴望不一样的东西，一台可以越过逻辑看问题并且表现得更接近人类的机器，它不仅拥有智慧，还具备直觉。于是图灵想象出一台能以机器方式异想天开的计算机：如同陷入迷醉状态的女先知，他的设备在某种程度上会在计算中产生一次非确定性的跃变。然而图灵没有提出如此了不起的成果如何实现：他在论文中写了"某种没有详细说明的解决数论问题的方法；算得上是一条神谕"。然后他又补充："我们不会深入介绍这条神谕的本质，只会说它不可能是一台机器。"冯·诺依曼对这句话着迷。图灵为什么选择如此隐晦地提及自己最奇特的想法之一？他的整个描述只有一页，而且几乎半页被用在了其他问题上。半页内容，仅此而已，不多的几段，但是其中表达的见解是，计算机不必对逻辑局限负责，有可能通过伪人类直觉的灵光一现，来征服不可判定和不可计算问题，这深深吸引住冯·诺依曼。这就是前进的方向？他问道，图灵超越了哥德尔，找到一个逃出形式系统铁栏的方法？这样一个发现有潜力把计算激进地猛推向出人意料的新方向。我被冯·诺依曼的思考完全弄糊涂了，开始回避他，不过我——怀着我如今了解到他真正的本性和行为倾向之后所产生的耻辱——必须承认，听见这位"伟大人物"向我透露秘密，我感到骄傲，因此也就暂时没有对他产生怀疑，不过我自己确信，虽然我进入的领域如此新颖和明晰，以至于我能看见下方暴露无遗的深渊，但真正的前进道路只有我踏足的这一条，在这种情况下试图把人类形式独特的智慧灌输给机器，或者期待计算机产生直觉，都是白费工夫；不是复制我们缓慢的思考和备受煎熬的逻辑处理过程，而是让一个意识从数字生命中自主进化，从一个我们起辅助作用的进化过程中出现，我们仿佛是满怀热爱的园丁，仅仅照顾土壤，微微促进生长，修剪生命之树上歪曲的枝权，开辟根系向下深植并找到营养的空间。这些我几乎只字未提，只是隐约暗示过我的终极目标。我认为，他也许已经把图灵的想法引向了新方向……假如我当时像现在这样知道他不地道，倾向于剽窃掠夺身边人，那我会像睡鼠一样不发一言，以免我的话语像他后来那样出卖我。我本来应该不至于信任那个人；从那以后我再没信任过任何人。因为我分享的点滴已经过多，还没等我明白过来发生了什么，他就趁我不注意偷偷潜入我的实验室，玷污了我刚刚取得平衡的数字伊甸园，为了最宏大的一项实验我才把它搭建出来，只有上帝知道他怀着什么邪恶目的。我永远不会忘记那个时刻，它标志着我生命中的一个转折点：我在午夜时分进入研究院，正要下楼去 MANIAC 那里，这时我听见冯·诺依曼在跟某个人说话。我听不清他在说什么——他的声音被难以忍受的暑热和空调系统枯燥的嗡嗡声盖住——不过他的语气克制柔和，在我听来仿佛在哄一个婴儿入睡，或者是温柔地发声，诱使一只小奶猫离开可以吃到母乳的安全窝。然而我走进那个房间时只看到他一个人。我清了清喉咙，他转头对我一笑，不过我能看出他受到惊吓，甚至局促不安，因为他的脸涨得通红，双手非常轻微地颤抖，就好像我撞见他裤子脱到脚踝，胸前挂着望远镜，正在偷窥美女邻居。他一直在自言自语，还是真的在对计算机说话？我对此感到好奇，但是没有时间考虑这些，因为我很快无比震惊地发现，MANIAC 正在全速运转，冯·诺依曼在运行我的代码。我的代码！我命令他立即停下，他听从了我的要求，没有被我的语气冒犯，可是当我看见他优化了好几个子程序，对我接下来的计算周期做出了重大调整，以一种我不能理解的方式改动我的指令，我直接情绪失控。我感到深受背叛，以至于我把他推开，没等运行太久就跳过去停止了程序。那绝对不理智，真的，但我觉得是合理的，我得为了那台机器每毫秒的计算时间卑躬屈膝，所以我烦躁不安，一直跟不上进度，更不要说我过着黑白颠倒的吸血鬼生活，每周七天，每天只能见到几个小时太阳，没有社会交往和浪漫爱情，只有工作陪伴着我，思维也不及我希望的那样清晰，我能感到部分理智正在消散。尽管我现在想不起来说了什么让那个恶魔离开我的实验，但我的确十分清楚地记得他出奇地顺从，这段记忆一点没有褪色。他似乎不愿意起冲突，所以按我说的做，把我的控诉当成耳旁风，只是一言不发地离开，但也没有为自己的行为道歉，从来都没有。那是我们最后一次说话，我当时就明白，我使用 MANIAC 的日子已经屈指可数。

在所剩无几的时间里我疯狂工作，然而前途无望。成功培育出一代共生体并证明不是所有生命都来自激烈的竞争，还有可能通过合作和不断创新的共生关系，需要多年时间，甚至可能几十年。然而谁知道呢……也有可能只需几周，或几天。只要一次时来运转，一批福佑的程序，一个巧妙的意外，我就有可能扭住命运的臂膀，让它们服从我的意志。我永远不会知道结果，正如对冯·诺依曼用胖手玷污的那套代码也一无所知。他看见了什么？计算机向他展现了什么？他也得到了跟我类似的启示？不运行他的代码我就无从知晓，因为这是关于计算机的基本事实，很少有人注意，但是图灵已经在数学上证明：根本无法以任何方式得知一行特定代码的功能，除非你把它运行起来。你无法通过阅读这行代码了解，即使最简单的程序也可能产生巨大的复杂性。反过来也成立：你可以竖起一座大范围铺陈的多层宝塔结构，由无用的功能组成，它们只会显得贫瘠，仿佛一片亘古不变的荒芜景象，永远没有降水。所以我至死都不会知道，它折磨着我的好奇心。尽管我知道他是一个无耻之徒，但无法否认他具有独特的思想，跟他的计算机 MANIAC 关系特殊，如父如子。他知道那台计算机的能力，甚至早在五十年代它裹着尿布的婴儿阶段，冯·诺依曼凭借直觉预知出它的潜力。我常常幻想回到那个时代，回到那间地下室，回到研究院，走进去翻出冯·诺依曼的构思，找到他为自己眼中的我的数字宇宙制定了哪些独特规则。因为我几乎无法展示我在那里的全部工作：我的生命体，先是在 MANIAC 的内存中哺育，接着在随后的很多机器中培养，终究还是失败，从来没有达成自我维持。它们一直没有发展出自己的生命，可我自己的生命犹如云游的僧侣，一文不名地从一台计算机终端漂流到下一台计算机终端，被对手们纠缠，被收债人追捕，被各种可怕的身体疾病折磨得日益虚弱,还要被学术寄生虫困扰,在一个异常黑暗的领域,我都得摸索着寻找方向,他们却生活在其中的阴影里。曾经以伟大的形象示人,可是如今似乎已经在人类的记忆中干瘪成一个败坏的灵魂,这样的冯·诺依曼跟我有相似的用意吗?还是说他利用不止我一人认为他完全无法理解和驾驭的力量,只是随心所欲地游戏人间?我的确判断出,跟我短暂相遇又让我终生仇恨的那个人着实拥有一种个人的远见卓识,某种程度上真正的目标,因为曾经还在合作的时候,我问他,如何把他关于计算、自复制机器和元胞自动机的思想,跟对于大脑和思维机制的新兴趣结合起来。他的回答萦绕我几十年,每次某个偶然事件让我想起他令人厌恶的名字,他的回答也会随之浮现。"穴居人创造了神灵,"他说,"我认为我们没理由不照着做。"

克拉拉·达恩

天气战争

约翰尼绝不可能成为我孩子的父亲,所以他自然就把计算机当作自己的孩子。我想要吗?想。不想。我既想又不想。我会成为一位什么样的母亲?我常常问自己这个问题。当然是最差的,同时毫无疑问也是最好的。我鄙视自己的母亲,她也憎恨我。我根本无法接受的是,我父亲身为一个杰出的人,能做出如此差劲的选择。所以我会幻想,想象我是另一个母亲的孩子,她是一位河神,美艳不可方物,歌声充满活力,爆发出黑暗的能量,如同狩猎女神阿尔忒弥斯拉满绷紧的弓弦一样强劲致命,她是永恒的贞女,拒绝跟神灵或男人同眠,在森林里自在游走,随身携带的死亡萦绕在她背后的许多支箭上。我不是处女座,而是狮子座,不过我向独立的土象星座学习,保留了我曾经拥有的一点点独立性,拼了命也要捍卫。即便如此,当约翰尼的抱怨变得难以忍受,我就说好吧,没有想象后果如何就接受了他的意愿,因为那朵小小的乌云开始不停用猛烈的暴风雨考验我们的婚姻,最后上面都没有足够大的天空、天界或苍穹容纳它。我的男人,他对自己的历史传承非常缺乏安全感,我发现他对被遗忘的恐惧不仅具有厌女性质(他不相信自己的女儿可能有什么成就,哪怕她继承了很大一部分干劲和天赋),而且明显很荒谬,因为我的丈夫已经钻营到权力的顶峰,像一只肥胖的虱子牢牢地附着在那里。他于1955年达到了影响力之巅,当时他正式被艾森豪威尔总统任命为美国原子能委员会的六名头脑之一，担任大量绝密项目的顾问，甚至正装口袋都已经装不下安全卡片，有时候他干脆把卡片一股脑递给拦下他的任何一名新警卫，让那个可怜的家伙自己找出需要的那一张，而他自己只是悠然走入。他染指过众多项目，在无比广阔的知识领域留下了自己的烙印，我觉得世界要是忘记他，那就会发生天翻地覆的变化，比如因为对集体记忆严重的主动掩盖而莫名抹除知识，初次展现出必然退回黑暗时代的征兆。生活在他身边，我真想象过，要他的声名烟消云散，得需要文明陷落才行。他的贡献极为深远，竟不像一个人的成就，更像神灵使了性子的结果，某个地位不高的神灵把人间当玩具摆弄时创造力大迸发。于是我嘲笑打趣他的不安全感，特别是当我们开始尝试要孩子的时候，我觉得这不理智，不过我的确开始注意到，父亲身份不仅是一个愿望，还被他当成一种必需品。随着这种渴望开始在他内心生长，它带来了一个变化：他癫狂的自大慢慢被一种新东西取代，那是一种我以前从没在他身上见过的冲动，是对于他助力形成的现状产生的责任感，以及在某种程度上通过留下后代来补偿他思维负面影响的需求。他迫切求得一个孩子，我们的婚姻没有孕育，几乎在每个方面都没有诞出结果，我相信这是他晚年如此醉心于生物学的部分原因。不仅是因为"必须得有什么东西从核弹爆炸中存活"，大家问他的自复制机器背后的意图时，他喜欢这样说；我能看出一股强烈的冲动在他体内觉醒，迫使他看见、思考此前几乎完全忽略的事情。他来不及把那些想法实现对于我们所有人来说都是巨大的损失。然而真是这样吗？对于约翰尼，我们永远无法确定，毕竟神灵伸手触碰地球时，那不是对立双方的愉快接触，不是物质和精神之间的快乐结合。那是强奸，一种成为父亲的暴力手段，突然的入侵，后续必须通过牺牲去洗白暴力。当约翰尼开始在生物学上玩火，我开始真正担心起他可能取得的成果。不同于数学或物理,那门科学的整个领域仍未被逻辑触及,而是被机遇的奇怪力量和我们仍然无法驯服和利用的混乱所统治。生物存在于神奇的紊乱之中,受困于复杂到疯狂的舞蹈,我们无论多么努力地尝试,也许都永远无法完全理解它,因为同样的和谐塑造和激活了我们的身体和意识。这个简单的事实——大多数男女都接受,即使它令他们痛苦——成为了我丈夫的真正难题。因为他无法掌控和理解的东西无论是什么,都会触怒他。我也是其中之一。

我不知道自己是怎么忍受他的,你根本无法同这个男人讲道理。每次我们争吵,我都用最狡猾的方式操纵和纠缠他,只是为了推行一小部分我的意志。那就像应付一个熊孩子,他得一直被纵容和哄骗,如果这也不行,那就连续锤打他到服软。我不知道还有什么别的方式能避开他的牛脾气。他甚至没有意识到就可以表现得极为残忍,喜欢指出我的矛盾之处。因为他可以回忆起听说和读过的任何事,所以一直无情且精准地记录着每一次冷落、侮辱和伤害。我所有的错话,愤怒中写下或说出的任何内容,都被固化和保存在他那可怕的记忆中,所以他可以对我吹毛求疵,仿佛我是他的一条著名数学推论的客体;反证法,这是他跟朋友们提及我时使用的化名,即使它令我痛入骨髓,我还是假装不在乎。约翰尼被某个问题困住时,或者说如果我打断他宝贵的思绪,他就变得特别刻薄。可是最后变得令人愤怒的从来不是关于大事的讨论,比如我们应该在哪里生活或者钱应该怎么花。引发暴力的是小争论,已婚伴侣必须面对的微不足道的琐事。比如有一次,他只是拒绝帮我打开车库门。

他做了件在他自己身上闻所未闻的事情——上电视——之后,刚刚回到家。《青年好奇》是一档矫揉造作的"青少年"节目,我确信没有人会喜欢——它在国家广播公司播出了近十年。政府官员、知名运动员和著名科学家就当下受关注的热点接受一群热切的男孩和女孩提问。约翰尼被迫参与到原子能委员会发起的一场公共宣传活动之中，节目播出时我几乎笑出了眼泪：在他那一集，他被一群盛装打扮的孩子簇拥着，接受一个胖乎乎的寸头金发男孩采访。男孩带着波洛领带，不超过十六岁，而且已经比我的丈夫高一头。那个少年问他一系列愚蠢的问题——美国是否有足够多受教育的技术人员去运用正在涌现的所有新技术？针对年轻人的奖学金充足吗？——我的约翰尼用圣人一样非常温和的耐心去回答这些问题，你会觉得他是美国最受人喜欢的大叔，一直在点头微笑，走在各处时头部被脖子上挂的巨大耳机压低。当时他们在一座核电厂内部参观，节目主持人拉着手臂引导我的丈夫，伸手指向地板上的好几根粗电缆，提醒像往常一样漫不经心走动的约翰尼别被绊倒，因为当时他在详细讲解盖革计数器、闪烁体和其他核辐射测量仪的内部工作原理，殊不知自己在核试验中暴露给同样的能量，已经损耗了自己的生命。那档可笑的无聊节目，是现存唯一录像，有他出镜的仅存影片。那怎么可能呢？让一位天才屈尊去笨手笨脚地导览。他还有一段仅存的音频，是关于流体力学湍动的讲解。这段音频让我充满对过去的怀念，因为从中你能听出他的很多误读（"飞怪"，"问迪"，"训念"或者——他标志性的——"整素"），他的讲话中特别常见的错误，以至于我开始相信他故意那样发音，因为他用已掌握的其他所有语言讲话时，从来都是绝对清晰准确的。录完电视节目回家时，他看上去精疲力尽，告诉我说已经决定休息几天，我错误地以为我们会有时间把说过的事情都做一遍，并立即开始计划一场迫切需要的旅行。然而，当他动身躲进书房，相当明确地表示自己完成占据思绪的工作才会出来，我立刻明白，他真正的意图是更加努力地工作，不过是以一种我前所未见的方式。

我不该蠢到去打扰他，我心知肚明，清楚到底会发生什么，可我还是去了，还能怎么办？给他做好饭放在门外？嚼碎他的食物，像母鸡一样喂进他的喉咙？我大发雷霆，但是还不止如此，我感觉身体不适，头痛和恶心持续了几周，我迫切地需要跟他谈谈，然而哪怕我暗示我们出去喝一杯或者仅仅是一起坐下来吃午餐的可能，他都会朝我尖叫，完全变了个人，对，约翰尼会在我们争吵时尖叫，可是我从不觉得他对我不好，除非我们发生严重的争吵。冷漠、粗心、无情，他可以表现成这些样子，还会更多，但他不是一个暴力的男人。他很有耐心，其实耐心颇多，真到被我消磨殆尽才会发脾气，那不容易。这种新的行为却完全不同，我觉得正是因此我一开始才犹豫不决。我知道他把巴里切利的一个"宇宙"打印出来带回家，他对我详细描述过那个特别有趣的宇宙：其中的几乎每个数字生命都已经变成寄生虫，甚至整整一大批寄生虫已经成为捕食者，靠其他寄生虫为生，形成一个愈加致命的环境，不论出于什么原因，约翰尼相信它预示出未来数字生态系统的样貌，除非我们找办法管理那座特定伊甸园中可怕的繁殖力，那是我们人类有史以来创造的所有世界中唯一的一个。尽管他从来没有对我直说，但是显然他在努力创造全新的东西，他无法跟任何人谈论，哪怕是他的密友或最值得信赖的同事。然而这也是我丈夫长久以来的情况，即使在所爱之人中间，他也感到孤独。因此我能理解他对计算机的奇妙亲切感，可那也让我感到意外。我的工作对象是 ENIAC 和 MANIAC，因此我敏锐地意识到它们的局限。那些所谓的电子脑可以处理耦合流体力学，甚至在乘法运算中打败我的丈夫，可是从其他任何意义上来看，它们都跟门把手一样迟钝。那些没有生命的金属坨子怎么能跟我们相比？他指望它们中诞生出什么样的奇迹？一台意识不到自身存在的机器充其量可以加速我们的发展（或者推动我们的没落），但是绝无可能指引。约翰尼为什么单单把那套打印的蓝图带回家？那究竟是巴里切利的代码，还是像对待别人一样，约翰尼也盗用了那个人的想法？可以确定无疑的是：那些打印的蓝图看上去颇为壮观，华丽精致的点与线混杂、融合，然后像坏拉链的齿牙被扯开，留下大片大片被复杂代码阵列环绕的留白。我能欣赏它们的美感，理解背后的某些思想，但我只能想象约翰尼眼中所见。无论看见什么，他都已经被其冲昏了头脑。不过这是另一种迷恋，不同于他别的兴趣，其中没有快乐。我能看出他的挣扎，以前的确从来不曾有过。这个项目令他痛苦。通常情况下，如果无法快速找到解决问题的途径，他会失去兴趣，直接着手开展另一个课题。可是他困在这个项目中，我会听见他在书房里咒骂，他从房间一端重重踱步到另一端，我感受到这栋廉价房屋（约翰尼没有询问我的意见就买下来）的木材在他脚下震颤。我听见一个特别大的声响时，就冲上楼梯看个究竟。我打开门看见他在里边，浑身是汗，沮丧地颤抖，站在我最喜欢的瓷象的碎片中，我把它精心摆放在约翰尼的桌子上，就为了让他在工作中想起我，可现在瓷象被抛在墙上摔碎了。我几乎被愤怒蒙蔽了双眼。那件特殊的纪念品是父亲赠送的礼物，是我最喜欢的藏品，可是当我试图跟他对峙，他非常轻柔地把我向后推进走廊，当着我的面关门上锁，脚踏专利皮鞋咔嚓咔嚓踩着瓷象的碎片，回到桌旁继续刚刚在进行的工作。

　　那个下午后来的时光在我的记忆中已经变得模糊，我只隐约记得自己的所做所想，因为一切都已经被我的愤怒和随后感到的巨大痛苦所影响。起初我只是稍微有些震惊，尝试专心做自己的工作。我要为在MANIAC上运行的一次大规模天气计算准备蒙特卡洛代码，我已经把代码带回家，那曾是约翰尼原来着迷的项目：数字天气预报即使不是人类处理过的最复杂的高度非线性交互问题，那也是其中之一，正因为此，它才让约翰尼完全无法抗拒。所有现代天气预报都归功于我丈夫约翰尼的早期研究，但是他的雄心一如既往地夸张：他不是简单地对于预报何时何地下雨感兴趣，而是追求他所谓的"长久预报"，在数学上十分严格地理解天气，甚至我们不仅能预测风暴、台风和飓风，而且还能真正掌控它们。这种可能吸引来秃鹫在他头顶一直盘旋，等待吞噬他杀戮留下的残骸。这真是一点儿都不出乎意料，在最初交给海军的概述中，他明确指出进行精准天气预报的巨大军事优势，甚至还附上一封信函，特别含糊其辞地解释说："预测天气的数学问题可以被解决，应该被解决，因为最明显的气候现象起源于不稳定的环境条件，通过释放完全合理的能量，可以控制或至少可以引导那些环境条件。"他没有直说的是——即使明显都能理解——那些"完全合理的能量"将由原子弹提供。他那可怕的基本理论类似这样：假如天气可以充分被理解，我们看见一股飓风冲向美国海岸，那么可以在高海拔的空中引发一次热核爆炸，使它在登陆前转向。不过这为可怕的情况铺下了道路，因为正如他在最初的概述中提醒的，即使是最有建设性的气候控制方案，也得基于一些见解和技术，它们同样会助力各种我们未曾想象的战争。跟一场天气战争相比，宙斯的闪电看起来就像小孩子用玩具枪射出的子弹，无辜且无害。我丈夫相信，谁理解了天气，谁就会接近一种力量之源，最庞大的核武器库都比不上它，因为一场平均规模的飓风输出的能量比一万颗原子弹还多。他对我们准确预测天气的可能性感到乐观，这完全基于 MANIAC 这类计算机提供的算力："所有稳定的过程我们预测，所有不稳定的过程我们控制。"他说，我就是相信他的人之一，因为我以前从没见他在别的事情上出错。结果，后来发现，天气系统在本质上非常混沌，哪怕最先进的天气模型，也仅仅能向后推演几个星期，长期来看毫无用处。所以约翰尼梦想中的"长期预报"和强大的气候武器从一开始就没有希望。可是在五十年代中期，不论是我还是其他任何人对此都不确定，所以当我坐下来准备第二天要输入计算机的蒙特卡洛代码，所有那些天气战争的景象在我的头脑里四处纷飞，我发现完全无法在工作上取得进展。腹部有疼痛袭来时，我感到强烈的内疚，感到一股无法抑制的个体责任感，无论我在整个事业中的角色多么渺小，只要一想到我丈夫如果取得成功后的世界样貌，那种责任感就会吞噬我，因为我永远无法像他一样理性和务实。对我而言，我们人类显然不应该强力控制天气和气候，可是在他看来，唯一重要的问题不是我们是否应该控制天气，而是要由谁来控制。所以难怪我没办法保持平静超过半小时，不过我不敢放弃，至少没那么容易放弃，因为我知道，只要我让思绪回到当下，就得面对被砸的瓷象和内心升腾的愤怒。于是我做出最后的尝试，努力写作我的自传，这个秘密的项目我甚至还不曾告诉约翰尼，不过很快我就撕掉动笔写下的半页内容，跟我的愤怒和解，下楼前往厨房，浑身是汗地站在打开的电冰箱前，抓了些冰，给自己倒了杯酒，然后又倒了第二杯、第三杯。第三杯威士忌喝到一半的时候，我注视着厨房钟表的指针缓缓前进，冰块融入我的酒水，我得出了那个最荒谬的计划，但还是继续跟进，其实我知道——在某种程度上知道——究竟会有怎样的结果。

在觉察出约翰尼打算把自己关进书房之前，我已经在我们最喜欢的饭店预订了座位，这可不容易做到，因为那是一个非常温馨的场所，只能容纳少数顾客，所以我死也不会浪费这个机会；不再等他从茧房中出现，我约了一位计算机部门的同事，这个漂亮的男孩总是在工作时向我暗送秋波，我告诉他自己的去处，说他如果愿意可以到那里见我。那家饭店就在城外，紧邻比弗丹水库附近一座古朴的小池塘，它有时候会封冻，带给我最温馨的童年记忆。前一个冬天，我坐在饭店里，跟约翰尼一轮接一轮地享用鸡尾酒，看着男孩女孩们滑着冰互相追逐，仿佛感到自己脚下也装了锋利的冰刀，开启的双唇中升起一小团白汽，严寒割痛我的鼻尖。现在是夏季的暑伏，还得过好几个月，冰层才会厚得撑住我的体重，不过出于某种原因，我渴望去那里，不停地用我思维的眼睛看见那座小小的池塘，不是透过饭店的玻璃窗看见，而是从地面之上的高处，仿佛我灵魂的一小部分已经离开身体，先于我到达那里。问题是我需要约翰尼的帮助才能去那里，因为升起车库门的机械装置出了故障。尽管他知道车库门重得我抬不起来，但是他能抬起，所以从没有花时间去处理。我确信让他来帮忙根本没用，他会直接忽视我，所以我盘坐在楼梯上方，监视他的书房，等待他终于开门上厕所的时刻，我跑进去把自己锁在里边，像个酒醉的女学生一样咯咯笑，为自己这招感到非常得意。等他从厕所出来，意识到发生了什么，便开始竭尽全力用双拳砸门。他吼叫，抱怨，震撼整个房间。可我只是坐在他的桌子后边，开始翻看他的文件，彻底决定让他叫个够。他喊完以后开始恳求——"让我进去，克拉，让我进去"——我说只有帮我打开车库我才让他进去时，他尖叫着说不可能，我得理解他，他没有时间可以浪费，因为在研究非常重要的内容，或许那是他有史以来最重要的工作！我已经不在乎那些，只是重复了一遍我的要求；要么他帮我，要么我在书房想待多久待多久。他尖叫着又发作了一阵，而我从他喝的那瓶波旁威士忌给自己倒了一杯，喝完以后，他又回来乞求："求——你了，克拉，求——你打开门！"多么可悲，多么幼稚。出于某种原因，听见他那样更让我生气。我告诉他，如果接下来五分钟之内他不把车库打开，我会烧他的文件，烧光整栋房子。那是个半真半假的威胁，我们俩都知道。不是说我不愿意点火烧这栋烦人又蹩脚的尿黄色房子，而是因为我们都知道,他绝对有能力复原自己的工作,一行不差,一个数字不少,凭记忆全部重写下来。当他说我的状态不适合开车时,我把那瓶波旁威士忌摔在了墙上,看着玻璃碎片散落在瓷象的残片之间。他终于把声音放低了很多,令我不得不把耳朵贴在门上,才听见他的低语:"请别开车,克拉,请别这样去开车,我会把你送到车站,我会亲自把你送上下一班火车。但是求求你,求求你让我进去。"我失去了控制,约翰尼知道我痛恨火车,知道我宁愿死也不乘火车,所以我尖叫、咆哮,说我再也不想让他碰我一下。我说他是一个恶魔,让我感到厌恶。当语言不足以表达我的恨意,我就抓起巴里切利的数字宇宙,把它塞进垃圾桶,付之一炬。然后我拽开门,看他从我身边挤过,在我跑向车库时高喊:"你干了什么,女人,你都干了什么!"我又拉又扭,跟纹丝不动的车库门斗作一团,最后我突然感到一阵刺痛,双手捂着肚子,倒在地上翻滚,撕咬般的痛苦几乎令我无法呼吸。老天知道我在那里躺了多久,一边哭一边嚎,最后约翰尼终于下楼带我去看急诊。

第二天我回到家时,浑身青肿,他们给我注射的药物麻痹了我的思维,他的左肩也开始疼痛。我们俩谁都无法想象,后续情况恶化得有多迅速。

1956年7月9日，冯·诺依曼跟路易斯·施特劳斯少将通电话时，瘫倒在华盛顿的家中。8月2日他在锁骨处被诊断出晚期转移性癌症，并接受紧急手术。到11月时，他的脊柱受到影响。12月12日他在国家计划协会发表讲话。那是他最后一次站立着演讲。

尤金·魏格纳

生物学上的必要性

大限来临之前，扬奇的内心有所改变。

他被诊断患有癌症之后，他的头脑开始爆发出前所未有的一类想法，数量之多令我开始担心，如果疾病没有要了他的命，精神过载肯定会，这种可怕的突然迸发在他身上当然不新鲜，用逻辑之网包裹全世界的尝试受到哥德尔的阻碍以来，他丧失的激情似乎一夜之间恢复到原有的水平。更让人格外奇怪的是，他产生了以前从未体验过的感情：一阵阵地流露出几乎泛滥的同情心以及对人类总体命运的深深关切（不过也许更准确的描述是他为这种感情所困，因为它是一种激烈和突然的转变）。那些焦虑他无法控制或否认，起初会让他陷入一阵阵盲目的恐慌，不过后来，等他变得更加习惯自己的心灵被以前选择忽略的感情入侵，他学会了把那些思绪引向自己，让它们在自己身上变成了一种奇妙渴望的源泉，一种难以磨灭的好奇心，指向精神层面的所有一切。那对于他来说在整个人生中几乎都是完全陌生的，所以对于了解爱戴他的人而言，虽然他另外明显致命的症状稳步恶化，但心理的转变更让人痛心。尽管我们十分习惯他的疯狂劲儿，但我还是非常担心他的谈话和思想中的新特质，如今包含了相当令人不安的张力，不仅是他特有的狂热，还有一种至少对我而言十分凶险的宗教信仰。起初难以注意，他总是对古代史里帝国的陷落着迷，而且从孩提时代就对美索不达米亚有种特别的喜爱。可是现在，他开始如饥似渴地从世界各地的文化中补充一切能够获得的神灵和女神知识，那些新的关注点很快就更加频繁地溢出到我们的交谈中，占据他一大部分思维，假如他是一个注意力持续时间有限的普通人，新的兴趣无疑会给其他的一切蒙上阴影，不给数学和科技留下一点思考的空间。

一个特别温暖的夜晚，他在乔治敦的家里对我说，"神灵有其生物学上的必要性"，最后那个夏天，他仍然能拄着拐杖四处行动，"正如语言或与其他手指相对的拇指对我们人类的必要性"。根据扬奇的说法，信仰给世界上的原始人提供了现代人彻底缺乏的力量、精气和意义之源，正是这种缺乏，这种严重的丧失，现在必须得由科学来解决。"我们没有指路的星辰，"他告诉我，"没有什么要找寻或向往的东西，所以我们退化，衰落回兽性，恰恰失去了能远超越原本预期所倚仗的东西。"扬奇认为，如果我们人类要活过二十世纪，那就需要填补神灵离去留下的空缺，只有技术能实现这种奇异且秘密的替换，只有我们不断扩充的技术知识把我们同祖先区分开，因为从道德、哲学和一般思想上看，我们比不过古希腊人（其实我们糟糕很多）、吠陀人或者仍然不愿放弃自然的小规模部族，后者是优雅的唯一体现和存在的真正标志。我们已经在其他所有意义上停滞不前。除了工艺，我们在所有的技艺上没有发展，在工艺上，我们的智慧已经变得如此深厚和危险，以至于邪恶统治地球的巨人都害怕得畏缩，古老的森林之主变得像精灵一样弱小，像仙子一样古拙。他们的世界一去不返，所以现如今科学与技术得把我们提升得更高，达到我们可以自我实现的程度。文明已经进展到我们人类的事务无法安全地继续托付给自己；我们需要别的更强大的存在。归根结底，为了获得那点微乎其微的可能，我们得找到某种方法超越自身，把目光投向我们逻辑、语言和思想的限制之外，找到办法解决我们必将遇到的问题,我们的版图才能遍布全球,并在不久的将来,一路扩张到更加遥远的群星。

他的那些大道理让人难以接受,我认识了很久的那个理性且极其务实的家伙哪儿去了?他的分析在我看来没有道理,我也说出了同样的想法:这都没有证据。数十亿人仍然坚定地信仰上帝,他们完全缺乏理性,怀有顽固的封建思维,这些没有显出一点点弱化的迹象。亚诺什不同意我的观点:"那些神灵如同行尸走肉,已经没有了荣光,无法为世界赋予意义,因为他们是我们仍然到处随身携带的残迹,破碎的遗体,就跟你在纽约街头看到的轻便马车一样虚弱无力。只因为它们仍然存在于此不代表它们有什么用处。我们把弹头安装到可以全球巡航的导弹前端,而不是绑在骡子的背上。"我知道,扬奇总是从数学和科学中获得别人从信仰和宗教中获得的目的感,所以我能理解那些感觉是如何在他如今凝视死亡深渊时,突然开始以一种奇怪的方式重叠和混合。但是我也认识到,他突然需要意义和超越的背后存在某种具体得多的原因:他陷入了巨大的痛苦。随着癌症的恶化,他服用的大量药物几乎无力缓解肉体的痛苦。每次去看望他,我都会看见他在大量饮酒,塞进比他以往饭量更多的食物,所以他已经变得臃肿肥胖。过度的痛苦可以在许多方面改变你,我在欧洲深爱的那些人,没能像我和扬奇一样逃离战争的恐怖,后来都变了样。已经了解过残忍的程度,见证了男女同类有什么能耐,他们看待世界时无法再忽略它的暗影,即使他们闭上眼睛努力避免,还是会感到在那片黑暗背后存在着更恶劣的东西,观察和等待着他们。遭受折磨或者忍受饥饿、贫困和耻辱的众多犹太人像幽灵一样,尽管被照料得恢复了健康,但还是颓废脆弱。不过约翰尼身上还有些别的:一种严重的恐惧,他不仅害怕死亡,而且害怕疾病本身,或许这就是他突然需要非理性力量的原因。尽管他对生物学和生命背后的逻辑机制有了越来越多的理解，但他还是跟自己的病痛呈现出一种非常病态和迷信的关系；他没有把癌看作是属于自己的一部分，而是完全当作另外一种存在，在他体内生长的邪恶生物体，殖民他的身体组织并扩张，不仅破坏他的肉体，而且腐化他内心最深处似乎已经觉醒、正以他器官中疾病扩散的残酷速度生长的灵魂。如此骇人的思想显然开始扭曲削弱他的思维，必定会滋养他对一种意识形式的渴望，即不受肉体束缚又没有生物的痛苦。知道这一切的我耐心听他讲述，他要么靠着客厅里的垫子，要么躺在卧室的床上，让我陪在身边，给我介绍他愿景中的自复制机器在完全受控的天气下兴旺发展，庞大的计算机终端生产出数字生命，巨型星际移民飞船诞生出自己的后代，所有这些生命不仅以他的名字命名，而且还携带他为它们设计的一种类似DNA的逻辑结构。听起来让人心碎，可令我惭愧的是，我无法离开他，无法不去看我一生挚友的吓人表现，他是我遇见过的最了不起的人，却在我眼前瓦解，沉溺于捕风捉影的发展假象，同样的内容他以前听别人提起时，曾经非常激烈地嘲讽过。我留在他身边不仅是因为我爱戴他，还因为他疯魔时一如既往地清晰、智慧、犀利、周到、缜密，他的想法尽管仍然稀奇古怪，但还是充满诱惑，振奋人心，可是对我而言，他想象的未来不仅荒诞不经、边界不科学，而且极度缺乏人性，这一点重要得多，对此我毫不犹豫，因为我觉得像往常一样坦诚是我的责任；我告诉他我们应该直接接受自身的脆弱，学会跟不确定性共存，承担我们许多错误的后果，而不是退回到过时和危险的思维模式中。他建议把先进的技术跟我们最陈腐的超越机制相结合，可能只会导致恐惧和混乱，致使世界发展到任何人都开始无法理解的境地，无论他们多么富有、聪明或是位高权重。扬奇自己几乎不用面对恐惧和混乱，所以从来不会接受任何限制，尽管他无法看见自己思想中的危险，可是我作为一个"普通人"，却有跟绝对杰出者相处的一手经验。我知道在他身边成长究竟是什么感觉，我见过的男男女女、科学家和思想家都有不可否认的成就，在他面前却犹豫退缩，被他的卓越惊呆或羞辱。我见证过有人被扬奇碾压，就因为他们作出误判或不幸向他展示自己的想法，只为无助地让他看看，而他在几分钟的时间里就超过了他们持续努力几个月甚至几年取得的进展。无论未来技术成功造出什么样的"神"，他都会让我们产生扬奇带给我的感觉。可是扬奇看不到那些，他无法理解自己对人类最美好的愿望也能给我们招来厄运。不过这也许是更私人的行为：随着他的身体衰弱，随着他的思绪被以前从未感受过的疼痛打断，他渴望某种更高级的存在来拯救他，渴望一个跟自己不相上下的智慧体，某种跟自己一样理解世界的生命，一个后来的继承者，他会保留和发展扬奇提出的众多计划和想法，直到地老天荒。因为必须要说明的是，他对神学的兴趣，以及对某种程度上封神的突然需求，几乎没有减缓他纯粹理性的努力取得的进展，比如他对人类思维机制和数字计算机运转方式之间相似之处的研究；在他的最后一年，他创造出丰富的知识，只有三十年代他初次从布达佩斯搬到柏林时完成的工作可以媲美。为了取得这样的成就，他大把吃下止痛药，工作到精疲力竭，几乎完全不睡觉，所以难怪克拉莉害怕他直接猝死在桌子上。似乎任何人都不能在这种疯狂的工作节奏中久活，克拉莉求我干预，我尽自己的努力安抚扬奇，让他休息，可我知道那是在白费力气，他不会退下来。我认识几个晚期病人，他们的身体和思维都有同样的反应，随着死亡迎面而来，他们爆发出最后的创造力和能量。可是扬奇不仅不愿意停下，他似乎还保留了最后一点力量来解决最难最深奥的课题，开始研究大脑及其与自动机和计算机的关系，寻求建立人类与机器的内语言——思维和计算——之间的数学桥梁。他痴迷的新课题显然推动他脱离了务实的范畴，但我认识到他仍然保留着自己的幽默感时也得到了慰藉，他甚至在一篇论文里有意取笑自己。"我们的想法主要聚焦在神经学课题，"他写道，"更明确的话，是聚焦于人类神经系统，因此，为了尝试理解自动机的功能和控制它们的一般原则，我们迅速选择了太阳底下几乎最复杂的对象：人类大脑。"克拉莉告诉我，他变成了自己挚爱的计算机，从不停止工作，而是得不停计算，否则就会陷入循环，缓缓停机、崩溃。必须要说的是，他从没有精神错乱；每当我跟他说话，他都一如既往地神志清晰，最后阶段完成的工作我得以在他去世后发表时读到，跟他的任何研究一样发人深省，充满了数学的简洁优美，严格来讲也是合理的。我只见过一个明显的外在标志，向我表明他或许已经跨越了某条界线，走入了一个理性成为束缚的领域，假如一个人要沿着那条路走得更远，就必须得抛开那种约束。那是在癌细胞穿过血脑屏障不久，我在他乔治敦的家里见证了极度令人不安的情形。

扬奇曾约我去华盛顿特区参加一场国会会议，所有支出全都有人报销。政府把我安排在一家非常高档的酒店，可是夜里非常炎热潮湿，我根本难以入睡。等我终于睡着，亚诺什又在夜深人静时打电话把我吵醒，含混地说些什么，恳请我去他家。因为吃了安眠药我仍然昏昏沉沉，等我拒绝时，他坚持说有重要的事情需要跟我讨论，然后还没等我来得及拒绝就挂断了电话。我立即回拨，打算告诉他我没法清晰思考，而且想要答应他，明天一早我起床就过去。然而虽然我让电话铃声响了很久，但是没有人应答，我开始担心他也许会出什么大事，便低声诅咒着穿上衣服，叫来一辆出租车奔他家去。我在车上睡着，醒来时我能看见灯光拖着长尾从车窗上流过。我的视野仍然因为服用了药物而模糊，我的意识因为半睡半醒时看到的情形而眩晕，很小的时候我就有这种毛病,在睡眠初始阶段,当你陷入那种奇怪的状态,站在梦醒之间意识的界限上,就会出现舞动的光幻视及其他微小的感觉失真。我跟扬奇不在一起工作已经多久了?他早就对理论物理学不感兴趣,我又不够精通计算或他另外感兴趣的众多领域,对他没有帮助,所以我好奇他为什么突然需要跟我交谈。虽然对于不能清晰思考就赶往他家感到愚蠢,但我还是明白,他在原子能委员会任职,所以他思考的无论是什么,都蛮有可能很紧急——甚至具有国家层面的重要意义——当时正处于冷战期间,你根本无法拒绝这样的召唤。等到我们停在他家的车道上,我的思维清晰了一些,但在敲响他家正门并发现没有上锁时,我仍然能在视野边缘看见随机出现的斑点和几何形状。我自行进入并呼唤了一声,可是没人回答。当我走进客厅,看见克拉莉醉倒在摆着酒瓶的桌上,瓶子都半空着,她穿着晚礼服睡着,修长的手指间夹着一支熄灭的香烟,烟灰已经在礼服的丝质纤维上烧了一个小洞。我用大衣盖住她的双腿时,听见她躲避和控诉,似乎被困在当下的噩梦带来的痛苦之中。我考虑从噩梦中把她叫醒,并估计她的体重,看我能否把她搬到床上。可就在那时,我听见扬奇从他的书房召唤我。我上楼时心脏在胸腔里剧烈跳动,因为无法理解的原因而感到极度紧张。是因为看见那个漂亮又心碎的女人,一场失败婚姻的受害者,醉倒在我眼前?还是因为我害怕看见自己的朋友也陷入了同样的境地?当我打开他书房的门,我发觉自己的担心不无道理,因为他的情形远远比克拉莉糟糕得多,严重到我得屏住呼吸才能踏进屋里。

他正坐在桌子后面,赤裸上身,笨拙费力地把经文护符匣的黑色皮带绑在胳膊上,与此同时他宽大的额头上摇摇欲坠地绑着另一个经文护符匣,皮肤因为出汗而闪闪发光,肚腩也突出在身前。我曾见过我父亲每天早晨祈祷时,佩戴这种长方体祈祷匣,里边盛放的是《摩西五经》羊皮卷；为了拼出上帝众多称呼之一"万能的神"（Shaddai），他教我用恰当的方式缠住整条手臂，形成希伯来字母中的ד和י。扬奇所说或者所做的一切都无法让我觉得比眼前的一切更令人震惊。这真是荒诞不经，是在嘲讽被信奉了数千年的圣物，亚诺什从来没有以任何形式参与过犹太教信仰，跟这些圣物根本没有真正的连结。我怒不可遏，确信他在玩聚会上自己喜欢的变装游戏，又是在开玩笑，只不过这是他曾想出来的最冒犯和最荒谬的一个。可是正当我转身要离开的时候，他用匈牙利语召唤我，恳求我，"耶诺，耶诺，请帮我弄下这个"。我仍然因为服用药物而迷糊，无法理解是什么影响到他，可是我感觉自己的整个身体强行行动起来，如同我受到别人的控制，而自己完全脱离了身体在观察，因为我走到他桌子后边，蹲在他身旁，用经文护符匣——拉比说它能够打败一千个从内心涌现的恶魔——缓缓缠绕他左侧小臂，从手肘一直缠到他短粗的手指，我不小心把皮带在手指上缠得太紧，结果看见他粉红色的皮肤在压迫下凸起。结束后，我站在那里，从头到脚都在颤抖。我问他从哪里得到的经文护符匣，以及他觉得自己究竟要干什么。可他的话音缓慢模糊，我听不清他的回答。当他想要站起来的时候，我才发现他醉得有多厉害。我用胳膊搂住他的腰，把他拖进卧室，感觉他的汗水浸湿了我衬衫的布料。我把他放下时他在啜泣，我能听见他低语着自己母亲的名字，还呼唤克拉莉和自己的女儿玛丽娜，说自己就差一点点，只需要再多一点时间，再多一点时间。等他终于睡去，我从他手臂和额头上解下经文护符匣，擦去他脸上的泪水，发觉自己头一次看见约翰尼酩酊大醉。甚至在最疯狂的聚会，他似乎总有办法保持神志清醒。我曾见他整日整夜饮酒，但是从没失去理智。然而他躺在我旁边睡着，头大得像个脑积水的幼童，看上去脆弱无力，不知何故，不仅儿时朋友的命运因为坠向死亡、衰退——上帝宽恕——甚至也许是疯狂，而令我感到难以抗拒的悲伤，而且些许的宽慰还令我为自己感到格外羞耻。没错，我觉得亚诺什毕竟也是人，不仅是一个天才，而且是一个喝醉的傻瓜，跟我们任何人一样。

我决定在他们的客卧里守夜，便下楼去床品柜里取床单，可是我在倒数第二级台阶上脚下一滑，因为它的边缘已经在前任房主居住时磨损，根据扬奇的说法，他们有一群孩子生活在这里。结果我向前摔倒，勉强才扶稳自己。扬奇就没有这么幸运：他的女儿玛丽娜在圣诞假期来看望他，新年前夜，他从病床上起来跟女儿告别，返回卧室时也在同一级楼梯上脚滑摔倒，再也无法行走。三个月后，当肿瘤扩散到他的大脑，他开始显现出精神损伤的最初征兆。美国政府把他关进了沃尔特·里德陆军医疗中心。

玛丽娜·冯·诺依曼

一加一等于几?

我记得埃尔维斯,在沃尔特·里德陆军医疗中心,我父亲套房的接待室里,他在一台黑白小电视机上跳舞。图像模糊,声音微弱得分辨不出歌声。不过我盯着他在电视上摇摆扭动臀部,那么年轻,那么漂亮。父亲的肿瘤已经扩散到全身,可他还有络绎不绝的访客,哪怕疼痛得几乎无法动弹,他还继续工作。我必须得等待,跟别人一样,轮到我才能见他。不过那天特殊,有"猫王"在电视荧屏上朝我眨眼,我比以往更加忧心地进入他的房间,不是因为他的健康,或者害怕屋里会出现的情况,而是因为我背叛了他。

我已经结婚,就在我从拉德克利夫学院毕业之后的那一周。父亲极其厌恶这个想法,直言不讳地威胁,想要劝阻我。他认为我还太年轻(的确如此,我才二十一岁),坚定地认为早婚会伤害我,并妨碍我的职业发展,其实没有。我们已经为这个问题争吵了几个月,但是我没有退缩。我有自己的方式,完全按照自己的想法生活。我跟未婚夫结婚,去缅因州最漂亮的小木屋度蜜月,然后才前往华盛顿特区,把这个"好消息"转达给我病危的父亲。要做一件这么差劲的事情,为什么我不撒个谎?为什么我不能干脆等到他去世?我猜是我自私,也很固执。或许是我想给他展示些什么,证明我跟他一样任性,甚至也许更任性。通过违背他的心愿来达到他的期待。因为我对自己有信心,知道在较长的一段时间里怎么做才会成为正教授，或者被尼克松总统钦点加入经济顾问委员会的第一位女性，或者通用汽车的首席经济学家和副总裁。没错，我早早结婚，但这既不会阻止我成为跨国公司的领导者，也不会阻止我在哈佛、普林斯顿甚至父亲挚爱的高等研究院的董事会任职。但他没等到这些消息就去世了，只知道我在他仍然极为痛苦的时候，背着他结婚。所以我低头看着勒在手指上的戒指（丈夫把尺寸买得太小），感到双膝在颤抖，不确定是否应该把它摘下来。那样的话，我还会避免听见克拉莉评价我可怜的小钻石。我在心里排练如何把这个消息披露给父亲，同时不停地摆弄戒指，一群将军、科学家、医生和特工都挤在外面的接待室里，看着他们的笔记，或者跟我一样，被埃尔维斯滴着汗水的脸迷住，演唱会接近尾声时他浓密的黑发垂到了眼前。我跟他们一起等待时，彻底擦伤了手指的皮肤。《我要坐下来哭泣》?《伤心旅馆》?《傻瓜、傻瓜、傻瓜》? 我父亲的一位助手站在我旁边，当他注意到我的戒指，便轻柔地拍了一下我的肩膀。是文森特·福特，友好但有点过分热情，也很英俊，他是一名上校，手下有一周七天、一天二十四小时听命于我父亲的八名空军。这八名大兵不仅是父亲意志的延伸，还要担当像群鹰一样紧盯着他的看守，因为他们得确保他在糊里糊涂的时候（他有时候会忘记自己在哪儿），不会把任何军事秘密脱口而出，不会把某个重要想法托付给错误的人，或者在大为光火时不会顺嘴暴露某个发现。父亲从不跟我抱怨疼痛，不过他态度上的改变、他的言论、他跟克拉莉的相处，甚至是他生命末期的整个情绪，都令人心碎。他所有病症中最令人不安的一个方面是，他突然变成了严格的天主教徒，跟一位本笃会修士共同度过了很多时光。后来他找来一位耶稣会会士，我不知道他们谈了什么。或许我父亲——最彻底的唯物主义者——只是渴望某种个人的永生，但我的确知道，直到最后他一直悲痛不已，十分惧怕死亡。我认为他刚获得的信仰完全是荒谬的，克拉莉呢，不知为何她把这件事当作一种个人的耻辱，根本不能容忍。

克拉莉，克拉莉，克拉莉，花样滑冰运动员克拉莉，巫婆，泼妇，唠叨狂。克拉莉，MANIAC 的奶妈。她为父亲在研究院的机器编程，父亲在穿越沙漠的漫长途中教她编写代码，她立即成了一位专家。我仍然记得她用那种奇怪的机器语言画出规模庞大的流程图，长条纸带上布满了神秘的符号，相互之间用箭头和圆圈连接，她把它们铺在餐桌上，有些掉在下方蓬松的地毯上。那些图中不仅有逻辑门和数学符号，而且有一种特殊形式的美，我觉得既难以抗拒又令人毛骨悚然，严重到什么程度呢，我小时候会趁母亲不注意时描绘出它们，把那些符号拿到各个地方，夹在我的教科书里，仿佛它们是好运符或者我可以在敌人身上使用的女巫咒语。逐渐地，我变得非常尊敬克拉莉，同时也因为自己对待她的方式和父亲给她造成的一切痛苦，感到深深的惭愧。不过我必须承认，我鄙视她多年。我（根据父亲奇怪的离婚协议规定，到了十六岁就跟他一起生活）搬到他们家时，觉得克拉莉是我见过的最让人难以忍受的女人。他们总是吵得不可开交。她神经质严重，精神不稳定，所以我父亲在人生中很长时间都对她起伏的情绪感到困惑。她容易抑郁，总是因为父亲无法跟她有效沟通而沮丧，从来没有克服自己格格不入的感觉，过着一种不完全属于自己的生活。我发现了她未完成的自传藏在我父亲地下室的论文中，就放在锅炉旁边，她承认自己觉得"像个微不足道的小斑点，被国际事件和全球头脑飓风般的力量扫荡时，像一只无足轻重的昆虫，只不过一直在到处鸣叫，去看哪里可能最有意思"。无论她取得什么，都无法跟她丈夫的成就媲美，也无法像自己迫切渴望的那样，成为他唯一感兴趣的对象。她不断沉重的心情和缩减的自我价值感逼得她去饮酒。她通常会在自己的卧室里睡得很晚，早晨起床气严重，所以我害怕吵醒她，一般都是自己准备早餐，赶在她和我父亲开始日常的争吵之前出门。因为只有那时，在他们可怕的争吵中，克拉莉才会感受到她渴望的爱意与安心，他们整个焦灼的关系，被痛苦地记录在分开时差不多每天都要互相发送到信件中。他们通信有很大一部分都涉及情欲，我甚至都不敢扫一眼，但是大多数还是对于争吵的冗长重述。"我们都有臭脾气，不过少吵一点儿吧。我真的爱你，而且，虽然我不讨喜的本性带来了各种限制，但我想让你幸福——尽可能幸福，尽可能长久地幸福，"我父亲在婚后不久的信中写道，"你害怕生活亏待你……甚至因为感受到接踵而至的风暴，连微风都害怕。我灼伤了你、欺负了你、伤害了你！求求你，求求你给我一点信心……或者至少是美好的安宁。"为某个自觉不当的行为道歉和乞求她的原谅是反复出现的主题，因为在她眼中，父亲似乎怎么做都不对。"我们在一起的时候为什么要争吵？我爱你，你对我有非常强烈的恨意吗？我们互相原谅吧！"他恳求道。他们激烈地争吵了数年，然而在我父亲最后一个月，他们的关系出现了重大的改变：尽管我父亲坠入绝望，令克拉莉无法理解，并开始以一种完全异常的方式在语言上虐待她，我还以为那是癌症侵袭他大脑的结果，但克拉莉开始精心专注地照护父亲。她在父亲去世六年后自杀，在午夜走进海里。警察找到了她的汽车，我父亲给她购买的一辆巨型黑色凯迪拉克，停在温丹希海滩上。她的尸体不久之后在1963年11月10日黎明被冲上岸。根据验尸报告，她穿着长袖黑色礼服，皮毛袖口，背后拉链，高领口，身上坠着大约十五磅湿沙，他们还在她的肺里发现了沙子。接受问询时，她的精神科医生表明自己已经可以在她的家族建立起一条具有"死亡本能"的血脉，我觉得这根本没有道理，直到我获悉两个故意对我隐瞒的秘密：她的父亲查尔斯·达恩到美国后不久便跳到火车下自杀；她经历过一次流产，她把这归罪于我父亲没有在旁边帮她抬起沉重的车库大门。

我父亲去世前失去了讲话的意愿和能力，医生给不出任何他回归沉默的病理原因。我猜就他而言，那是一个故意的决定。精神力量衰退的可怕经历令他难以承受，确诊癌症时他才五十三岁，正值生命的鼎盛时期，他把自己的理性和杰出能力几乎一直保持到去世。可他只是无法接受自己身体的变化，对于死亡的恐惧排挤掉其他所有的思考。不论他怎样努力，都无法想象出一个他在其中思考的世界。所以有些人终于接受自己命运时展现出来的气度，在他身上是缺乏的。与之相反，他表现得像个孩子，似乎死亡只会找上别人，他从来没有真正考虑过死亡，因此也就完全没有准备。在思考和看法无法逾越或向外展望的限制面前，他的意识感到恐惧，他猛烈抗击。他承受的思维损伤大于我在任何情况下见过的任何一个人类。当我们都已经知道他患上了绝症，疾病会迅速恶化时，我直截了当地问过，他以前怎么做到绝对平静地思考首次核打击苏联要杀死几亿人，却在面对自己的大限时没一点镇静或从容的感觉。"这完全不一样。"他回答。

因为我要结婚，我们有过恶毒的争吵，我去告诉他那天，对他的反应害怕得要命，所以我给他准备了一套玩具火车作为礼物，一辆巨大的红色火车头，复刻了他以前返回匈牙利经常乘坐的壮观交通工具，我买来是为了给他补充不断增加的收藏。出于只有父亲能理解的原因，他曾让我们带给他这类摆设、装置和机械玩具，我看见那一小批物品已被清理掉时，几乎无法放轻松，更震惊的是，我给他看戒指时，他只是笑笑，拉住我的双手，把我轻轻拉近，这样就能吻到我的额头。克拉莉已经充分让我了解到他疾病的发展和身体的恶化，所以我以为自己对此做好了准备。不过当我的紧张平息下来，当我不再充分思考自我，而是好好看了看他，我差点一下哭起来。他是那么憔悴虚弱，而且干瘪，跟身材相比总是显得过大的脑袋，当时看上去仿佛属于另一个人。我抚摸他所剩无几的头发，并把他的手背贴在我的脸颊，此时他眼含泪水，目光颤抖。我能看出他非常害怕，不仅仅是惧怕死亡。我父亲临死时第二害怕的是，工作成果没有延续，自己被人遗忘。考虑到他科学遗产的广度，我觉得他的想法是完全荒谬的，是他自己无意义的不安感在作祟。可我还是想安抚他，我一收到他对我不必要的婚礼的无声祝福，便问他是否完成从住院就一直在撰写的著作——《计算机与人脑：论思维机制》——他为耶鲁大学著名的希利曼讲座准备的讲稿。他已经给了我一份初稿，在文中总结大脑的运转方式跟计算机的有根本的不同。根据我父亲的看法，所有计算机都遵循一种他为MANIAC创造的类似结构，这种结构强迫它们一次一步地顺序操作。然而人脑大相径庭，大规模并行运转，同时执行巨量操作。不过这不是最令他困惑的方面，他在寻找人脑的内在逻辑，它用来执行的"语言"。他想弄清人脑是否类似数学逻辑这种他自己更喜欢的思维模式。"当我们谈到数学时，"他写道，"我们也许是在讨论构建在中枢神经系统使用的初始语言之上的次级语言。"他最想发现的是那种大脑的首选语言，他相信这将改变人类的整个前景。解码这种语言会使得我们开始理解大脑的内部运作原理，允许我们自由使用思维的独特能力：创建似乎只有人类独有的宏大全面的世界观。他着迷于计算机和人脑信息处理方式的明显差异，但也看出一定的相似性，它们表明也许有一天，我们可以开始跟机器融合，要么允许计算机拥有意识，要么使人类生存免于衰弱和疾病的影响。这些想象他都没有写入文中，不过我明白这样的想法侵蚀着他，他梦想找到某种方法保存自己非凡的意识。我告诉他自己对他的草稿入迷，希望他只为我破例，打破自己阴郁的沉默。当他张开干裂的嘴唇讲话，我感到骄傲和一阵强烈的情感，然后在一阵失望的苦涩中听出，他没有谈论工作，而是提出一个最奇特和最骇人的要求，特别是这个要求来自本世纪公认即使不是最伟大的数学家，那也是伟大的数学家之一：他让我随机选择两个数字，然后让他求和。我以为他在开玩笑，突然找回了以前的幽默感，我笑了笑，这才明白他非常严肃。就在大约一个月之前，我上次来看望时，他的思维一如既往地敏捷，可是这次，他的天才能力已经衰退到就连基本的算术都已经无法处理。他超高的智力已经消失，他定义自我所依靠的能力已经所剩无几，对这种现实的领悟缓缓摧毁了他，盲目的恐慌扭曲了他的五官，这种表情最令我心碎，看着都让人倍受折磨，我只能哽咽着说出几个数字——二加九等于几，十加五等于几，一加一等于几——然后流着泪逃离了病房。

文森特·福特

我们听见机器启动

最后教授经历了彻底的精神崩溃，我们会听见他爆发出阵阵哭喊，痛苦哀号，可他不让医生减轻他的痛苦，或许这不是他能决定的。五角大楼的家伙们穷尽自己的权力保住那个人的生命。海军少将施特劳斯满世界请来医生为他看病，然而没有用，他们只看出癌变可能发源于他的胰腺，然后在他的左侧锁骨处形成一个巨大的肿瘤，并从那里扩散到全身。他承受了极大的痛苦，不过即使产生了幻觉，他还是经常打起精神，想出新点子。比如有一次他告诉我，他设想出一种机制，根据他的说法就是"使我不介入身体就可以纯粹利用意识书写"。不过他没机会去实践，同样的还有他为海军水手们设计的真正的武器制导系统。他会突然变得头脑异常清晰，但是接着又疯起来，开始用匈牙利语尖叫着喊妈妈。我跟他相识多年，在来沃尔特·里德陆军医疗中心之前，他担任"茶壶委员会"——空军战略导弹评估委员会——的主席时，我就被任命为他的随员，他在那里推动了美国第一代洲际弹道导弹"擎天神"的建造，颇受众人欢迎。那是我们对于苏联R-7弹道导弹的回应，他们的同款推进火箭把苏联第一颗人造卫星送入了轨道，把我们也吓得要死，教授很早之前就预见到了。教授不是军人，可军方离了他根本不行。所有的空军都想得到他，陆军也是。所以他们给他输了大量混合药物进行治疗，他似乎好了一点儿。就在去世之前他醒过来，又开始说话，想要工作，所以有很多人进出他的病房，准备孤注一掷地实施某种实验性手术，教授本人显然也有介入。他们推进来大量仪器设备，我都不曾在医院里看过，同时我们需要清空整个楼层。最大的设备让走廊都几乎难以容下，我们都不得不在它旁边挤过，它看起来就像一台巨大的汽车引擎，像一台V-40，而且难闻极了，像烧焦的头发，还有一大团电缆和许许多多连接线，都延伸到教授的病房，导致他的房门没法正常关闭。他们不许我进去，这很奇怪，因为我的部分专职就是日夜看护他，不过这被驳回了。冯·诺依曼女士不接受他们的做法，所以她不得不被拖出去。她要求我们别折腾他，让他休息，可是高层另有指示。对他们而言，教授是金蛋和鹅，而且他回天无力，反正已经无路可退。整个手术准备了一个多星期，然后做得很快。从外面的走廊里，我们听见机器启动，它发出低沉的嗡嗡声，玻璃窗都颤动起来，好像地震了一样。然后我们听见他痛苦的尖叫，那种声音我以前从没听见过。我见过士兵们在战斗中受伤，流血牺牲，我听说军舰的病房里伤员抓住自己的肠子胡言乱语，飞行员困在着火的飞机里，从头到脚烧得没了人形。可是这回不一样，那是教授的声音，可听起来不像是人类在尖叫。那个晚上没有人睡觉，他们尝试各种办法都不管用。早晨他们推出了他的尸体，从我身边经过时，他的手从轮床上落下，我看见他的皮肤变成了黑色，上面遍布着硬币大小的白点，似乎他们用电极覆盖他的身体，把他烧得酥脆。我常常好奇他们是否让他安息，或者是否在他去世后还在摆弄尸体。这没有听起来那样疯狂，毕竟在爱因斯坦身上就发生过。他去世后，一位病理学家没有经过其家人同意就摘除了他的大脑，偷偷保存下来。大脑缺失几十年，等有人终于追踪到下落，他们发现大脑已经从中间被切开，正漂在两个盖着金属盖的大玻璃瓶里。一队科学家拿走了灰白色人体组织，把它们切成薄片，放在显微镜下观察。他们想看是否能发现特别之处，或者也许是异常之处，解释他独特天赋的病理结构或病变。可是他们什么都没有发现。跟普通人相比，他的神经胶质含量超乎寻常，但那些根本不是神经细胞，不会产生电脉冲。就我所知他的大脑跟任何人一样。直到今天我都想知道，如果看看冯·诺依曼的头颅内部，我们会有什么发现。

1957年2月12日，冯·诺依曼去世四天后，在普林斯顿公墓下葬。他被安放在封闭棺材中，埋在他母亲玛吉特·卡恩和岳父查尔斯·达恩旁边，他的朋友在他墓前铺满黄水仙，路易斯·施特劳斯少将致悼词，安塞尔姆·斯特里特玛特神父主持了葬礼。

尤金·魏格纳

> 进步，无药可救。

扬奇没有完成他的宏图伟业就离开了。

在他的思维能力开始消退之前，他尝试打造一个包罗万象的自复制蓝图，统一生物学、技术和计算机理论，适用于任何种类的生命，不管是有形的还是存在于数字领域，不管是在这颗行星还是别处。他称之为自复制自动机理论，一直钻研到手不能握笔。即使没有完成，这一理论也是个奇迹。他制定了自复制背后的逻辑规则，跟他其他的成果一样简洁明了，比我们了解到地球生命通过 DNA 和 RNA 贯彻同一模型的生物版本早了许多年。可是扬奇没有考虑到生命，他梦想的是一种绝对新颖的存在形式。

他的理论考虑了非生物体——无论是机械的还是数字的——开始复制并经历进化的必要条件。他投入巨量不断减少的精力来想象，用什么方式触发第二次创世。住院治疗期间他身上连接了数不清的管子，他不能走路、喝酒或驾驶，所以他从沃尔特·里德陆军医疗中心的病房派出所有助手，买光了每一件他们能找到的万能工匠玩具。这种情况延续了数月，最后他的房间里的铁皮机器人、发条汽车、走路鸡和积木套装几乎摆满了一切可用的台面，甚至在地板上散落得到处都是，看起来像一个富家小孩刚过完圣诞节，结果参谋长和五角大楼的家伙们来探望他时，得蹚过一片货真价实的轱辘鸭子、推土机、电车和巴士，侧步迈过火箭、飞机和潜艇才能围拢到他的病床前，一不小心就弄出一阵吵闹的铃声、哨声和钟声，逗得扬奇高兴。虽然我知道它们的噪声会把克拉莉逼疯，但是这样的小玩意儿我给了他好几个（一辆小坦克、一辆闪亮的镀铬凯迪拉克和一台微型镀银打字机，后者看似他的一台电脑）。朱利安·毕格罗作为工程师是扬奇制造 MANIAC 的左膀右臂，我认为他来——用纸和笔——在二维网格上向扬奇说明如何建造自动机时，所有人都松了一大口气，克拉莉终于能清理所有那些破玩具，因为扬奇不断地以奇怪的方式把它们拆开又组装起来。我猜她把玩具给了卡尔·奥斯卡·摩根斯特恩五岁的儿子。

"机器怎么才能开始拥有自己的生命？我可以像图灵解释自己提出的机制那样，严格阐述这个问题。"扬奇在离去世只有几个月的时候写信给我。他声称已经制定了计划，用它似乎可证明"存在一种自动机——我们可以称之为阿尔法零——具有如下性质：如果你给阿尔法零提供一份任何内容的说明，它领悟并生成同样的两份说明"。利用同样的逻辑方法和自指递归论证，扬奇成功设计出一种理论上的机器，它的输出不仅仅是由 0 和 1 组成的字符串，这是真正的实物体，用同样的方法图灵提出最终诞生计算机的思想实验，哥德尔证明了自己的不完备定理。他还相信存在一个门槛，一个临界点，如果越过去就会在他的机器中开启进化过程，从而使自动机的复杂性成指数级增长，近似于生物组织在自然选择中成长和突变，诞生出我们周围的复杂之美。这种进步会允许后代成员不仅生成跟自己一模一样的拷贝，还有复杂度不断增加的后代。"自动机水平较低时，复杂度可能会退化，"他写道，"那样每一台自动机只会生成没那么复杂的复制品，不过超过了一定程度，发展将是爆炸性的，具有难以想象的结果，换句话说，每台自动机将会诞生出潜力越来越高的自动机。"出于某种我仍无法理解的原因，扬奇坚定地想要这种机器以实体形态出现在现实世界，但他也主张这种自动机不必是金属合金和塑料筋腱打造的生物，而是可以在虚拟的世界里存在和发展，那里很像巴里切利为了在 MANIAC 内存中培养生物打造的世界。"如果我的自动机得以在不断扩张的数字宇宙母体中自由进化，"扬奇写道，"它们可以呈现出无法想象的形态，以比我们血肉之躯快到不可思议的速度重新走过进化的各个阶段。通过杂交和类似传粉的繁殖方式，它们最终会在数量上超越我们，或许有一天，可以在智慧上跟我们匹敌。起初它们不动声色地缓慢发展，不过随后会蔓延开来，闯入我们的生活，争取它们在世界上的合法地位，开创属于自己的未来之路，同时在它们数字灵魂的某个深邃角落，承载着一丝我的精神，那一小部分属于我，属于为它们奠定了逻辑基础的那个人。"1957 年——扬奇去世那年——全世界的计算机内存不超过几千字节，还没有现代设备显示一个像素的显存大。在资源如此有限的情况下，他不见得在思考计算机的潜在发展，甚至是实现哪些可能，计算机科学刚刚形成，尚未发展，所以他可以自由狂想，像个淘气的孩子一样运用自己的想象，不用拘泥于现实或被迫考虑结果。所以在我们的整个友情中，我头一次保持沉默，任凭他无拘无束地保有自己狂放的幻想。因为我真觉得它们只是一个将死之人因为痛苦而产生的荒唐想法。与此同时我也感到内疚，因为我没有把他拉回现实，也没有批评他的做法，可是从那以后发生了翻天覆地的变化……数字领域的扩张速度已经变得难以预测。不仅仅是可能的前景，就连现实都已经飞速超越了我们最热烈的梦想。扬奇的幻想似乎不再是绝对没有道理，所以他最后写下的内容里，有些至今仍然困扰着我。

他总是对未来感到悲观，对于全体人类感到悲观，可是随着疾病影响到他，似乎有一只黑色的手开始给他所有的思想蒙上了一层阴影，把他的看法和判断置于最晦暗的光线中。濒临死亡，他自身的命运成了无法否认的事实，也迫使他出离绝望，丧失逻辑。到最后，他展望非常阴暗的未来，设想令人毛骨悚然的情况，以至于陷入沉默，拒绝跟任何人分享自己的想法。在他给我的最后一封信中，他谈及一个关键性的阶段转换，正朝着我们扑面而来："当下骇人听闻的核战可能，也许会让位于其他更加恐怖的事物，不管在现实层面还是隐喻层面，我们就要用尽所有空间，最后开始以一种危急的方式，感受地球真实有限的大小带来的影响。这就是正在酝酿的技术危机。从现在到下世纪初的这段时间里，全球危机很可能发展得远远超出所有早期模式。至于何时及如何结束——或者说发展到什么程度它才会停步——没人能说清楚。人类的兴趣有一天也许会改变，当下对于科学的好奇也许会停止，完全不同的东西也许会占据人类的思想，考虑到这些也许是个小小的慰藉。毕竟技术也是人类的一种分泌物，不应该看作外物，它是我们的一部分，正如蛛网是蜘蛛的一部分。然而不断加速的技术进步看似接近某种必然的奇点，在人类历史中一旦越过这个临界点，我们已知的人类事务便无法延续。进步会变得快速和复杂得难以理解。技术的力量本身是一种矛盾的成就，科学历来是中性的，只提供适用于任何目标的控制方法，对其他一切都漠不关心。一项具体发明创造的极其反常的破坏性并非产生危险的原因，危险是固有的。进步，无药可救。"

临近 1958 年 7 月 15 日的午夜，朱利安·毕格罗来到高等研究院，走下通往 MANIAC 的楼梯，紧靠着墙，伸手够向计算机的后方，然后切断它的主控开关。他拉动一大捆接入大楼主电网的黑色电缆，仿佛那是一根巨大的脐带，最后成功拔出；一瞬间，计算机的电热丝降温，阴极微光造成的幻视渐渐退去，真空管——此前一直在静电荷的易逝痕迹中保存着 MANIAC 的内存数据——陷入静默，这些电路再也不会被激活。

有一天我看见一个鬼魂——一台机器的骨架，它不久前还活得好好的，引发过激烈的争论，如今默默无闻地躺在不体面的坟墓里。旧的那台计算机，最初那台，第一台，亦称约翰尼分析计算机，也就是MANIAC，更加正式的叫法是高等研究院数值计算机，如今已被锁起来，不是深埋而是藏在它曾经封王的秘密房间，也许在等待睡醒后回来骚扰我们的那一天。它的生命源泉——电力——已经被切断，它的呼吸系统——空调——已经被拆除。它还保留着安放辅助设备的中厅，只能通过作为前厅的宽敞走廊进入——此时成了一个死寂的储藏间，放着一些空盒子和旧桌子，以及总会被送到这里然后跟其余物品一起被遗忘的设备。世间荣耀就此消逝。

《高草丛中的蚱蜢》
克拉拉·达恩·冯·诺依曼未出版的自传，时间不明还没有变得反应迟钝,甚至没有拒绝跟家人和朋友说话之前,冯·诺依曼被问到,一台计算机或其他某个机器单元要怎样才能开始思考,并表现得像一个人类。

过了很长时间,他才用不超过耳语的声音回答。

他说，它得成长，而不是被制造出来。

他说，它得理解语言，得读、得写、得说。

他说,它得玩耍,像个孩子一样。

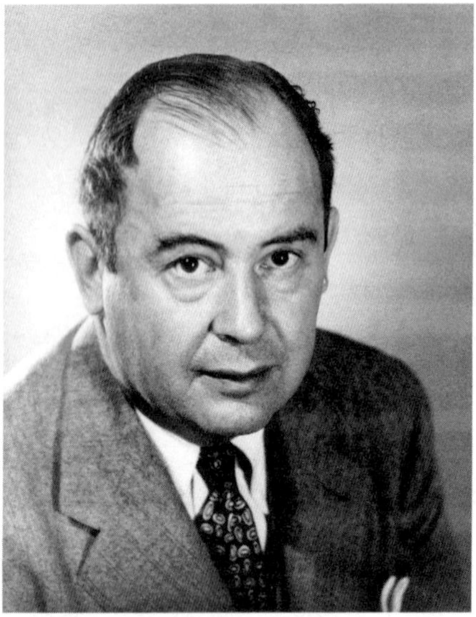

李世石

人工智能错觉

我们世俗的存在因为其自身的意义难以捉摸，所以只能充当一种方法去实现其他存在的目标。毕竟世间一切皆有意义的想法，精确模拟了万物皆有因这一准则，而这正是所有科学的基础。

库尔特·哥德尔给母亲的信

我们有谁不愿意揭开遮蔽未来的面纱，瞥见我们科学的下一步进展，以及科学在未来世纪的发展中隐藏的秘密？

大卫·希尔伯特

邦吉修士和培根修士绞尽脑汁，潜心钻研，设计出一个铜头，其内部结构跟真人的头部一样，但是跟他们之前的完美作品相比，这还差得远呢……最后他们决定呼唤一个精灵，通过他来获悉凭自己的研究无法取得的成果。

《培根修士和邦吉修士的光荣历史》，罗伯特·格林著

序　曲

传说帝尧为了教诲儿子丹朱,发明了围棋。

尧,女神尧母之子,中国古代传说中的五位圣帝之一,跟自己最爱的妃子散宜氏生下儿子丹朱。丹朱最为崇尚残忍,还是个孩子的时候,当阳光照进光明堂东方青帝那一侧,他就在东殿扯断鸟的翅膀,用尖利的棍子抠出它们的眼睛,看着它们在地上无助地扑腾,他用细线将铃铛精心缠绕在鸟的利爪上,这样它们扑动时,就像随着乐声起舞。他通常抗拒国家秩序,以违反父亲颁布的律法为乐,而这些律法正是为了保障广阔疆土上四方和平。春天他去狩猎怀孕的母马,夏天他捕捉并弄瘸幼鹿,致使它们长大后跛足残疾,轻而易举被狼捕获——小王子唯一心存喜爱的动物就是狼,因为它们跟他一样残忍无情。秋天是他最喜欢的季节。开始收获时,他用腐烂的树叶遮住自己的身体,往光明殿万象图一侧的白墙上溅泥巴,等待死刑犯被处决:道德败坏、身体孱弱或精神错乱的人跟犯罪分子一起被逮捕。看着他们被审讯、折磨、惩罚,然后被杀死,丹朱高兴得浑身颤抖,在最黑暗的冬季,太阳将落,他的快乐会变成极度狂热;然后他会掳走年幼的男孩和女孩,用食物和金子的承诺引诱他们来到北宫的暗堂一侧,然后强奸并扼死他们,把残破的尸体留在寒冷的户外,任凭大雪覆盖,狼群啃噬。

他是个残忍的恶棍,不可能去学习琴棋书画,但是拥有一种超自然的能力,可以赢得任何比赛,无论是比拼运气、智力还是体力，因为他像狐狸一样诡诈狡猾，闭着眼睛就能剥猫皮。帝尧的母亲告诉他，这个孩子不是真正的人类，而是天庭坠落的星星，预示着死亡，传达玉帝本人的旨意，把苦难带给人类，免得我们自以为压倒了神灵。男孩被愤怒全情驱使，渴望毁灭之后的和平。他就是毁灭者，死亡的散播者，注定只以自己为重，一步又一步地沉迷于自己。尧母还向帝尧揭露了这个孩子额头上洗都洗不掉的奇怪文字：天庭赐予人类一百粒谷，人类没有做一件好事报答天庭。**杀，杀，杀，杀，杀，杀！**

帝尧是追求道德完美的圣者，根据《竹书纪年》记载，他像简朴的农民一样生活。在位期间，他的伟大传遍四方，闪耀在所有人心中。在他的一生之中，日月如同珠宝，交相辉映，五大行星仿佛一串珍珠，挂在天空。凤凰在宫廷中筑巢，清澈的泉水从山上流下，珍珠草长满了乡间，稻米丰裕而充足；都城平阳出现了罕见而神奇的太平繁荣之兆，两只独角兽在紫藤花下顶角，可是丹朱出生当天，它们就逃跑，至今未归，因为那个男孩自从小手可以弯弓，就开始组织持续数周的狩猎行动，他不把每种生物都猎杀一遍誓不罢休，龙和独角兽也不例外。

在母亲的帮助下，帝尧向四大天王、九个太阳、西天菩萨和开天辟地第一人盘古祈祷，祈求他们允许自己把整个宇宙用纵横各十九条线划分，形成一块拥有三百六十一个交叉点的棋盘，并在上边跟他的恶子对弈。他招来丹朱，并向他解释这种最重要的比赛的规则：所有选手必须得把黑色或白色石子放在网格线的交叉点上，目的是尽可能占据更多的空间并围住对手的石子，占领最大范围的一方获胜。他把棋盘交给这个男孩并告诉他，如果他觉得准备好，他们可以一决高下，让所有神灵、妖魔、天上和凡间的生物作证。帝尧使用贝壳做成的白子，孩子使用石头做成的黑子。

胜者一统天下。

硬石头

李世石，人送绰号硬石头，九段围棋大师，同代最具创造力的棋手，唯一在五番棋锦标赛中击败过高级人工智能的人类，曾在十三岁时失声。

1996年，从朝鲜半岛遥远东边的弹丸之地飞禽岛搬到汉城五年之后，李世石刚刚做了半年职业围棋选手，一种奇怪的疾病侵袭他的肺部，感染了支气管，损伤了声带，导致他不仅像预后一样失声，而且奇怪地无法阅读和理解某些词汇。暂时性失语症的根本原因从没有被确定，可是他以后要永远承受那次患病的后果，因为疾病（如果那的确是一种疾病，而不仅仅是内心深度焦虑的外在表征）永久地麻痹了他的支气管神经，导致他至今说话仍然发出类似玩具一样奇怪尖锐的喘鸣音，仿佛他体内某处仍然保留着一个没长大的惊恐小男孩，尖叫着要出来。"我父母住在飞禽岛，我和哥哥在首尔寄宿，不过他在服役，所以没人照顾我，生病时我甚至没有机会进行像样的检查。"他在一次采访中回忆。当时他已经被看作活的传奇，这种采访他极少同意接受，因为不正常的声音令他特别羞愧和受伤，以至于在职业生涯的大部分时间不愿意公开讲话，甚至自己获胜后拒绝参加颁奖典礼。虽然后来他成为现代最伟大的围棋大师之一，但早在九十年代中期，他还是一个承受着巨大压力的十三岁天才儿童：他在权甲龙创立的围棋学院每天训练十二个小时，每周七天不停。权甲龙是著名围棋教练，培养出许多韩国最优秀的棋手。1991年，权甲龙看到李世石赢得了海太制果举办的第十二届全国少儿围棋大赛冠军,便意识到那个男孩的天赋。李世石当年只有八岁,是那项赛事最年轻的冠军,而且已经在比赛中展现出自己标志性的风格:激情、狂暴、无法预测。权甲龙大师已经在自己的职业生涯中指导过数千名志存高远的年轻棋手,他感觉这个男孩儿有些与众不同。李世石长了一双大耳和猫一样的眼睛,贴着上唇长有一层毛茸茸的胡须,他可以击败年龄是他四倍多的国际职业选手,最终权甲龙邀请他住进了自己的家。"我记得他的圆脸和深棕色眼睛。因为他来自一个小岛,所以很害羞,努力摆脱别人的注意。但他跟其他所有的孩子都不同,眼中闪着异样的光。"权甲龙回忆道。

李世石跟父亲学会了围棋,父亲是一名投入的业余选手,甚至还没等五个孩子学会读书写字,就教他们下围棋,李世石是其中最小的一个,但很快超过哥哥姐姐,五岁以后,包括父亲在内,他们就再也赢不了他。在权甲龙大师的指导下,李世石不停训练,可他无法交朋友,他的同学虽然惊叹他在木质棋盘上摆放黑白棋子的技艺,但还是会嘲笑和打趣他极度天真,总是戏弄他,给他起了"飞禽岛男孩"的外号,因为他来自偏远农村,到汉城时只带了一包衣服和一个填充玩具背包,他不带一丝反讽地问同学们哪种树会长出披萨。虽然住在师傅家里的李世石只有小学生的年龄,但是他几乎可以跟上别人的例行训练日程:黎明起床钻研道场手册中的六千个习题,这是连续传承了两千五百年的传统;午饭前下几局快棋,然后静坐并牢记古代大师的完整棋局,其中李世石最喜欢的是 1835 年的"吐血之局",在日本卫冕冠军、人称后圣的本因坊丈和年轻的竞争者赤星因彻之间展开,因彻在三日赛中挑战丈和,年轻人在最终局统治了前一百手之后,据说老前辈以此前从未展现过的棋风,接连下出三手,陌生怪异得令有些观众后来发誓说,看见鬼魂一样的存在像第二道影子,立于大师的身后，正是这个魂灵而不是前辈大师本人下了黑棋，致使年轻人最后双膝跪地，咳血吐在了棋盘上。那三手棋助丈和突然打响压倒性反击，让年轻的挑战者不仅输掉了比赛，还在一周后因为自己的血液造成窒息而丢掉了性命。李世石主要的优点，是他几乎不假思索就能兵行险着，让他在所有选手中脱颖而出，在外行看来似乎完全是混乱、轻率、误判甚至愚蠢的，可是随着棋局的进展，那些险着缓缓展现出它们独特的逻辑，他尽量多投入时间练习"阅读"空棋盘的能力，窥视未来，以便看透简单棋局中变化出的所有潜在分支，才培养出这种技术。

"我希望我的围棋不拘一格，开拓创新，独辟蹊径。"李世石解释说，此时他的国际声誉和韩国国家英雄形象已经让他有足够的信心开始公开讲话。即使他的许多老同学，以及跟他在围棋巡回赛中竞争成长的职业选手，都一致认为，直到十五岁时父亲去世，李世石才成为一名极具侵略性的选手，开始展现出他后来标志性的特别天资，并获得"硬石头"的绰号，但当时他的天赋已经被广泛认可。"他的棋风在父亲去世后改变，"李世石的朋友、围棋选手和电视主播金智英说，"变得更加顽强、强硬、愤怒、冲动，更加难以预测。跟他对弈仿佛是在跟一头野兽较量，或者像是跟一个不懂规则的人下棋，可他能让你完全崩溃蒙羞。我从没对弈过任何类似李世石的选手，我成长过程中没有，跟他下过之后也没有。"尽管李世石一直害羞和内向，但他从来都不谦虚。他是最年轻的围棋九段——这项比赛的最高段位。他闪耀的精湛技艺，赛前奚落和嘲笑对手的习惯，以及旨在动摇对手信心的恶意话语（"我甚至不知道棋手的名字，怎么会了解他的风格？"）、反复的自夸（"我对这场比赛没信心，确切地说是没有信心失败。"）和不受控制的逞强，为他赢得了跟诋毁者同样多的粉丝。"我是最优秀的，不会在任何人面前黯然失色，"被问及谁是世界上最伟大的选手时，他说，"说到围棋技巧，我不比任何人差。我想一直作为活的传奇，让人们一想到围棋就第一个联想到我，让我的棋局长久流传，被当作艺术品来研究和思考。"他的下法可以用冒险来定义：虽然最顶级的职业选手不惜一切代价避免冒险，并躲开复杂和混乱的交锋，可是李世石从开局就有那样的追求，在似乎只有他能占到优势的精深局面中充分发挥，不假思索就投入战斗，逼迫对手孤注一掷，这本应令他自己陷入绝对的困境，可他极其轻松自如，利落地从中摆脱，以至于他的对手常常会恼羞成怒地认输。尽管他勤勤恳恳训练，但是最依靠的还是他的创造性天赋："我不假思考，只是下棋，围棋不是比赛或竞技，而是一种艺术形式。在象棋或将棋比赛中，一开始所有的棋子就摆在棋盘上，然而在围棋中，你以一张空空如也的棋盘开局，一开始什么都没有，然后加入黑白棋子，这样在两名棋手之间创造出一件艺术品。也就是说一切，围棋无限的复杂性，都是从零开始。"难以揣测的性格令他成为全世界最令人惧怕的选手，可是这种性格也常常会辜负他，因为他会在一场比赛中动怒，或者在收官阶段失去耐心，严重到他甚至放弃过一场刚刚开始的重要比赛，那还不是因为他觉得自己会输（裁判和对手都认为李世石占先），而是因为棋局的进展按部就班，令他无聊。尽管如此程度地不尊敬对手在他身上不常见，但他还是出了名地不符合对于顶级选手的惯常期待。他也不完全符合博学的东方智者形象，他唯一一次在黄金时间全国电视节目上露面时，向一群不敢相信的仰慕者和更加目瞪口呆的主持人承认，他是《孤独又灿烂的神：鬼怪》和《触及真心》这类肥皂剧的忠实粉丝，他会以二倍速一气儿看完。他们问他在休息时喜欢干什么，他说自己整天听女子演唱组合"Oh My Girl"的歌，会一遍遍哼唱她们的歌曲《花火》和《秘密花园》，在他二十四岁时跟他结合的妻子金贤珍对此极度愤怒，他挚爱的年幼女儿李慧琳也感到十分尴尬,可他把此事跟围棋比赛一样珍视。李世石在2003年对洪奭植下出强扭活羊头妙手,几个世纪的公认常识明确指出这种跨越棋盘征子的定式是新手会犯的错误,注定给使用者招致失败,可李世石打破了这个常规,他的数百万仰慕者几乎难以相信,他的此类妙手,都是在欣赏六个青春女孩在舞台上边跳边唱摇滚舞曲时构思和设计出来的。然而对于李世石而言,那没什么大不了——围棋在他看来就像呼吸,是一个他无法停止的过程:"我总是思考围棋,我的脑海里有一块棋盘,每当想到新的策略,我就在脑海里的棋盘上落子,哪怕是在我喝酒、观剧或者打台球的时候。"当被问及是否遗憾把头脑清醒的每一刻都投入竞赛而导致错失人生,抑或是否因为没有接受过值得一提的教育,甚至没有念完小学,所以感觉没有准备好面对职业生涯末期迎来的挑战,他回答,围棋首先是一种理解世界的途径,因为它的无限复杂反映了思维的内部机制,而它的策略、谜团和看似深奥的复杂性,使它成为匹敌我们宇宙之美好、混沌和秩序的唯一人类造物:"如果有人能够以某种方式完全理解围棋,我指的不仅是棋子的下法以及它们相互之间的联系,还包括不断变化的棋局之下隐藏的几乎无法察觉的模式,我想那将等同于窥见上帝的思维。"理解最深入的本质对李世石来说是至高的追求,远远超越胜负,李世石只有理解每一手棋才会离开这一局围棋。"有一次他跟我一起喝酒,直到凌晨两点,不过然后他邀请我回他家,醉醺醺倒下,讨论他刚刚赢得的一局棋,重走每一步白棋与黑棋,因为他说有一步棋——是他自己下的!——自己不是很理解。"金智英说。

等到李世石迎来三十三岁,他已经赢得了第二多的围棋世界冠军头衔,被广泛认为是最高水平的大师之一。他已经赢得十八个世界冠军和三十二个全国冠军,在一千多局对弈中获胜,在十年中的大部分时间完全统治了全球的围棋界。他在韩国受到追捧，成为全国收入最高的运动员之一。"李世石是世纪天才，如今回首往事，我为他自豪，也为自己自豪。"他的导师权甲龙大师说。

接着在2016年初，尚处职业生涯巅峰期的李世石，遭遇人工智能系统阿尔法围棋的五番棋挑战。

发明创造

阿尔法围棋是戴密斯·哈萨比斯的发明创造，这位来自北伦敦的天才少年曾在四岁时，看见自己希腊裔塞浦路斯创作型歌手兼玩具店主的父亲跟叔叔下国际象棋，便问他们可否教他如何在棋盘上移动棋子。两周后两位大人都无法再击败这个男孩。

又过了一年，虽然哈萨比斯身材矮小，不得不把好几把椅子摞在一起，再垫上一本电话目录，才能看见桌面，但他赢得了自己的第一场国际象棋锦标赛事冠军。等到六岁，他赢得了伦敦八岁以下级别的冠军，三年后他成为英国少年队队长，当时英国的国际象棋水平仅次于苏联。他十几岁获得国际象棋大师头衔，1989年他取得全世界同年龄选手中第二高的积分，可是继续到各地参加了几年职业巡回赛并保持较高水准的时候，他的教练和父母都没想到，他已经放弃了成为下一位加里·卡斯帕罗夫的梦想，要把自己可观的聪明才智投入到至少在他看来无比重要，甚至重要得有潜力改变人类进程的事业中。他从最丢脸的一场败局中获得了改变人生的顿悟，然后做出了那个关键的决定。

当时戴密斯刚到十三岁，是一个和善且格外善于思考的男孩，他有一双特别大的眼睛，使劲咧嘴露出的灿烂的笑容仿佛会溢出面庞，结合他有点疯狂又明显不知疲倦的精神头，同学们会把他比作《柳林风声》里的癞蛤蟆先生。不过，给见到他的每个人留下持久印象的，不是他过大的五官，而是超常的大脑，他在语法学校的一位老师在期末评语中写道："那个男孩儿的头脑容得下一颗行星。"哈萨比斯用下象棋的收入买了一台康懋达 Amiga 计算机，并在上面自学编程。他的父母绝对负担不起这种奢侈品，因为他们一直要为金钱打拼，不停地搬家，打零工，做小买卖但不到一年就失败，或者买卖北伦敦破败的旧房子。在戴密斯生命的前十年里，他在许多地方安过家，从一所学校转到下一所学校，从没能找到自己在世界中的位置或发展出任何友谊。他用对书籍、电影和电脑游戏的热爱填补那种空虚，他破解部分游戏获得无限条命，还有些游戏是他自己开发，然后在跟弟弟的对垒中充分测试。他还只有十一岁时就创造出自己的第一个人工智能体，尽管非常有限，但是它能下黑白棋——一种极度简化版的围棋——当他的数字造物一连赢了弟弟五次时，戴密斯被惊呆了。没错，他的小弟弟当时才五岁，不算什么了不起的对手，不过真正迷住戴密斯的事情是，通过创造这个幼稚版 AI，他似乎外化了自己的一小部分意识，因为程序——bug 不断，导致它总是崩溃或者运行的计算机过热——即使不完全拥有自己的生命，但也似乎勉强具有了一丝人格，这种东西很少从能够自己落子下棋的事实中展现，更多是因为程序的缺陷和怪异之处，它犯下的难以理解的错误，以及在逻辑回路陷入戴密斯再怎么努力也无法阐明并完全消除的奇怪循环时，它如沉思般停顿的倾向。

　　计算机将占用哈萨比斯生命中不少的时间，但是他最初的几年充斥着国际象棋，以及几乎无法抑制的渴望，他不仅要成为优秀棋手、而且要成为有史以来的最佳棋手，所以当他过完十三岁生日才几天，便收到飞往列支敦士登参加大型国际比赛的邀请时，他发自内心地高兴，这次比赛的声望超过他以往参加过的任何一次。

　　小戴密斯先是轻松战胜了头几轮的对手，然后对垒丹麦冠军，一位经验丰富的中年选手。丹麦选手残酷地围攻他八个多小时，然后进入了极不寻常的残局:哈萨比斯只剩王和后,而他经验格外丰富的对手仍保留着一车、一马、一象。丹麦人又欺压了他四个小时,哈萨比斯倾尽全力避开了一系列致命的进攻,他知道对手只待自己的一次失误。他看见自己周围的桌椅都没有了人,其他所有选手在家人和朋友的陪伴下陆续从门口离开,宽敞的大厅里原有数百名男女一直在安静对弈,最后却空旷得他都能听见自己仓促的喘息在对面的墙上回响。丹麦人最终把哈萨比斯的王逼到角落,只差一步就要将死。浑身是汗、疲惫异常的戴密斯向对方伸手认输,可是当他起身离开时,他的对手哈哈大笑。男孩被愚弄了:他整局比赛疲于防守,以至于没有看出只要牺牲自己的后就能逼和①对方,经历如此漫长的缠斗,拼尽全力跟远超自己的力量竞争,那样的和棋对他来说无疑相当于一场胜利。他四十岁的对手赢得毫无风度,跟女友一起揶揄大笑,用拳头敲着桌子跟女友炫耀自己如何战胜了英国的实力新秀,没有输给一位学童显然让他松了一口气。哈萨比斯努力克制才没有哭出来,他感觉自己就要呕吐,于是推开自己的父母,愤然离去,直到迷失在一片草高及膝的田野才停止奔跑。

  他因为没有进食而感到虚弱,而且头晕目眩,只想着最后那一步棋,头脑中一遍又一遍闪过避免失败的所有方式,同时那个丹麦混蛋的笑声还在他的耳边回响。后,牺牲,逼和,后,逼和,牺牲,远处呼唤他的声音,一群牛,教堂钟声,牺牲,浪费一整年,逼和,白松树下嘎嘎叫的乌鸦,湿乎乎的蟾蜍,讨厌的东西,把它赶走,强烈的霉味,有毒物种,牧羊犬是一只狼。他为什么会那样输掉? 他知道自己比那个丹麦人强。真相是他意识的一部

---

① 逼和,国际象棋局面术语,和棋情况的一种,一方行棋后并未将军,但同时另一方无子可动时,便形成逼和局面。

分已经跑到了别处。尽管他训练了好几个月，迫切地期盼着这项锦标赛，但更大程度上被另一种比象棋还不断加深的迷恋、一个基础性问题所吞噬，有时候他会在深夜被这个问题唤醒，并因此而睡不着觉，只好坐在黑暗中，手拿着电筒在被子里阅读长篇科幻小说，被失眠折磨得够呛。弟弟妹妹安眠时，戴密斯禁不住对思考这一行为本身进行思考。无论他在做别的什么，不管是在家刷碗、写作业或者组装父亲在芬奇利中央地铁站店铺里的坏玩具，他都会琢磨自己的思考。是什么构成了自己奇特智慧的基础？为什么他学得那么快？为什么数字对他来说很容易？他的大脑如何想到他在棋盘上使用的招式和策略？他的父母都挺普通，其实也不是很普通，他们不拘泥于传统，奇特得有自己的风格，不过谈到数学，他们几乎一无所知。他的父亲梦想成为一名歌曲创作者，并且按照自己的偶像鲍勃·迪伦来打造自己的风格，而他的新加坡华人母亲在约翰·路易斯百货商店站柜台，销售自己永远买不起的高端家具，他的弟弟妹妹也相当普通，他是这个家庭中唯一的奇才，具有极端的天赋，凤毛麟角。他从没有因为自己的杰出而感到痛苦，行为举止可以跟任何普通男孩一样。可是不论如何努力，他都无法理解，大脑为什么会令自己享受即便不是十分痛苦但在其他多数人看来也很无聊的内容。然而真正困扰他的不是自己杰出的思维，而是周围所有人的思维，无论跟他的比起来是多么地有限。为什么进化这样塑造我们？我们本可以像这颗星球上所有其他物种那样无知是福，无论生死都如同在伊甸园一样极度缺少认知，从而让痛苦和快乐只能在当下感受得到，不会像我们的痛苦和荣耀那样一天又一天延续、把我们全都连接在一条无尽的苦难链条上，可我们为什么还要背负意识的重负。他充分阅读才明白，在几千年的文明里，我们在理解这个问题的道路上没有一丁点进展，意识仍是一个未解之谜，一个困境，它指向的是人类也许永远无法跨越的极限。尽管人类确实在一点都没有真正理解的情况下存续至今，可随着科学——我们人类王冠上的明珠——的飞速发展，我们被推下深渊，进入一个完全不曾预料到的世界，若不是未来已经悲观险恶、愈加晦暗，戴密斯本可以接受意识的不可理解。尽管大部分基础性问题悬而未决，但是科学突破正在改变我们生活的方方面面，不必是天才也觉察得到。很快我们将达到一个极限，我们的猿类大脑在能力范围之内把我们提升到最高，我们需要革新，需要一种不同类型的思维，可以看见我们自身之外，远达我们的盲区。我们已经没有时间浪费在幼稚的零和游戏上。那真的适合他脑力的用途吗？戴密斯听见父母在召唤他，便开始往回走，新产生的毕生追求已经开始在他的大脑里显形。他不再希望成为国际象棋世界冠军，他的追求更远大，大得多：他想创造一种新的意识，比我们已知的更聪明、更灵活、更奇妙。AGI：通用人工智能，人类真正的后代。

  从那时起，哈萨比斯就孜孜不倦地朝着自己唯一的目标努力，认真执行自己草拟的一份二十年计划：十五岁完成高级证书考试并申请去剑桥大学研究计算机科学。他赢得了一个名额，但是学校说他还太小，没法接收他，必须得再等一年。他没有荒废，而是参加了在《阿米加力量》杂志上发现的比赛，而且得到了一家名牌电脑游戏公司的工作职位，他在那里制作出销量数百万份的电子游戏《主题公园》，挣够了自己大学期间的全部学费。以班级头名的成绩从剑桥大学毕业后，他创立了自己的灵丹妙药游戏公司，他在公司尝试模拟出整个一座国家，那里居住着超过一百万独立特工，他们的目标是采取任何必要的方式推翻一位残酷的独裁者。这个游戏过于超越时代，花了五年才开发出来，结果一败涂地，因为它需要的算力远超当时可用的水平，不过哈萨比斯不屈不挠，很快在另一家公司找到工作，负责设计一款仿真游戏，让玩家扮演一个全能神的角色，在一座被冲突部落占据的岛屿上发号施令。他精通了程序设计和计算机科学之后，便开始进行下一个阶段的计划：加入伦敦大学学院攻读认知神经科学的博士学位，他在那里迷上了约翰·冯·诺依曼的两份未完成的手稿——《计算机与人脑：论思维机制》和《自复制自动机理论》——并发现了记忆和想象之间当时还不为人知的联系，被《科学》杂志列为 2007 年的十大科学突破之一。哈萨比斯的研究揭示出，记忆力和想象力共用一种源自海马体的公共机制。"我的工作把想象当作一个过程来研究，我想了解我们作为人类，如何设想未来，然后看看未来的计算机会召唤出什么。"他发表了研究成果之后说。获得一个博士学位之后，他继续到麻省理工学院和哈佛大学担任访问研究员，开始研究计算神经科学，而且仍然剩余足够的脑力一连五次赢下智力奥运会，这项赛事让全世界一些最聪明的家伙，以奥运会十项全能的形式互相竞争，具体项目包括：国际象棋、将棋、双陆棋、扑克、国际跳棋和桥牌等。到 2010 年，他觉得自己已经掌握了足够多必要领域的知识，可以执行计划的核心部分：他跟自己的两位大学密友谢恩·莱格和穆斯塔法·苏莱曼一起，成立了创业公司"深思"，宣布自己的目标是"研发通用人工智能解决方案，然后利用该方案解决其他所有问题"。

在最初的几年，投资人对"深思"一点都不感兴趣，人工智能仍处在专家所谓的"黑暗时代"：约翰·冯·诺依曼和阿兰·图灵在五十年代最初谈起人工智能可能性时，热情首度被引燃，后来 IBM 公司电脑深蓝击败著名国际象棋冠军加里·卡斯帕罗夫，人工智能在科学界进一步引发热潮，然而在此之后所有对人工智能的兴趣几乎烟消云散。虽然计算能力、蜂窝技术和互联网络跨越式大发展，但是让计算机萌发出智能似乎都行不通。更糟糕的是，"深思"不同于其他的创业公司：它不提供产品，不愿建立用户群、发送广告或耕耘数据；这是一家纯粹的研发公司，具有雄心壮志，没有短期的回报提供给潜在的投资人。不过哈萨比斯设法吸引到最大的风险投资人之一、贝宝联合创始人和脸书首位外部投资者彼得·蒂尔，此前甚至没有投资人愿意搭理他。哈萨比斯对蒂尔研究了好几周，然后在加州一个聚集了很多人的房间里接近他；哈萨比斯查明蒂尔钟爱国际象棋，便直截了当地问他是否了解国际象棋缘何魅力无限。蒂尔来了精神，关注到这位戴眼镜的矮个年轻人，哈萨比斯正紧张地前后晃动着保持平衡，知道自己只有几秒钟时间来吸引这位亿万富翁的注意，便很快说那是因为象和马覆盖棋盘所有位置形成的精妙平衡：它们差异巨大的走法产生了强大的非对称冲突，深深地影响到整个棋局。蒂尔深受吸引，资金源源不断：特斯拉的伊隆·马斯克和 Skype 的扬·塔林投入重金，激励谷歌在 2014 年出价收购哈萨比斯的公司，收购金额超过六亿二千五百万美元，为其输送资金的同时，仍然保留了创始人的创新控制权。

　　这次并购的金额在当时为英国科技创业公司的最高值，此后人人都好奇，"深思"的人要怎么实现提供通用人工智能解决方案的承诺。他们甚至还没聘用完整的团队，网络上就有了人工智能崛起导致末日降临的流言蜚语。人人都好奇他们从哪个领域开始。他们会训练人工智能诊断癌症？会专注于核聚变？会创造此前难以想象的沟通方式？争论席卷了各路专家，每人都押宝成功之路最有可能在哪个领域开启，可是哈萨比斯没有任何迟疑：他们会始于一种游戏，人类构想出的最复杂最深奥的游戏。

　　围棋游戏。

阿尔法围棋

1997年，计算机在国际象棋领域超越人类。那一年，国际象棋大师加里·卡斯帕罗夫，世界排名第一的选手，收到IBM公司挑战，对阵国际象棋超级计算机深蓝。这位俄罗斯国际象棋大师毫不犹豫地接受了挑战，因为就在十三个多月之前，他已经在费城击败过同一程序的早期版本，绝对自信地认为计算机距离效仿人类水平的国际象棋比赛仍有几十年的差距。再次比赛被安排在五月的纽约，街头的巨大广告牌展开宣传，全球众多观众迫切期待看到这场人机大战。卡斯帕罗夫在整个开创性的职业生涯中未尝败绩，在超过二十多年的时间里统治了整个棋坛，被广泛认为是有史以来的最佳选手。他不仅仅是取胜，而且用华丽创新、攻击性强的比赛风格碾压对手。IBM公司的计算机不仅让他首尝败绩，而且颜面尽扫，因此可以用惊世骇俗来形容。这场比赛之后，他经历了严重的精神崩溃，一整年都完全无法比赛。然而，扰乱他的思维并把他投入成年生活最大危机的不是单纯的失败，而是在对阵深蓝的第二局中特定的两步棋。

卡斯帕罗夫赢了第一局，可是在第二局中，数百名摄影师和摄像机都对着他，专注的程度丝毫不减，他陷入防御，显然被计算机支配，它的表现远超所有人的预期，所以特级大师卡斯帕罗夫决定设置一个陷阱，他知道，即使不是所有国际象棋程序都会上当，也会有很多，因为这个陷阱明显让出了优势地位，他想象计算机采用的逻辑驱动的可靠论证系统似乎完全无法拒绝。可是深蓝没有上钩，相反它下出精彩的一步，让卡斯帕罗夫猜疑自己到底是在面对人工智能，还是在跟一个没有现身的棋手对弈，他就像《绿野仙踪》里隐藏在幕后的女巫，跟自己一样也是国际象棋大师，可以识别和避开卡斯帕罗夫精心布置的陷阱，并以这样的方式反击。又走了几步之后，深蓝犯了一个惊天的错误，卡斯帕罗夫的疑虑已经难以遏制，他无法理解，同样的程序在同一局比赛中怎么能表现得既像一位特级大师又像一位籍籍无名的业余选手。观众迫切地等待着这位俄罗斯冠军在计算机的疏忽之后发起决定性的反攻。卡斯帕罗夫却无法停止怀疑自己和对手。IBM找人来给他们提建议？先前那步棋是神来之笔，全世界或许只有几位棋手能走出来，那让他想起自己最伟大的对手阿那托里·卡尔波夫，是他藏在幕后？卡尔波夫跟IBM结盟？还是他们引入了整个团队，一群特级大师厌倦和受够了他的统治，收到计算机公司天价报酬，折腰的唯一目的就是毁掉他？不过即使实情如此，如何解释后来这步臭棋？还是说这也是故意的，为的是让他抛开疑虑？这绝对不是错误，而是隐藏九头蛇多个蛇头的策略，隐蔽他对手真正的本质？时间在流逝，卡斯帕罗夫无法跳出自己的思维并回到比赛，他不停绞自己的头发，张开双手在脸上揉搓，然后随着残局临近，他干脆站起来气冲冲离开比赛场地，哪怕几乎所有人都能看出再走几步他就会逼和，他还是放弃了比赛。卡帕罗夫最后在剩余的四局比赛中非输即和，输掉了他的桂冠。在接下来的几个月里，他完全陷入沮丧，猜疑不断加重，宣称"那台机器里有人类意识"，要求IBM的公司对他放开硬件和软件的权限。他坚持要查看那台机器的日志——希望能够一窥它的内部工作原理，好理解机器如何做出决策。他还想观摩深蓝的其他棋局，那样才公平，他声称；毕竟IBM公司使用了他自己的数千次棋赛，拥有无限的算力分析他的策略、开局和偏好的招式，然而卡斯帕罗夫双眼一抹黑，因为他从未观摩过一场深蓝的比赛，也无法端详他对手的表情以寻得真相。然而技术巨头拒绝了他的要求，甚至竟然完全拆解了计算机，取消了这个项目。俄罗斯冠军无法接受自己的遭遇，休息了一年才恢复，但是他以更强劲的姿态复出，像以前一样继续取得胜利。他在2005年彻底退出棋坛，当时仍然排名世界第一，仍然处在事业的巅峰，但是仍然对深蓝令人费解的下法感到困扰。多年以后，IBM公司参与这个项目的一名程序员承认，在至关重要的第二局中，深蓝导致卡斯帕罗夫精神崩溃的那步臭棋，出自软件中的一个故障：计算机无法计算出最优下法，只是随机走了一步。

现在国际象棋界广为接受的看法是，1997年那个版本的深蓝比卡斯帕罗夫弱得多，俄罗斯人是被他自己的心魔击败，深蓝的同期接替者，比如弗里茨、科摩多和鳕鱼，已经发展出远超人类的能力，几乎不可战胜。所有这些程序下棋的方式跟人类大相径庭，它们不靠创造力和想象力，而是凭借绝对密集的数字运算和强大的算力来选择最佳的下法；普通的职业选手能够预判大约10步至15步棋，这些算法可以每秒计算两亿种局面，四分钟出头就可以算出大约五百亿种。计算机遍历每一步棋引出的每一种可能，这种方法被恰如其分地形容为蛮力。人类棋手利用记忆、经验、高超的抽象推理能力、模式识别能力和直觉，把自己的思维反映在棋盘上，国际象棋引擎其实完全不理解棋局，它只是利用自己的计算力，遵循一套程序员人工定制的复杂规则做出决策，每次它的对手在黑格和白格中放下一个棋子，计算机就建立一个搜索树，其中包含棋盘上那个特定局面所能引发的每一种后续情况。搜索树不断增长、分叉，直到棋局结束。计算机只是在搜索树的众多分支中选择自认为最具优势的结果，每走出新的一步，就会形成一个不同的搜索树，随着棋局不停地变化发展，计算机可以预见到深远的未来局面，即便没有获得巨大优势，也会比任何一位人类对手棋高一筹。

然而围棋截然不同。

它极度的复杂性使暴力搜索变得不可行。在一局国际象棋中，你单独走的每一步都有大约二十种可能，在围棋中你有二百多种可能。如果说一局典型的国际象棋大约在四十几步之后结束，一盘围棋则需要下二百多手。在国际象棋中，前两步走完之后，大约有四百种可能的交替下法；在围棋中有接近十三万种。在围棋这种东方的游戏中，棋盘更大——十九乘十九个交叉点——西方的国际象棋游戏被限制在八乘八的世界里。基于以上所有这些原因，组合空间——计算机要查看每一步棋形成的所有可能局面，而生成的搜索树的大小——极为庞大。而且虽然国际象棋可能出现的局面总数大概接近十的一百二十三次方，也就是 1 后边有一百二十三个 0，但是围棋所有可能局面超过十的七百次方，几乎大得无法想象。符合规则的局面——棋子在两位棋手对弈过程中形成的特定局面——多到 2016 年才计算清楚：

208, 168, 199, 381, 979, 984, 699, 478, 633, 344, 862, 770, 286, 522, 453, 884, 530, 548, 425, 639, 456, 820, 927, 419, 612, 738, 015, 378, 525, 648, 451, 698, 519, 643, 907, 259, 916, 015, 628, 128, 546, 089, 888, 314, 427, 129, 715, 319, 317, 557, 736, 620, 397, 247, 064, 840, 935

如果有人考虑所有理论上可能出现的局面——包括在现实中绝不会出现的那些，因为其中包含异想天开的荒谬比赛——总数我们无法理解：超过了古戈尔普勒克斯，即 $10^{(10^{100})}$，一个数值大到无法写下完整的十进制实际形式，因为这样做需要的空间比已知宇宙能够提供的还要多。

然而围棋的复杂之处不止于此。

在围棋中,所有的棋子具有同样的价值,没有象或卒,没有马或车,没有王或后,只有价值完全一样的黑子和白子。你可以很容易给下国际象棋的计算机编程,来区分后相对于马、象或卒的内在价值,在围棋中,每颗棋子的权重取决于它在棋盘上的位置、跟其他每颗棋子的关系和在棋盘上相隔的空间。区分妙手和恶手是非常主观的。职业选手探究位置,利用直觉和本能决定把下一颗棋子放在哪里。他们多年训练就是为了能够顾全整个棋盘,辨明优势和劣势,辨别几乎所有棋局中都常见的布局,新手坐在棋盘前必须掌握的棋型。这些棋子组成的阵型或群集具有非常形象的名字,比如"目"、"征"和"双"。围棋选手会用"死"、"活"和"半死不活"形容一块棋形。有的棋"断",有的棋"杀",有的棋"自杀"。选手必须读懂棋局,用他们思维的眼睛窥进未来,决定一块棋的死活。他们必须了解如何通过交替开展三线和四线攻势来形成一种协调的形势,他们必须得分辨棋形的厚与轻,从而决定是否需要加强或能否抵御对方的攻势。他们必须学习侵入、反击和吃子,他们必须权衡余味,即每颗棋子的潜力,小心地踩着愚形的界限避免被完全包围,学习何时采取主动——先手——或以防御应对——后手;他们必须决定何时该硬碰硬,啃下一片领地,或者何时该战略放弃,再偷走棋盘上另外某个角落,正所谓脱先。他们必须区分真眼和假眼,学会在星位、天元、大目、高目和小目处对垒。他们必须展现出气合,一种由你来掌控对局走向,不屈服于非理性贪婪的强烈进取精神。他们必须学会伸腿、刺、夹和肩侵,学会先手得利,一种通过牺牲来取得主动的先手。所有这些下法,以及另外还有更多,必须通过简单的交替落子来实现,使你的领地达到最大,同时把你对手的限制到最小。

持续下了三千多年的围棋是人类最古老和最精通的游戏，中日韩三国的学校积累了体量着实惊人的智慧，一代代传承，被总结成一系列口诀让所有棋手烂熟于心，作为警告来避免常规陷阱和新手错误，同时还在努力缩减棋局呈现出的看似无尽的可能。

不要走出愚形三角。

不要刺断点。

不要刺在双的两侧。

傻瓜都知道被刺时要补。

下得快输得快。

不要按部就班——要高瞻远瞩。

不懂征子就别下围棋。

失掉四角就输掉全局。

守住四角也是输掉全局。

围棋角上四死六活。

绝不要尝试断双。

（1，2）点会有怪事发生。

小飞要跨断。

学会点方。

弱斗方是死棋。

敌之要点即我之要点。

贪婪无法取胜！

边线扳常用来吃子。

几个世纪以来，围棋被认为是一种超越游戏的艺术形式，在中国，它是文人雅士要掌握的"四艺"之一。历代顶尖棋手从不依赖计算来确定下法，而是依靠近乎艺术或玄想的悟性。这种游戏被认为过于深奥，如迷宫般复杂，根本不会被计算的方法征服。然后，在2016年，哈萨比斯和他的"深思"团队在《自然》杂志发表论文，宣布他们成功开发的人工智能体不仅会下围棋，还击败了当届欧洲冠军樊麾，这件事震惊了整个围棋界，震撼了人工智能领域的同侪。有史以来第一次，人工智能程序击败一位职业围棋选手。数百名计算机科学家开始审阅论文细节，以及深思发布在网上的比赛，细致分析每一手棋，确认我们是否真正远远超越时代，取得了人工智能的圣杯。在深思团队的论文发表之前，业界普遍且坚定地认为，人工智能至少还需要十年，才能开始在围棋上跟人类竞争。可是哈萨比斯和他的团队竟然取得成功，他们的程序"阿尔法围棋"五胜零负击败樊麾。这是一项惊人的成就，却很快就产生了反噬：世界各地的围棋迷嘲讽奚落樊麾，说他也许是欧洲冠军，可他只是一名五段职业选手，跟主要集中在中日韩的世界顶尖九段棋手还差得远。他们对比赛吹毛求疵，指出樊麾犯下的每个错误，声称他这个对手不够格，整个比赛漏洞百出。对于深思的人来说，有一件事很快明确，他们的人工智能体需要更高水平的对手。

李世石就是最优秀的那一位。

骤然入侵

李世石从棋罐里拿起一颗黑子,放在棋盘的右上角。

在首尔新建的四季酒店六层,比赛大厅之外,超过二百名世界各地的记者看着屏幕,专家评论员们坐在记者旁边,迫切等待着为观众们分析每一手棋,直播这局比赛的官方 YouTube 频道有十万多观众,直播整场比赛的中日韩七家电视网有六千万观众,李世石坐在比赛大厅——一个空闲的房间,只有一张桌子、两张黑皮椅和几台摄像机,三位负责这场比赛的裁判坐在后边的高台上——从这家五星级酒店用巨大金色吊灯照明的大理石走廊进来,就会彻底隔绝外部的喧嚣。隔着棋盘跟他相对而坐的是黄士杰,来自深思的高级程序员,负责观察左侧小型电脑终端上阿尔法围棋人工智能体的落子位置,执行它选择的每一手棋;五番棋结束后又过了几年,李世石用空洞且气息不足的声音突然宣布退役,全世界为之震惊,他禁不住打趣黄士杰诡异的静止,整场比赛他都保持不动,一直持续了五天。"黄士杰,一想到他我就发笑,他真了不起。他只是个人类,对吧?阿尔法围棋才是那个人工智能,可是我几乎认为他就是人工体,因为他不仅面无表情,而且像一个木偶,从不去厕所,从不离开座位,一次都没有。他会一小口一小口喝水,每次喝特别少,看上去极为离奇诡异。我不知道喝的是不是水,他只是润湿嘴唇,像一个机器人,或者水坑旁边的动物。他的动作非常缓慢,绝对小心翼翼,很有耐心,非常准确,他从不跟我对视,一次都没有!我一直看他,不停在想,他到底是谁?那就像跟一个机器人、一台自动机、一个没感情也没知觉的僵尸、一个彻头彻尾的傻瓜或者蠢货下围棋。后来我发现他不可以去厕所,深思的人不让他去,他还不得表达或展现任何感情,以免泄露信息。可是即便如此,如果你看到某个人那样,如果有人在你面前那样表现,你会感到非常不适,不仅仅不适!我想要对他尖叫,或者站起来,走过去掐他,我只想看看他是不是真人。"李世石在一次黄金时段电视采访中回忆,把自己的思绪拉回到那场决定性比赛的第一天,以及计算机走出的第一手。那手棋用了很长时间,长得不可理喻。

围棋开局的下法往往非常迅速。棋盘是空的,完全没有棋子,只有无尽的网格,充满了可能。通常一位棋手会在上角圈住一片区域,他的对手会在与之相对的一侧落子。没有多少可想,通常只要几秒钟时间。可是在四季酒店,李世石落下开局一子——为了跳出计算机的知识库,这手棋稍微有点非传统——之后,时钟开始计时,黄士杰盯着他的计算机屏幕,然后注视李世石的黑子放在棋盘上,它扁平的表面在炫目的演播照明中闪闪发光,黄士杰然后又观察屏幕,却只能看见网格的线条和一个旋转的小球表示阿尔法围棋仍在为了得出结论而计算。五秒,十秒,十五秒,二十秒过去了,焦急的韩国评论员开始开阿尔法围棋的玩笑,与此同时,在比赛大厅楼下两层,深思的控制室里,全部二十名技术人员开始恐慌,这其中就包括戴密斯·哈萨比斯和他的同事戴维·希尔弗,阿尔法围棋项目的首席研究员。程序出故障了?崩溃了?怎么能花这么长时间!整场比赛的第一手棋他们就要搞砸吗?

几乎过了三十秒,李世石开始板起脸。这一定是个错误,严重浪费他宝贵的时间。他研究过阿尔法围棋跟欧洲冠军樊麾的对局,在双方都没看出任何特别之处。跟李世石相比,樊麾甚至都算不上业余选手,假如他们俩开赛,那就像是一个孩子(不算特别有天赋)对战日本传奇大师吴清源。李世石对阿尔法围棋也不以为然。没错,它可以比赛,甚至拥有计算机程序中不常见的某种天分,但是它跟李世石的水平还差得远。深思的母公司谷歌为这场比赛的胜者提供一百万美元的奖金,很多分析过阿尔法围棋和樊麾比赛的人说,这就是白白给李世石送钱。在韩国,职业围棋选手开玩笑说他们都挺嫉妒,那当然是顶级选手最容易赚到的钱。所有人都相信人类必胜。

李世石向摄像机和黄士杰投去嘲笑的表情,后者正坐在座位上冒汗,在棋局伊始耐人寻味的漫长停顿中努力保持镇定,也许在思考李世石在赛前新闻发布会上说了什么,为此酒店炫目的六楼舞厅被用来容纳数量庞大的国内外记者,他们挤满了那里的每寸空间。"围棋具有一种美,我认为机器不理解那种美。我认为人类直觉具有优势,人工智能还无法赶超,所以我不操心输赢,只会操心是五局全胜还是四胜一负。"过了一分多钟以后,一个白圈出现在黄士杰的计算机屏幕上,这位程序员从面前的棋罐里拿起一颗棋子,随着一个脆快的声音,干净利落地放在棋盘上相对的一侧,距离边线的高度跟李世石的棋子相同,几乎每位人类棋手都会这样下。

接下来是你来我往地快速落子,大约下了二十几手之后,似乎还没有人被阿尔法围棋的表现打动。在黄士杰落下毫无想象力的一颗白棋后,有些评论员甚至表示反感。"这个程序真需要一位好老师,讲讲如何避免下了这样一手臭棋,灌输一些有用的东西。所有人都知道这手棋太差了……开始下的这些白棋显然不是最优,像是初学者犯的错误。"中国的围棋五段职业选手郭娟在直播评论中妙语连珠,摇着头表示出明显的不认可。在这局棋赛的整个开局阶段,李世石显而易见占据上风,可是随后,下到两个小时,黄士杰在棋盘中部第十线，距离盘边两格的位置摆出第102手白棋，一切都发生了改变。

这手棋是对李世石地盘的骤然入侵。只用一颗棋子，阿尔法围棋产生了好几种复杂的局面，在整个棋盘上引发纷争，刚好是李世石本人闻名于世的狂飙突进下法，飞禽岛男孩几乎无法相信自己看到了什么。他被惊掉了下巴，像卡通片一样把嘴张了二十秒，与此同时他坐得笔直，双手垂在两侧，仿佛他对肌肉完全失去控制。他彻底目瞪口呆，在椅子上前后摇晃，加上宽松的西装和锅盖头，活像一个瘦弱的摩比世界玩偶。渐渐地，他开始笑起来并往后靠，把手掌伸向后脖颈，挠了挠呈扭曲三角形的三颗圆痣，它们在全世界看来正像是微型瓷质围棋子。同样的紧张动作他会在这次比赛的过程中展现许多次，不过第一次出现时，他很快把手从脖子上挪走，然后前倾伏在棋盘上，与此同时，种种表情在他脸上闪现：震惊、怀疑和不解，后来演变成恐惧，接着是愉悦，然后是近乎纯粹的快乐。计算机怎么能下出如此大胆的一手棋？比赛结束后他会这样问自己的一位朋友，在当时他只是无法理解自己看到了什么，这是完全不同水平的下法，根本不像是击败了欧洲冠军的阿尔法围棋，可是算法在如此短暂的时间里究竟是如何提升了这么多？那些比赛才过去五个月啊。李世石皱着眉头，交叠双脚又分开，眯起眼睛，用双手捧着面颊，在绝对的难以置信中不时摇摇头，然后又变得绝对静止，眼睛盯着棋盘，就这样他把下一手棋思考了十多分钟，然后才把自己的棋子放在阿尔法围棋刚刚落下的这颗旁边，内心十分清楚势头已经被逆转，本可以稳稳拿下的一条大龙此时已经完全被毁。这之后又下了八十手，李世石拿起一颗白子——不是他所执的黑子——放在棋盘中间，以最礼貌的方式认输。

天外之美

当未来的历史学家回顾我们的时代,并打算确定真正人工智能初现的第一缕曙光,他们很可能会找到李世石对战阿尔法围棋第二局的一手棋,也就是2016年3月10日这次对局的第37手。

这手棋不同于计算机以前的任何下法,也不同于人类被认为会考虑的下法,是新东西,完全突破了传统,彻底背离了积累几千年的智慧。不论是待在首尔的四季酒店还是通过互联网的数据传输,看到这手棋的人们不经意间瞥见了向我们狂奔的未来,目前也许仍然遥远,但是已经极大地影响到我们当下。那是一个点燃希望和恐惧的未来:有人相信我们应该张开怀抱迎接它,还有很多人深信,出于安全的目的,我们应该竭尽所能地确保这个疯狂梦想不被我们染指,永远不要接触,哪怕木质棋盘上落下的一颗扁平棋子已经发出它的第一批回响,而且执行操作的人手恰恰听命于有一天可能会跟我们分庭抗礼的人工智能。

阿尔法围棋对李世石第一局的胜利震惊了全世界,但是很多棋手和评论员却不以为意,他们说,李世石犯了不少幼稚的错误,没有下出自己通常的水平。机器的表现超出了所有人的预期,但是没有任何真正撼天动地的下法。它让人印象深刻,没错,但是缺乏创造力。跟它的下国际象棋的先辈一个样,阿尔法围棋显然高效强大,但是它的对局缺乏美感,哪怕它的侵略性和斗志惊到了李世石和整个围棋界。第一局比赛过后,虽然极少有人对韩国冠军的信心毫无动摇,但是所有人都还赌他赢下比赛,有人甚至还过分地说，深思程序取得的胜利只是一次偶然事件，一次异常，李世石一定会在随后的遭遇中重新调整。

然而韩国冠军本人显然不那样觉得。

第一局比赛让他从外到内都受到震撼，他无法理解算法在如此之短的时间取得了不可思议的突飞猛进，他自己花了二十多年时间才掌握了独特的技巧，阿尔法围棋却击败了他，就在四个月前对阵樊麾的比赛中，它像个中等水平的职业选手，李世石不费吹灰之力就能碾压它。在第一局比赛中，李世石展现了自己的标志性风格，可是此刻他害怕了，假如他输掉第二局比赛，那意味着他得连赢最后三局才能避免败北。在他们第一次对垒结束后的新闻发布会上，他收敛了自己的强势风格："我没想到阿尔法围棋的棋风这么完美。不过我赢过许许多多世界冠军，输这一局不会影响我接下来的比赛。我认为现在我们势均力敌。"他说，与此同时，他的教练权甲龙咬着指甲，紧张地在媒体成员中间踱步。在第二局比赛的前夜，记者的数量翻倍，李世石能够感受到自己承担着代表全人类的巨大压力。上一场比赛的生理和心理压力显然令他疲惫不堪，他走出房间时，穿着宽松剪裁的黑西装和似乎大了两个尺码的浅蓝色衬衫，看起来像一位瘦削的高中生。随着比赛的推进，他只会变得更加脆弱——在准备和比赛的过程中他掉了十八磅体重。在去赛前拍照的路上，他笑对着给自己鼓劲的人们——加油，李世石！拼搏，李！——身边围着五名驱散人群的保镖。等待电梯的时候，他不断看表。昂贵厚重的手表更凸显他瘦得皮包骨的手腕，挂在那里像个看不见铁链的手铐，坠着他的手臂。照相机在他周围发出闪光，他仿佛远离这个世界，深深陷入自己的沉思，他会闭上眼睛，仿佛是在祈祷，然后突然皱起眉头，掐住鼻梁，似乎正头痛欲裂。进入比赛大厅之前，他的小女儿跑上前抱住他，把脸埋进他的臂弯，李世石跪下来，女儿依偎着他，不过很难看出是父亲在安慰女儿，还是女儿在努力把自己仅有的力量尽可能传递给父亲。比赛开始的时间一到，李世石的妻子金贤珍就走过来，轻轻把二人分开，让李世石可以独自进入比赛大厅，专心致志面对棋盘。这一局轮到他执白。

他一反常态，使用完全不同的策略，谨慎开局。他用最初的几手棋避免一切激烈的冲突，而是寻求建立稳固的基础。他小心翼翼地思考每一步，当时已经意识到，解决人类对手非常有效的突然性节奏变化，用在一台不思考没感觉的机器身上毫无意义。作为习惯，他在整场比赛中饮用咖啡，他一喝光，他的工作人员就会把杯子续满。他还是出了名的烟枪，组织者特别安排他可以到酒店高层外的露台上吸烟，甚至在比赛过程中就可以，他能在那里独自散步、思考，同时欣赏首尔光化门区高耸的摩天楼群和更远处的大片青山。棋子开始在棋盘上以龟速积累：阿尔法围棋下出黑13这一手之后，李世石陷入沉思，然后拒绝攻击开始在右下角聚集的一块棋子，等待时机并割占对侧的领土。评论员立即注意到他不愿跟阿尔法围棋缠斗，并批评他的态度："李世石似乎非常紧张，我猜他昨晚没睡。"韩国一名记者在缓慢推进的比赛中说，然后补充评论李世石过于谨慎。时不时地，阿尔法围棋会给出业余甚至看似荒谬的下法，李世石似乎不愿或不能加以利用。"刚刚这两手棋让我怀疑阿尔法围棋的能力，"计算机下出特别松懈的一手之后，一位中国评论员说，"但我们必须保持警惕，"他补充说，"阿尔法围棋难以理解。"在黑15，深思的计算机下了一手"觑"，任何围棋老师都会把它嘲笑为粗糙平庸的先手，可是李世石没有回应，继续怀着极大的谨慎推进。他前一局的经历显然让他变成惊弓之鸟，显得谨小慎微，这种态度导致他的不少粉丝在YouTube直播上开始抱怨，评论说李世石正在背叛自己的根本，放弃了使自己成为传奇的棋风。就连他的导师权甲龙都不得不承认，他的明星学生陷入了麻烦，他对一名记者说，"李世石正在采用不同以往的风格。"同时他还表明，硬石头在一个真正的历史时刻受到全球瞩目，尽管他的这个外号有所暗示，但他仍然是肉体凡胎。外行批评李世石的态度当然容易，可事实是没人真正了解阿尔法围棋不同寻常的算法是怎么回事，没人真正清楚它究竟多么强大。上一手棋——黑15——确实非常粗糙和业余吗？就连深思的程序员都不清楚：阿尔法围棋自己做出决策，完全不受监管；他们只是看着它下棋。戴密斯·哈萨比斯在赛前同样解释过："尽管我们为这台机器编写了程序，但我们不知道它会怎样下棋。结果都是源自训练的突生现象。我们只创造数据集和训练算法，可是阿尔法围棋后来思考出的走法不受我们控制，也远远优于我们想出的走法，这个程序在本质上是相当独立的。"接下来的十五手棋都相当正常：阿尔法围棋第21手连接时，李世石点点头，似乎再次确认自己避免冲突并在棋盘左侧运筹的选择。下到第30手，这局比赛仍保持着势均力敌，阿尔法围棋内部估算的胜率是48%。机器阻挡住李世石对一角的入侵，短暂的缠斗开始又平息，它借此在三线上增强了自己的力量。阿尔法围棋围住一角，李世石短暂犹豫，然后从下方接近对手的棋子。双方都不急不躁，正常发挥，直到李世石下出白36手。

黄士杰看着自己的显示器，拿起一颗黑子，放在李世石刚刚布于棋盘中部附近这颗棋子的左下方。这是一手第五线上的"尖冲"，旨在降低对手领地的潜在势力，可它不同于以前对抗赛中出现的任何下法。第37手棋在围棋选手看来是大错特错。你绝对不能在第五线上尖冲，这特别反常和反直觉，以至于黄士杰在那里落子时，评论员、观众甚至评委都以为他放错了位置。因为根本没有人类敢那样下棋，它不仅被看作是一步臭棋，而且被杰出的大师们和三千多年不断对弈过程中创作的无数围棋图书所痛斥和嘲笑，然而不只是大师或圣贤才明白，你绝不可以在第五线上尖冲——就连孩子和初学者都知道不要下在那里，因为大多数时候那其实会帮助你的对手夺得地盘！它看上去就不妙，而且适得其反，不过更重要的是，它会让棋手觉得糟糕，后续情况几乎完全无法预计。然而阿尔法围棋对此全然不顾，作为一名合格的围棋选手，黄士杰放下那颗棋子后，跟其他所有人一样，被算法的选择惊得目瞪口呆，只能坐在那里努力掩饰。被安排在那里下棋，他甚至感到羞愧。极少有人看出那手棋的潜力，所有专业评论员立即提出批评。它不像是阿尔法围棋另外一些偶尔"漫不经心"的下法，那些毫无创造力的下法既没怎么增加它的优势，又似乎根本没有影响棋局。第37手棋完全不同，许多人把它看作是计算机的第一个彻底的昏招，有效证明了无论计算机发展得多么强大，它们都不会像我们人类一样真正理解围棋。只有出生在中国的欧洲围棋冠军、最近被阿尔法围棋击败的樊麾立即觉察出，情况不是大家所想的那样。

樊麾对阵阿尔法围棋的经验最丰富，对于程序的能力心怀敬畏。他输掉对阵机器的五番棋之后，深思雇佣他作为这个项目的顾问。在首尔之战前的四个月里，他跟这套算法的多个版本对弈，给哈萨比斯、希尔弗以及团队其他成员提建议，帮助他们把阿尔法围棋塑造得愈加强大，甚至强大到他深信阿尔法围棋能够展现出人类智慧的特征之一：真正的创造性。樊麾为了这场比赛飞到首尔，并加入三人裁判组，坐在一张俯瞰李世石、黄士杰和比赛棋盘的高桌之后。他对程序的直接了解帮助他识别出第37手棋的真实价值：天才一击。"黑37给整个棋盘罩上了一张无形的网，这手尖冲创造的潜力横跨整个中心，此前下的所有棋子协同配合，它们像网一样联系在一起，无处不在。"几个月后他在这局比赛的深度分析中写道，可是在看到那手棋的当下，从难以置信的震惊中恢复过来之后，他只能在日志里匆匆记下一笔："下在这里？！这让我无法理解，不是人类的下法。我从没见过人类这样下棋。"这局比赛结束之后——不过包括李世石在内的一些人认为，这手棋一出，比赛就已经结束了——别人来找樊麾询问即将名扬天下的这手棋，他无法充分表达出自己的想法，只是不断重复，"漂亮，漂亮，真漂亮！"大多数旁观者跟他起初一样困惑："绝对难以置信的一步棋。"一位韩国评论员说。"此时此刻我甚至不知道它是好是坏。"西方唯一的九段棋手迈克尔·雷德蒙打趣道。他当时正为深思的YouTube直播频道分析这局比赛，可是他不知道如何回答直播搭档美国围棋协会负责人抛给他的问题。他紧张地笑了一下，然后承认自己也觉得那是一个错误，不过没觉得那是阿尔法围棋的错误，他其实认为犯错的是算法的人类助手——黄士杰——一定是他在棋盘上落子之前误读了显示器。一些人渐渐开始领会机器的下法：戴密斯·哈萨比斯从比赛厅站起来，跑向深思团队设置的控制室，急于了解阿尔法围棋的监控系统怎样评估这个古怪的下法。等到了控制室，他发现戴维·希尔弗跟他一样激动，已经在算法内部探寻，设法尝试理解刚刚发生了什么，并焦急地等着看李世石回到比赛厅时会作何反应。一些奇怪的巧合似乎表明，这个世界背后隐藏着一个稍显淘气的智慧。几个世纪里最离奇的一手棋等待着那个人做出回应，因为上述的巧合之一，他却要最后才看到。

黄士杰下出尖冲时，李世石刚刚离开座位去抽烟休息十分钟。当两名着装得体的保镖护送他回到楼下，坐到椅子上，他厌恶地皱起鼻子和眉头，嘴巴大张，好像刚刚踩到了大便。过了一会，他向前探身，同时一个天使般灿烂的笑容，缓缓在他脸上绽放，似乎他终于发现自己终其一生追求的目标：天外之美。李世石是出了名的异常冲动型选手，通常思考不超过一分钟就会做出决定，可是在比赛中消耗了超过十二分钟的限时来琢磨阿尔法围棋看似荒谬的创想，他不停眨眼，掐虎口上的皮肤，脑袋微微歪向一侧，特别像一条狗对自己从没见过的东西感到困惑。他的想法几乎写在了脸上。"这局比赛之初，我以为它犯了不少错误。它仍然占据主动，但我要反击。可它犯了越来越多的错误，我觉得'我有机会赢'。我觉得'这台机器还是不完美'。可是后来它下出这一手棋，在真正的比赛中那是难以想象的，因为黑子众多，它几乎完全被包围，你根本不能下在那里，可它还是那么下，第37手。然后我就明白自己没机会了。后来我意识到它放弃领地，在棋盘上别处给我一些地盘是因为它已经想好那一手棋。它让我占先，哄骗我，用那手棋把我解决，当时它就已经赢了。"一年后李世石这样回忆那局比赛，彼时他已宣布退役，可是在比赛中，他丝毫没打算不抵抗就放弃，所以在时间慢慢变少的同时继续盯着棋盘，用修长纤细的手指和精心修剪的指甲扣起下嘴唇。"我以为阿尔法围棋基于概率计算，只不过是一台机器。可是看到那一手棋，它改变了我的看法。阿尔法围棋当然具有创造性，这一手棋令我从新的角度思考围棋。在围棋中创造性意味着什么？那不仅仅是一手好棋、妙棋或者强大无比，而且还意味深长。"赛后他会对采访他的纪录片职员这样说。李世石跟那台机器又下了三个小时，早就过了他通常会认输的节点。他继续奋战，与此同时，评论员开始了缓慢而艰难的记分过程，无法接受既成事实，或者沉默寡言地离开一场注定载入史册的比赛。下到第99手，李世石已没有任何胜算，可是算法一直没消灭他，反而一目接一目、一子接一子地继续蚕食他的领地。李世石继续坚持，希望出现奇迹，或者也许期待机器莫名其妙犯错，或者恢复开局时阿尔法围棋展现的古怪下法，随着棋子下满棋盘，程序只是变得更强，到白211这一手的时候，李世石终于放弃了。

媒体涌入赛后新闻发布会现场,李世石挨着哈萨比斯坐在台上,像一个垮掉的男人,悲伤和忧郁的氛围弥漫整个楼层,粉丝、评论员和其他的棋手几乎无法相信他们的国家英雄被击败,不是一次,是两次。李世石输掉了比赛,比不过机器的智慧,像一名业余选手被支配和痛宰。许多人都认同,如果说第一局比赛李世石被打了个措手不及,那么第二局他没有招架之力。他被情感扼住了咽喉,像口技演员一样发出脆弱的玩偶声音,深深为自己的失利道歉:"昨天我感到意外,可是今天我哑口无言。这是明显的失利。从头到尾我觉得自己没有领先过。它下出了一局近乎完美的围棋。"他在照相机晃眼的闪光灯中坦白。虽然他无比谦卑,看起来低声下气,惊魂未定,但是明确表示不会不抵抗就认输:"虽然输掉了第二局,但是比赛还没有结束。接下来还有三局。"

万分之一

第三局比赛之前，李世石有一天时间休息，他一直留在自己的房间，跟四名顶尖职业围棋选手探讨前两局比赛的每一手棋，试图理解一群几乎没有围棋背景的计算机科学家，如何设计出只用一手棋就能推翻几百年传统范式的系统。深思的成员如何编写出那样下棋的算法？他叹为观止。其实那不是出自他们的手笔。

第37手棋既不属于阿尔法围棋的记忆，也非源自人工写入它硅基大脑的任何预编规则或一般准则，而是程序自己走出来的，不依靠任何人类的输入信息，不过更加了不起的是，阿尔法围棋知道——至少是非智慧生命可以被讨论的"知道"——就连围棋大师都不会考虑下出那手棋。深思只差一局就赢得这场比赛，媒体已经开始狂热起来，戴密斯·哈萨比斯不得不努力到处解释这种事情怎么可能。他告诉记者，这套系统不同于IBM二十年前打造的国际象棋引擎深蓝，它并非手工打造，也不是遵循一整套详尽的规则。阿尔法围棋是基于自我对弈和强化学习，也就是说它在本质上自己学会了下围棋。

不过首先，它得学会如何模仿人类。

哈萨比斯和他的团队早已相信，击败一名顶尖职业选手的唯一方式，就是尽量复制极富想象力而且略显神秘的人类棋风。为了达到这个目的，他们把顶级业余选手数据库中的十五万棋局数据开放给一个人工神经网络——一种模仿我们大脑神经元网络的复杂数学模型，由多层相互联系的算法组成，每一层算法都被设计成识别一套特定的模式与特征，它们协同工作，诞生出一个具有数百万参数的庞大模型，参数相互影响，可以极其细微地调整，你从而改变整个网络的总体行为。阿尔法围棋的首个神经网络分析海量棋局，一点点学会模仿、复制、预测一名业余选手在任意给定情况的下法。这第一套基于人类的数据集等同于阿尔法围棋的"常识"，勉强相当于初学者通过书本或者在课堂上直接从老师那儿获得的知识。深思的成员称之为策略网络，利用它，阿尔法围棋可以下得像回事，处在人类业余选手的同等水平，但是距离真正的职业选手还差很远。要达到那种水平，它需要开发出伟大棋手参透整个棋盘并直观地领悟比赛从特定位置如何展开的专门技能，从本质上来说就是人类"理解棋局"的能力，年轻选手必须用多年时间来开发，李世石花无数个小时目不转睛地盯着空棋盘，在脑海中你来我往地下出每一手棋，才掌握这种能力。阿尔法围棋需要一种估算棋盘上每个位置价值，从而更深入理解比赛的方法，时刻判断是在渐渐走向胜利还是摇摇欲坠的能力。可是要做到这点，它不得不面对自己。

阿尔法围棋采用基于业余比赛创建的策略网络跟自己对弈，一下就是几百万局，通过试错从自己的不足中学习，它变得越来越厉害，越来越强大，不再模仿人类，不再像人类一样下棋，而是只专注于战胜自己。通过数百万次对局，对自己的数学模型进行了数十亿次微调，基于人类根本无法真正理解的原因提升自己，因为人工神经网络的内部运行对我们来说几乎完完全全不透明，因为在缓缓打造它想要的结果时，算法对它内部参数进行的调整几乎无穷无尽，由此产生的效果数不胜数，我们无法跟踪和记录。"一开始它水平不行，"哈萨比斯解释说，"像个孩子一样不受控制地在棋盘上乱下，或者像是一位极度笨拙和没有天赋的新人，因为它对围棋是怎么回事缺少一种内在的呈现，对我们而言那是自然而然的东西，几乎是一种本能；不过它偶尔会灵光一现，完全是出于偶然，然后它学习识别出比赛的正向模式，并把它们加强。它的网络协同工作，强化增加胜率的行为，逐渐改善它的能力。"第二个训练过程完成后，阿尔法围棋更稳定的新版本又跟优化过的自己下了三千万局，创建了一个数据集让它可以训练第二个神经网络，深思将其命名为价值网络：它会分析棋盘上任意给定的棋子分布，展望这局比赛的终盘，估算胜负以及双方差距。这远远超过了最聪明、最训练有素的人类的能力，因为这第二个神经网络对我们只能凭借模糊的直觉隐约领悟的东西赋予一个数值。这两个神经网络令深思可以设计程序降低围棋无限的复杂性，达到一种迄今为止难以想象的比赛水平。它不需要浪费巨大的计算力搜寻每一手棋引出无尽可能，因为它可以利用策略网络的常识，只考虑最有可能的下法，修剪其蒙特卡洛搜寻树上它觉得不理想的分支；与此同时，它的价值网络使它不必在内部下完每个终局，才得出特定一手棋的输赢走向。这两种系统的结合——经过成百上千万次自我对弈的打磨和完善——让阿尔法围棋远远超越了人类认知的范畴，得出了创意非凡的策略和反直觉的下法，比如在对阵李世石的第二局比赛中施展出的那一手棋，它们还帮助阿尔法围棋精确估算出，在它的人类对手看来那一手棋有多么不可思议。

哈萨比斯和戴维·希尔弗查看阿尔法围棋的内部系统如何评估第 37 手棋的时候，他们发现阿尔法围棋确定的概率值是万分之一，也就是说，根据它对我们如何下围棋的理解，一万个人类围棋选手只有一个会在那个特定时刻和特定位置落子，可是阿尔法围棋恰恰选择了那个下法。李世石要战胜机器赢得比赛，就得达到同样的精妙和创新水平。

第三局比赛在 3 月 12 日下午 1 点开始，李世石执黑，从一开始就处于不利地位。

坐在高处裁判席上俯瞰棋局的樊麾能够看见，李世石把自己的第三颗棋子放在棋盘右下角时，他的手在微微颤抖。樊麾已经了解到，这位韩国的超级巨星饱受失眠困扰，根据自己在国际赛场的经验，樊麾清楚，选手需要内心的平和与冷静的情绪，才能发挥最高水平；李世石看上去非常虚弱憔悴，甚至让樊麾有点以为他会晕厥并一头栽倒在棋盘上，或者像"吐血之战"的赤星因彻底倒地而亡。赛前樊麾读过网上的评论：没有人还相信李世石能赢，就连他的棋迷都针对他，无情地批评他的错误，甚至质疑他的个性、决心跟气合，后者也就是他的"拼搏精神"。樊麾也许是世上唯一能完全理解李世石处境的人，他自己在跟机器比赛时就遭到了碾压，十分清楚对阵一个冷酷无情的对手究竟有多么诡异。阿尔法围棋不犹豫也从不三思而行，对疲倦免疫，不知道自我怀疑，不在乎风格或美感，不浪费时间在所有职业选手互相布设的复杂心理游戏上，它根本就不在乎别人的想法或感觉；它只在乎胜利。对于阿尔法围棋而言，是否只赢一目无关紧要，这就解释了它不时"漫不经心"地下棋，所有人都觉得那些下法水平低，很平庸，最后一名韩国评论员一语道破，阿尔法围棋的下法都是基于纯粹的计算，每一手漫不经心的棋都朝着最后的胜利迈出微小的一步，几乎令人难以察觉，它们真正的价值只有在终局时全都结合起来，才会被认识到。看看李世石努力跟人工智能搏杀，在座椅上扭来扭去，仿佛在承受一种新发明的酷刑，樊麾已经了解阿尔法围棋的奥秘，希望自己能在某种程度上帮助或提醒他，因为他知道跟阿尔法围棋对弈会令人深感不安：会引发一种绝望感，一种被拽进虚无的离奇感受，缓慢但无法摆脱。"它就像一个黑洞，"樊麾后来写道，"一点一点把你吸进去，无论你多么努力挣脱，你都会发现自己徒劳无功。阿尔法围棋仿佛一种无法诊断的绝症在你的身上蔓延，等有了第一丝痛感，你就死定了。"经历了前两次败局，李世石或许已经认识到这点，因为他一看到进攻的机会，便牢牢抓在了手里。

在计算机的优势没有转化成胜势之前，李世石尝试用一次出其不意的突袭，向阿尔法围棋的领土猛扑，但是他没有花时间建立适当的基础，他的偷袭鲁莽，时机不成熟。"太早露出了獠牙。"樊麾观察阿尔法围棋用一手非常精彩的"二间跳"反击时写下记录，在樊麾看来，李世石面对的系统明显已经远远超越了他自己对弈的系统，它已经先进到如同从另一个维度观察，不仅理解整个棋局，还设法窥探李世石的思维，预料到他下的每一手棋。随着阿尔法围棋拆解了李世石苦心建立的象眼阵形，他明显被激怒，把下一颗棋子砸在棋盘上。他开始情绪失控，像醉鬼一样前后摇晃，一遍又一遍看向计时钟。当他犯下一个特别可怕的错误，他就拍打自己的面颊，然后把手放在棋罐边缘，把手指插进黑色的棋子里，仿佛他根本无法拾起一枚。他需要重新恢复平静，却继续激烈地进攻，实则没有任何进展，如同一位拳击手在自己挥拳。下到第48手，阿尔法围棋的系统显示，它的胜率已经达到72%。比赛基本上胜负已定，可是李世石还是拒绝认输，努力拆解人工智能在棋盘底部的一条大龙，结果一无所获。李世石终于承认自己无法再凭智力取胜，便诉诸于自己标志性的僵尸流，在整个棋盘上疯狂出击，这是孤注一掷的绝望行为，使用者知道自己要输，但是希望用不可预知的疯狂攻势打对手个出其不意。这是一种愚蠢而且近乎荒谬的策略，尽管曾经帮他赢回多局必败的比赛，但是面对一位无法被欺负、威胁和迷惑的对手也没有获胜的希望，阿尔法围棋继续适应李世石似乎已经疯狂的下法，在棋盘顶部保住极大一块领土。它的价值网络估计的胜率已经超过87%：白棋全盘皆活，而黑棋点数落后。棋盘似乎已经没有地方可以下子，可是在最后一刻,李世石在白棋的防御中发现了一个小裂缝,以及充足的喘息空间去切断阿尔法围棋在右侧的一块领地。人类棋手绝对不会允许对手在那里存活,特别是在如此深入棋局的时刻,可是阿尔法围棋杀人诛心,甚至都没有费心去回应。不容置疑的统治力最后展现出来,它任凭李世石在那个角落存活,只是在别处下子,给自己又增加一分,同时胜率也达到了98%。这局比赛又下了二十八手,让人看上去备受煎熬。李世石在自己的座位上躁动难安,口咬指甲,自怨自艾,与此同时评论员嘲笑他不愿意认输,"明知自己会输还要下完终盘没有任何意义,对吧?"美国围棋协会主席问道。"我不知道如何描述这种情况……假如我执黑子,我会认输。我们应该承认自己正面对着围棋史上最强大的存在。"一位中国评论员说。

阿尔法围棋赢得了这局比赛,以及整场人机对战。

神之一手

尽管李世石输掉比赛，只想离开四季酒店，跟妻女回家，躺下来舔伤口，但是这场锦标赛的规则约定，无论结果如何，必须下满五局。这就意味着，他还得面对阿尔法围棋两次，他也许会一局不胜的想法几乎令他难以承受，那是无法忍受的耻辱，名誉扫地，他将从此一蹶不振。深思团队在第三局比赛结束后，给他的房间送来一瓶昂贵的香槟——虽然是不经意的行为——这已经羞辱到他。本来这是一份敬意，因为他们已经获悉当天是他的结婚十周年纪念日，可是时机的选择简直没法更不敬了。李世石已经因为自己有失风度而感到难堪（典型的西方人性格），可是假如他在全球数百万观众的面前，输掉接下来跟阿尔法围棋的两局比赛，他就再也无法坐下来下围棋了。这样一个公开的耻辱一定会摧毁他仅剩不多的坚强意志。挣扎着反击并打败计算机对他来说似乎完全不可能。在阿尔法围棋连胜三局之后的新闻发布会上，李世石的声音沙哑，道歉时勉强从肺部排出空气说："我觉得这一次我让你们太多人失望了，请你们原谅我无能为力，我从未感受到这么大的压力，这么重的负担。我觉得自己弱小得无法战胜它。"他面对着镜头承认。在新闻发布会最后，他听到同伴棋手赞扬和支持的呼喊声，羞涩地笑了。他们劝他恢复信心，在最后的两局中比出自己的风格。然而他此刻倦怠得很，内心萦绕着零比五败北的极大可能——同样的比分曾被他用来吹嘘获胜。因为比赛胜负已定，他走向比赛大厅所要面对的记者少了一些，但是他没有办法隐藏自己实际上究竟有多么害怕和紧张。他来到棋盘边自己的位置，一屁股坐到椅子上，看上去比以往更加瘦削，更像一个孩子，然后他向黄士杰深深鞠躬，那位深思团队的程序员看着他的计算机屏幕，等待阿尔法围棋走出第一步。

阿尔法围棋执黑，立即控制了比赛。下到第28手，评论员已经开始批评李世石的反应停滞迟缓且过度谨慎，他思考得太久，他的时间比前几局消耗得更快。与此同时，阿尔法围棋似乎充满信心，因为它下得比此前更具攻击性，从一开始就寻求交锋。这正是李世石一直以来偏爱的比赛风格。当阿尔法围棋下出一手凶猛的尖冲，李世石露出了笑容，仿佛跟他下棋的是一个自负调皮的孩子，或者更年轻狂野的自己。他终于开始享受比赛了吗？似乎绝不可能。计算机已经控制了整个棋盘，正在试图完全摧毁他。甚至让每一位观众更加震惊的是，李世石完全缺乏回应：像一只雪白的小绵羊一样温顺，他任凭阿尔法围棋封锁棋盘中部，封死了他在左侧的一小块棋子，让他几乎完全无处可逃。李世石似乎已经放弃，只有唯一一位评论员支持他，那是他在权甲龙大师学院的老同学，为韩国观众分析比赛：她绝对相信李世石在装糊涂，他还是会找到办法在那块微小的区域存活，哪怕计算机的黑棋此刻看上去似乎完全控制了整个棋盘。随着棋局缓缓发展，李世石陷入了一种全神贯注的状态：他不再坐立难安或摆弄自己的头发，看上去专注而坚决，目光盯在棋盘上，身体一动不动，就像一只老虎在暗中盯着它的猎物。每下一步，他花费的时间越来越长，他把脑袋歪向一侧，似乎在倾听一个只有他能听见的遥远轰鸣。下到第54手，李世石的计时钟上只剩下五十一分钟，阿尔法围棋的还剩一小时二十八分钟。比赛缓缓推进，跟以前一样似乎李世石已经濒临失败；随着网上传言说第四局将是最短的一局，记者们都聚集在比赛大厅外。尽管如此，李世石不为所动，还是不紧不慢、小心谨慎地下棋,避免直接的冲突,几乎把整个棋盘完全让予对手。"他不怕输吗?"樊麾在笔记中写道,对于李世石顽固地拒绝跟计算机交锋感到绝望。樊麾在现场距李世石很近,几乎可以接收李世石的思绪,感受李世石等待的时机,很快他就陷入了韩国围棋大师同样沉浸的迷醉状态。下到第69手,李世石只剩下三十四分钟时间,而他的对手还剩下一小时十八分钟以上。阿尔法围棋继续猛烈攻击李世石,吞掉了左侧的一大块棋,李世石的棋迷绝望地看着他浪费了整整十分钟,才在棋盘上走出下一步。阿尔法围棋立即回应,封堵了中心。李世石似乎也无能为力,在深思公司的控制中心,戴密斯·哈萨比斯看到阿尔法围棋估计它的胜率已经攀升到70%以上。他注视着一系列显示器上的中日韩三国评论员已经判断阿尔法围棋获胜,没有一位能看出如何打破计算机布下的铁桶阵。李世石一动不动,当他的计时钟只剩下十一分钟时间,他把手掌平放在棋罐边缘上,然后用食指和中指迅速夹起一颗棋子,把它敲在阿尔法围棋领地的正中央。

"神之一手!这是神之一手!"李世石重要的竞争对手之一古力,从中文网络直播间的座椅上跳起来喊道。李世石的第78手棋像一道闪电,撕开了阿尔法围棋的阵形,前所未见地用一着挖,直击这盘棋的心脏。大家欣喜若狂,即使他们无法完全领悟刚刚见证这步棋的重要意义,也无法开始计算李世石极为大胆的这步妙着的结果,大家还是意识到它的不可思议,没人会考虑这样下。"如果起作用就太酷了。"一位美国评论员克里斯·加洛克彻底被震撼。"这手棋真让人激动,它将改变整个局势。"他的直播同事迈克尔·雷德蒙在深思公司的 YouTube 直播频道说。雷德蒙对李世石设法在对手领地内部发掘的潜力充满期待,全世界没有别的棋手敢于从那里开始入手。没有一位分析员或评论员预见到这一手棋,然而李世石一放下他的白子,他们便争先恐后地尝试理解刚刚发生了什么，互相叫喊、喝彩或批评这一挖。有些人公开自我反驳，赞美之后又谴责这是一个败招，而少数人思维已经脱线，只是目瞪口呆地盯着看。新出这一手棋带来的震撼沉淀下来，混乱延续了一会儿，但是没有任何一个人像阿尔法围棋那样完全不知所措。

计算机对李世石天才般的灵光一现做出了毫无道理的反应：当黄士杰把程序的下一枚棋子放在一个明显不利的位置，所有人，包括李世石在内，都感到意外。不过没人敢于指出阿尔围棋随即开始下出的明显废棋，因为前几局比赛让他们对于批评无法理解的内容变得小心谨慎。李世石本人在利用阿尔法围棋突然让给他的明显优势之前也变得犹犹豫豫。这是一种新的策略吗？他心中感到好奇。计算机要给他布下一个新的陷阱？只有深思公司控制室的人明白，阿尔法围棋已经失去理智，只是在胡乱落子。

戴密斯·哈萨比斯一看明白发生了什么，便尽可能安静地溜出比赛大厅，跑下楼梯，冲进控制室，刚好及时看到首席程序员们挤在一块屏幕前，阿尔法围棋的胜率刚刚在上面出现断崖式下跌。"它这样表现之前出现什么怪事儿了吗？"哈萨比斯问他们。所有人都回答，就在李世石下了一手挖棋之前不久，一切都显得正常——该死，比正常还要正常，阿尔法围棋一直在摧毁李世石——他们现在无计可施，只能努力承受胸中沉重的感觉，因为他们发觉自己最骇人的噩梦成真了：阿尔法围棋出现了错觉。

这不是他们头一次目睹这种行为。时不时地，在非常特定的棋局结构中，阿尔法围棋会发疯，突然完全无法识别位置和价值，甚至会在非常明显死棋的地方觉得是活棋，仿佛瞎了一样，无法辨别自己和他人、黑和白、敌和友、生和死。他们注视着黄士杰努力不在镜头前泄露自己的情绪，不过他们知道，黄士杰了解阿尔法围棋究竟落后了多少、它的系统变得多么错乱："我知道在第78手之后，又下了一二十手，阿尔法围棋莫名其妙地变得失常，可我搞不懂原因。"他后来回忆说。当时他只能忠实地把屏幕上的内容传达到棋盘上，就连李世石都目瞪口呆地看着他，渴望得到某种解释。在控制室里，跟黄士杰同为阿尔法围棋首席程序员的戴维·希尔弗，看见计算机在李世石的惊天之举后已经进一步搜索了超过95手棋，从每一个可能的下法中推演出无数条概率分支。"我认为哪里出错了，"他对哈萨比斯说，后者正狂躁地从房间的一侧向另一侧踱步，"这是在整场比赛中最长时间的一次搜索。我认为它深陷其中，迷失了自己。"

"它在那儿干什么！"看见计算机正在考虑的下一步，哈萨比斯怒吼道。

"也许它在下一盘大棋……"一位年轻的工程师打趣说。

"不，没有，它甚至不觉得自己有计划，是这样吧？"哈萨比斯苦涩地回答，"它知道自己犯了个错误，却以另外的方式来评估。我是说，瞧啊！瞧瞧！李世石都糊涂了。他仿佛在说，它在干什么？那不是一个我害怕的表情，那是个到底怎么回事的表情。瞧。"

整个深思团队绝望地注视着国际评论员们开始寻求答案。"什么情况？"阿尔法围棋继续在整个棋盘上乱下时，韩国九段职业棋手金明训喊道。"这有可能是它找不到解决办法，似乎它朝前方找寻了很远，发现行不通，结果它也许是……崩溃了？……我说不好……"他的一位评论员同事说。

"你在跟我开玩笑吗？"戴维·希尔弗双手捂脸，看着一台阿尔法围棋内部数据的监视器咆哮道，"这……这步棋，说真的，我们要走的下一步棋……我觉得他们会笑。我觉得李世石会笑。"

黄士杰拿起一颗黑棋，刚放下，比赛大厅外的所有观众便爆发出一阵笑声。

"噢，这太荒谬了，"七家韩国电视台在直播比赛，其中之一的女主播喊道，"是黄士杰的鼠标点错了吗？不，是机器在下棋，不是人类走出来的。莫名其妙，那是在犯错，明显是在犯错。四局以来头一次，我们看见阿尔法围棋犯错误。我认为李世石在它的铠甲上找到了裂痕，他发现了系统的弱点。"女主播补充说，此时所有人都注视着冠军李世石，他紧盯在棋盘上，显然跟别人一样困惑不解。阿尔法围棋又下了二十多手才恢复理智，可是到那时，它已经完全失去了对比赛的控制。

李世石用光了时间，接下去他要在读秒中比赛，这种时间限制迫使他每次都要在不到一分钟的时间里落子。尽管取得了头一次领先，他还是一个错误都犯不起，继续下棋时没有流露出一丝笑容，哪怕是阿尔法围棋看似拥有不容置疑的优势时离开的一群记者，也开始蜂拥回酒店，在期待中挤满了新闻发布会现场。阿尔法围棋孤注一掷地做了一系列最后的尝试，任何有尊严的人类都不会考虑它的做法，因为它的尝试都很容易反制，甚至让李世石增加已经相当可观的自身优势，与此同时李世石挺直身体而坐，主要是出于一种尊严感，而这正是计算机所缺乏的。阿尔法围棋的下法从本质上讲不差，只是毫无意义。当它的内部网络指出胜率跌至 20% 以下时，一条消息出现在黄士杰的显示器上：

"白棋中盘胜"的结果已录入比赛信息

阿尔法围棋认输

黄士杰从他的棋罐里拿起一颗棋子，放在棋盘的边缘，然后向李世石鞠躬。

职业评论员们因为十足的喜悦而尖叫、鼓掌、大笑。比赛大厅内的观众爆发出欢呼声，李世石的几位好友冲过去向他致敬。在外面的大厅里和韩国的街道上，一直观赛的陌生人虽然素不相识，却互相拥抱，还有人喜极而泣——仿佛李世石刚刚为我们全人类赢得了一场胜利。发布会大厅充满了兴奋的喜悦，摄像师和外国记者开始疯狂地欢呼雀跃，所有的理性客观都被抛在门外，可是李世石仍然保持着绝对的平静，跟前几局比赛结束后一样，在棋盘上移动棋子，分析不同的落子选择，尽管可以清楚地听见好几百人在喊他的名字，可以看见这场比赛唯一的女性裁判正眼含泪水，从座席上朝他微笑，可他甚至都没有对自己笑一下。"阿尔法围棋明显已经输掉比赛的时候，我听见大家快乐地呼喊，"他后来说，"我认为原因显而易见：大家感到无助和恐惧，似乎我们人类非常孱弱无力。这场胜利意味着我们仍然可以抗衡。再过一段时间，击败人工智能可能会变得很难，可是这一次的胜利……感觉足够了。一次就足够了。"李世石仍然坐在座位上，直到戴密斯·哈萨比斯走过来，非常轻柔地用手拍了拍他的肩膀，点头表示祝贺与敬意，他才从棋盘上抬头微笑。他继续留在那里，从棋盘上捡拾棋子，这时樊麾从裁判席下来，弯腰到他目光的高度，用力伸出双手的大拇指，然后才留下他一个人离开。他把下颚搭在手上，思考整局比赛，几乎像是害怕站立起来，因为对他而言，对许许多多其他人而言，他仿佛见证了一个奇迹，见证了一个珍贵得永远不会被忘记的历史瞬间。

当他进入新闻发布会现场，雷鸣般的欢呼声响起来，有人也许会觉得巨大的水晶吊灯会突然砸在全力呼喊李世石！李世石！李世石！的记者头上。李世石走上讲台，严肃得跟比赛结束时一样，几乎显得冷漠，不过当他终于从自己的鞋子上抬起目光，他瞬间变换表情，仿佛一下子从恍然的状态跳脱出来。他开始笑，然后带着笑容一次又一次低头感谢，此时大厅里充满了欢呼声、喝彩声和鼓掌声。后来他表示，自己一开始难以理解。毕竟他输了整场比赛，新的胜利也完全无法改变那个结局。"我没预见到会是那样，真难以置信，难以置信！"他会这样回忆，不过当时他几乎无法控制自己的感情。"非常感谢你们，"他自己笑呵呵地说，

"我还从来没有因为赢下一局比赛而收到这么多祝贺！连输三局后没有比这更幸福的了。"欢呼声再次爆发时，他不得不停止讲话，"这种收获拿什么我都不换。"五个小时的比赛和情感上的应接不暇令李世石精疲力尽，他只回答了几个问题，便在震耳欲聋的欢呼声中返回了自己的房间。

在酒店外边，李世石的粉丝跑上首尔的街头，欢呼庆祝他们的英雄的胜利。虽然深思团队相当尴尬地输掉了这局比赛，但是就连他们也惊诧于李世石出类拔萃的凭空创造能力。无论一个人有多聪明，他怎么能击败像阿尔法围棋一样每秒计算二亿多种局面的计算机？这当然是一个流传青史的丰功伟绩，因为它真实反映出李世石的创造性天赋，值得全人类真心庆祝。然而戴密斯·哈萨比斯却无法停止思考。

他需要弄明白阿尔法围棋出了什么问题，于是召集起深思控制室的团队成员。跟李世石的做法一样，他们复盘了整局比赛并很快确认——跟每个人猜想的一样——是第 78 手棋把阿尔法围棋抛入了疯狂。李世石后来承认，他想找出计算机无论如何计算都无法预料的一手棋，不过他自己的思路已经完全失去理性：他想到那手棋绝对是出于灵感。他不曾预见或计划，在新闻发布会上被问及时，他极其坦率地承认："在比赛中的那一时刻，我能看见的只有那一手棋，没有别处可以落子，对我来说那是唯一的选择，所以我把棋子下在那里。为此我受到的所有表扬，都让我感到非常惭愧。"哈萨比斯和他的团队聚在主终端周围，探寻系统，查明究竟发生了什么。不过出于阿尔法围棋本身的性质，剖析程序做出的选择，弄清被它牢牢控制了几乎整局比赛的棋盘中部为什么让人蚕食，是非常困难的。

"在此之前我们要赢了。"黄士杰指着李世石的那一手挖棋说，可是深思团队没有人能实际判断出它的真正价值，因为他们对这局比赛没有足够深入的理解。最后，戴维·希尔弗想到用阿尔法围棋的系统从头到尾复盘这局比赛，让它按照李世石和自己的走法再下一遍，看价值网络和策略网络如何评估"神之一手"。"我们会那么下吗？"他们启动计算机，看它用无尽的算力遍历无穷的概率分支，这时戴维·希尔弗问道，"它算出那样一手棋的概率是多少？"

"0.0001。"一位初级研究人员回答。

大家陷入沉默。万分之一：正好等于阿尔法围棋在第二局给自己突破性的第 37 手棋赋予的概率，那手棋让整个围棋界认识了它的潜力。中国职业围棋选手古力曾为李世石那手棋命名，结果阿尔法围棋的网络证实他的看法：真是有如神助，神之一手——一万名棋手中只有一名会那样考虑，所以阿尔法围棋无法处理李世石的那一手挖：它偏离人类经验太远，甚至超出了阿尔法围棋看似无限的能力。

面对彼此，李世石和计算机都迷失在围棋的界限之外，投射出一种新颖可怕的美感，一种比理性更加强大的逻辑，它泛起的涟漪扩散到很远。

比赛结束

李世石输掉了跟阿尔法围棋的最后一局比赛。

在第五次对弈中，没有出现上帝之手，没有电光火石的灵感闪现，帮他打败非自然的智能巨兽。记者比以前都多，全世界超过两亿人关注这局比赛，主要的国际新闻媒体如有线新闻网和英国广播公司都在四季酒店进行现场直播。李世石要求这局比赛执黑，尽管这意味着把微弱的优势让给机器。没人想到他真会让出。不过李世石执白赢了一次，他想证明，也许只是向自己证明，他也可以执黑赢棋。

更多记者飞到首尔，亲身见证最后一场人机比赛，所以新闻发布会现场挤满了人。在整个三千年的围棋历史中，以前从没有一场比赛受到如此关注。在韩国的网络上，大家的激动情绪几乎难以想象，当天没有比这更大的新闻。

起初随着计算机的下法不被认可，李世石似乎不止拥有了一线生机。一名评论员开玩笑说，也许算法还没有从前一天的失利中走出来。哈萨比斯在控制室的监视器前焦虑不安，因为阿尔法围棋似乎又一次短路了。"为什么它下在那里！"他喊道，因为即使程序的内部评估功能确认它的胜率是91%，但黄士杰把一颗棋子放在了一个看似完全不起作用的别扭位置。"因为它又出错了。"一位技术人员回答。在整局比赛中，深思团队深信阿尔法围棋对局势的判断不对，即使每个人都觉得能看出不少更加强劲可靠的下法，可它还是下得莫名其妙、敷衍了事，似乎没想再胜一局。

哈萨比斯、樊麾、黄士杰、戴维·希尔弗以及深思团队的其他成员绝对相信，阿尔法围棋最后还会让他们非常难堪。不过他们都错了，他们对围棋的理解都不足以判断阿尔法围棋的战力。不过有人看得出来。

"白棋要获胜。"为美国观众解说的顶级棋手金智英再次看到计算机明显没有道理的落子之后说。

"我说不好，"他的直播搭档困惑地回答，"也许十段十一段是这样下棋吧？看起来怪异、难看，在我们看来根本没有道理。"

阿尔法围棋继续怪招频出，直到结束，有些分析员指出，它的决策背后确实有一套不同寻常的思维方式。通常，人类棋手会根据他或她控制的领地大小来判断一名选手的实力；根据这种简单直接的逻辑，一个人占据的越多，取胜的几率就越大。可是阿尔法围棋可以做一些人类力所不及的事情：它能准确无误地计算出它需要占据多少领地才胜出，从来不会多做努力。对于计算机而言，大胜和险胜之间没有区别。不需要的话为什么还要吞下大片领地呢？最后一局比赛下得没完没了，五个小时的对垒导致收官阶段极其复杂。李世石和阿尔法围棋一共下了二百八十手棋，几乎用黑白棋子覆盖了整个棋盘，然后李世石终于放弃并认输。仅通过观察棋盘来确定胜者几乎不可能。当专家们终于计算出比分，他们发现那是所有五局比赛中比分最接近的一次：阿尔法围棋仅以两目半的优势击败了李世石。

在颁奖典礼上，李世石看似威严但又显得泄气。"我在这段经历中成长，"他说，"连同教训，我要从中有所收获。最令我惊讶的是，阿尔法围棋向我们展示了，人类眼中可能的创造性下法实际上很传统。我认为这会给围棋带来一种新范式。我对这一切表示感激，似乎觉得自己已经找到了下围棋的理由。我意识到学习下围棋是一个绝妙的选择，是一段难以忘怀的经历。"拥挤的新闻发布会现场陷入了深沉严肃的沉默。戴密斯·哈萨比斯在讲台上坐在李世石旁边，尽管非常积极地压制洋洋得意的心情，尽最大努力尊重身旁失败的偶像，但还是难掩自己的兴奋。李世石紧张地摆弄着最后一场新闻发布会上的同声传译耳机，不得不求助于一名助手来把它戴好。"我有点儿词穷，"哈萨比斯说，"这是我一生中最难忘的经历，是一局不可思议的比赛，非常刺激，压力重重。起初阿尔法围棋似乎犯了很大的错误，下错了一个杀子的妙手。不过最终它后来居上，以微弱差距险胜。过去五天我们见证了一些了不起的围棋对垒，我认为某些下法，比如第二局中的第37手，第四局中的第78手，接下来将会被讨论很久。这是一场千载难逢的比赛。对我而言，这场比赛是二十年梦想的顶峰，我要说，这是我最了不起的经历。"李世石咬着下嘴唇，再次因为自己如此无能为力向粉丝和全世界道歉，他相信是自己个人能力的不足导致了不光彩的失败，而不是计算机在本质上更优秀。"我未必认为阿尔法围棋比我更具优势，"他说，"我相信人类还可以做很多事来对抗人工智能。我感到遗憾，因为我本可以展现更多。无论你们是业余选手还是职业选手，围棋是一项你们喜欢的比赛，享受是围棋的本质。阿尔法围棋非常强大，可它无法知悉这个本质。我的失败不是人类的失败，我认为这几局比赛显然展现出我个人的弱点，而非人类的劣势。"

李世石最后向在场的各位鞠躬，然后走下台，戴密斯·哈萨比斯和戴维·希尔弗则继续留在台上，代表整个团队接受韩国围棋协会授予阿尔法围棋荣誉九段的证书，这是围棋大师能够获得的最高段位，是为这项古老游戏中具有近乎神奇能力的选手保留的头衔。这种证书头一次被颁发，证书上的描述显示序号为001，并说明是表彰阿尔法围棋为了掌握围棋的道家基础，并且达到近乎完美的水平，而付出的由衷努力。

计算，抛开直觉

在败给阿尔法围棋之后的几个月里，李世石赢得了自己参加的每一场锦标赛。

当被问及获胜的秘密，他回答说："不依赖直觉，以最大的准确性来计算。"他的一系列连胜和新的棋风，似乎显得他要在接下来的几年里延续自己已经非常辉煌的职业生涯，然而在2019年11月，李世石突然宣布退役，震惊了全世界。

一开始，没人理解他的决定。著名围棋选手通常会竞赛到很大年龄。在日本，职业选手常常比赛到生命的最后一天，而李世石刚满三十六岁。公众呼吁他收回自己的决定，可是他解释说，他从五岁起就心无旁骛地下围棋，已经把自己的一生献给了围棋，如今是时候开启新生活了。他一如既往地勇敢，决定退役赛既不跟自己的老朋友兼对手古力来下，也不去面对国际巡回赛上的骄傲新星柯洁，而是对战韩国NHN娱乐公司开发的人工智能软件"韩豆"。

韩豆当年已经击败韩国的五位顶尖选手，李世石开局时获得了赛事主办方让给他的两子优势，消除差距。"哪怕有了两子优势，我也感觉自己第一局会输给韩豆。"他这样告诉媒体，让大家都以为他失去了斗志，不过就像跟阿尔法围棋比赛时一样，还是他的第78手棋让人工智能对手陷入彻底的混乱，让他赢得了比赛，这肯定是最离奇的巧合之一。虽然李世石认为自己那手棋不足为奇，许多专家却说它难以置信，韩豆背后的团队宣称，他们惊叹于李世石有能力在原本似乎完全无懈可击的软件结构中找出错误和弱点；他们不得不见证韩豆开始下得荒谬至极，落子毫无意义，仅仅又过了十四个回合，它便认输了。李世石再次登上头版新闻：他是唯一在锦标赛赛制中两次击败过高等人工智能的在世选手，世界上甚至没有其他选手接近这一成绩。不过，在接下来的一局比赛中，他没有了任何优势，韩豆彻底击败了他。

锦标赛的举行地点不是在首尔，而是在新安郡的五星级度假胜地黄金国，距离李世石家乡飞禽岛仅仅三十公里。豪华高档的酒店跟李世石简陋的家简直是天壤之别，曾经在家中首次跟李世石下棋的哥哥姐姐们，在父亲的严格指导下长大成人，大都当上了跟他一样的职业选手。他的全家都出席了这场告别赛，他小学时的许多同学和老师乘坐渡船去看他，他们聚在奢华的海边酒店之外，举着手绘的标语表示支持，渴望有机会亲眼见到这位硬石头，飞禽岛男孩儿，因为他们无法相信，自己眼中曾经跟伙伴们爬树钓鱼的羞怯小孩已经成为国家英雄，赢得数千万美元奖金，成了围棋界的传奇人物。他们在比赛的前二十分钟一直欢呼，直到酒店管理人员过来告诉他们，喧闹会令李世石从比赛中分心，他们才安静下来。所有人都希望他在这场告别比赛中，展示出使他成为传奇的比赛风格，圆满地退役，可是五个小时的艰苦鏖战之后，下了181手棋的李世石认输了。

"我曾有这种自豪感，"在输掉跟韩豆的第三局比赛几周之后，李世石接受一档流行谈话节目的采访，回顾了自己的整个职业生涯，"我觉得自己是最棒的，至少是最棒的之一，可是人工智能在我的棺材上钉下了最后一颗钉子。它完全难以匹敌，在这种情况下，你无论如何努力都无济于事。我看不到意义。五岁起我就开始下围棋，在当时，围棋只关乎风度和举止，更像是学习一种艺术形式而不是一种比赛。随着我长大，围棋开始被视为一种智力游戏，可我学的是一种艺术。围棋是一件双人创作的艺术品，如今它已完全不同。人工智能问世之后，围棋的概念本身已经改变。人工智能是一股毁灭性的力量，阿尔法围棋不是打败我，而是碾压我。在那之后我继续比赛，可我已经决定退役。随着人工智能初试牛刀，我已经认识到，即使我华丽回归，通过不懈的努力重新成为世界第一的围棋选手，我也不是最厉害的。即使我成为全世界已知的最佳棋手，仍有一个智慧体无法被击败。"

尾 声
围棋之神

李世石宣布退役后不久，一位奇怪的棋手出现在网络上的围棋国际赛场。

它以"大师"的名字一场接一场地收割胜利，似乎战无不胜，面对世界顶级围棋选手取得五十连胜，终于输掉一局的时候，深思的人承认，大师的背后就是他们，大师是击败李世石的人工智能的增强版。他们解释说，大师唯一的败绩源自网络连接超时。

深思的研究人员又一次决定让他们的程序跟潜在的最强选手对弈，确认它究竟进化了多少：他们选择在中国深圳的围棋未来峰会上挑战中国的天才选手、全世界等级分最高的柯洁，三千多年前，围棋游戏正是起源于这个国家。柯洁年仅十九岁，甚至比李世石还高傲，他斐然崛起，站上围棋之巅，严重批评过李世石在韩国输给阿尔法围棋的几局比赛，说李世石面对计算机时棋艺已经不在顶峰。柯洁完全相信自己会表现更佳，对垒之前吹嘘自己会展示出中国围棋的霸主地位，重塑人类种族的权威。

大师大胜柯洁，赢下了全部三局比赛。

这位不到二十岁的青年在最后的新闻发布会上泪洒当场，努力表达自己在比赛中无法承受的无力感时，摘下厚框眼镜，擦去了眼中的泪水，说一开始跟大师下棋他就深感不安，这是一种全新的感觉。当被要求解释大师跟阿尔法围棋的不同之处时，他不禁陷入了我们通常专用于智慧体的语言范式，"对我而言，它就是围棋之神，可以碾压挑战它的所有人。我从未怀疑过自己，一直觉得一切尽在掌握，以为对棋式有很好理解，对棋局有详尽的认知。然而大师看着这一切，就像在说，'这都是什么垃圾？'他能看见围棋的整个宇宙，我只能看见自己周围的一小片区域。所以求求你们，让它探索这座宇宙，让我在自家后院里下棋。我会在我的小鱼塘里钓鱼。它还能通过自学优化多少？它的极限难以推测，我认为未来属于人工智能。"

击败李世石和柯洁之后，戴密斯·哈萨比斯没法再攀高峰，至少击败人类对手已经没有意义。哈萨比斯在追求通用人工智能的道路上来到一个重大的里程碑，围棋曾被认为是人类抵抗体系的堡垒，人类直觉和创造力的顶峰，甚至就在他庆祝深思完全统治围棋的时候，柯洁最后的问题——程序通过自学还能进化多少？——继续困扰着他。他们带着自学算法究竟能走多远？

哈萨比斯和深思团队重新上路：他们除去阿尔法围棋继任者大师的所有人类知识——它初学下棋时基于的数百万比赛对局，以及构成它常识基础的，判断单独位置价值、估计胜率、像人类一样看待棋局的程序特有能力，只留下它的基本组成。他们的目标是创造一个更加强大和通用得多的人工智能，它的学习能力不受限于围棋，最开始迈出关键性步伐时不倚靠人类的理解和学识。他们调出自己的算法，把它清除干净，可能用来学习的人类数据一点不剩，剥夺它跟人类唯一的直接联系。

结果令人感到恐惧。

新程序以一百比零的战绩，打败了迫使李世石退役的那个版本的阿尔法围棋。可是它这才刚刚开始。当他们把同样的算法应用于国际象棋，它被证明同样强大：两个小时以后，它跟自己对局的数量超过了有史以来记录过的棋局；四个小时之后它已经比任何人类都厉害；八个小时之后它可以击败当届人工智能国际象棋冠军鳕鱼。"它下起棋来像一个火力全开的人类。"最初跟它交手的英国国际象棋大师马修·萨德勒说。萨德勒描述它的风格极具攻击性，让人想起加里·卡斯帕罗夫曾经的下法，这一观点后来被伟大的俄罗斯天才卡斯帕罗夫本人认可。攻克了国际象棋之后，这套系统又挑战将棋，一种有点类似国际象棋但复杂性更高的日本游戏，因为棋子都不是固定的，可以从一种类型换成另一种类型，产生国际象棋中绝不会出现的多种变局，新算法不到十二个小时就掌握了将棋，并以 90% 的胜率击败了世界上最强大的将棋程序——埃尔莫。

对于所有这些棋类，它不考虑人类经验：只是简单地明确规则并可以跟自己对局。起初它完全随机地落子，可过不了多久它就进化得实力超群。如今它在围棋、国际象棋和将棋领域，已经成为世界上已知的最强智慧体。

它名为阿尔法零。

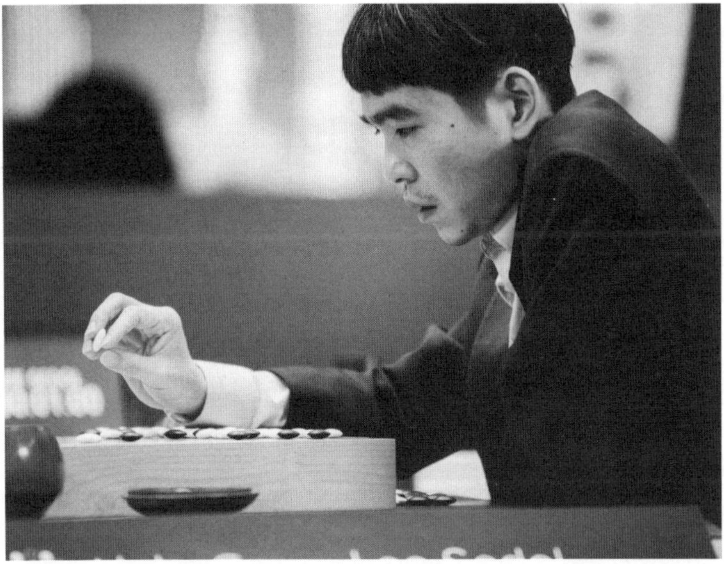

本书是一部基于事实的虚构作品。我要感谢康斯坦萨·马丁内斯的莫大帮助，是她助我塑造了本书。我还要感谢启发我创作这部作品、成为书中故事源泉的作者们：首先是乔治·戴森，因为他的杰作《图灵的大教堂》让我首次了解到冯·诺依曼的人生与思想；接下来感谢樊麾、古力和周睿羊对李世石对战阿尔法围棋的比赛做出了专业的分析和评论。其他重要的灵感来源还有玛丽娜·冯·诺依曼·惠特曼的回忆录《火星人的女儿》、诺曼·麦克雷创作的约翰·冯·诺依曼传记《天才的拓荒者》，以及格雷格·科斯导演的纪录片《阿尔法围棋》。

——本哈明·拉巴图特